吴姐姐讲历史故事

吴涵碧◎著

元

1277年～1367年

新世界出版社
NEW WORLD PRESS

蒙古劲骑，佚名绘。蒙古人所居草原，平旷无际，非马背无以自存；草原荒凉苦冷，蒙古人自小便体魄强健，能耐寒忍饥；他们自小练习狩猎，时时与野兽肉搏，所以便于弓刀，习于杀戮；蒙古人出征，并无饷给，所得全赖战利品，征战对于蒙古人而言，不异于国家发动总生产，向无惧战争；他们采用恐怖战略，敌人望风投降者，可有生路，稍有抵抗，城陷之日，尽量屠杀；这些蒙古劲骑，既得成吉思汗这样一流战略家的统一指挥，便能横扫欧亚，攻无不克，所到之处，形成一股剽悍的狂风骤雨，成为历史上空前善战的民族。

——见《文天祥的指南录》，第 11 页。

*图注内容皆出自《吴姐姐讲历史故事》——编者注

文天祥（1236 年～ 1283 年），选自《历代名臣像解》。字宋瑞，江西吉水人，出身书香之家，自小便深得忠孝节义之教，21 岁高中状元后，更以为国家民族尽忠自许。元人渡江之后，文天祥组织义军，赴临安勤王，又临难受命，出任丞相，出使元营，不幸被扣留。历尽危难逃脱后，再次号召义士，兴抗元之师，终不敌被俘。文天祥本人虽无武功可言，但他人格完美，对江南士子极有号召力，元人对他威逼利诱，务求他能低头投诚，文天祥以大义自励，在污浊囚室之中，安之若素，终以不屈见杀。他留下的“人生自古谁无死，留取丹心照汗青”、“孔曰成仁，孟曰取义”数百年来，激励后人前仆后继，为国捐躯，是中国人引为自豪的民族英雄，万世楷模。

——见《文天祥从容就义》，第 34 页。

忽必烈（1215 年 ~ 1294 年），选自《乾隆年制历代帝王像真迹》。成吉思汗之孙，拖雷四子，宪宗蒙哥之弟。宋开庆元年（1259 年），忽必烈与蒙哥分攻南宋鄂州、四川，蒙哥攻钓鱼城时阵亡，忽必烈即放弃鄂州，北返燕京，于次年自立蒙古帝国可汗，六弟阿里不哥亦于和林称汗。阿里不哥虽有亲王支持，但忽必烈久经战阵，帐下多金、宋精英，英武卓绝，经五年内战，至景定五年（1264 年），平定阿里不哥。同年，忽必烈正式建都燕京，这一年，即蒙古人入主中原之始，至元八年（1271 年），蒙古正式建国号为元。忽必烈死后谥世祖，是元朝的开国皇帝。

——见《马可·波罗晋见忽必烈大汗》，第 94 页。

墨梅，王冕绘。王冕（1287 年 ~ 1359 年），字元章，元代画家。王冕远祖，本巨宦之家，至王冕父，家道中落。王冕幼年聪慧，族人号为“千里马”，王冕自己亦以诸葛孔明自励，学剑攻书，希望能澄清天下，成就事业，但时运未济，终成泡影。老年贫居乡里，朱元璋大将胡大海攻绍兴，请教王冕，王冕对他说：“大将军如以仁义服人，何人不服？要我教你如何杀我父老兄弟，万无可能。”不久即死，胡大海将他葬于山阴兰亭之侧，题“王先生之墓”。 王冕之名亦见于吴敬梓《儒林外史》，书中称他为画荷圣手，信史当中的王冕，却以画梅享有盛名。他所绘梅花风神绰约，奕奕有致，无论含苞、开谢皆飘逸不俗。

——见《〈儒林外史〉中的王冕》，第 147 页。

元人戏剧中各种角色，山西省洪洞县广胜寺明应灵王殿壁画。元朝只短短 90 年，在中国文学史上，“元曲”却是与“唐诗”、“宋词”相提并论的文学形式。“元曲”包含两个部分，一是散曲，一是杂剧，散曲可以说是元代的新诗，杂剧是元代的歌剧。杂剧表演有三种形式：歌曲、宾白与科；杂剧角色分旦、末、净、杂，往下细分还有众多种类，比如旦还要分为正旦、外旦、小旦等等。杂剧本只是一种戏曲形式，但得到元代众多一流才人相率投入，这才大放异彩、光焰照人。

——见《杂剧大师关汉卿》，第 163 页。

关汉卿（1220 年～ 1300 年），今人李斛绘。元朝只举行过一次科举，士子日夜研读诗赋古文，期待榜上题名，现在英雄无用武之地，而杂剧兴起，正可以抒情怨、写故事，合乎苦闷时代浪漫与忧郁文人的口味，于是元代众多一流才人，相率投入，倾身贡献，才有这光芒万丈的元代杂剧。关汉卿便是其中最杰出的一位。关汉卿，号已斋，山东运城人，元代最伟大的戏剧创作家，一生所创杂剧 60 种以上，其中以《窦娥冤》最为知名，剧中女主角窦娥一生遭际，令万代神伤，是世界最伟大的悲剧。关汉卿一生混迹妓院剧场中，后世有人称他为“梨园领袖，编剧帅首，杂剧班头”。堪称才气无双的风流浪子。

——见《杂剧大师关汉卿》，第 163 页。

目录

文天祥被困元营

上一篇我们说到，状元宰相文天祥到元朝大营议和，与大帅伯颜言语不合，被扣留下来。

文天祥初到元营，便与吕文焕同座。文天祥知道他就是苦守襄阳的吕文焕，心中恼怒吕文焕不能坚持到底，最后还是投降了元朝，别过脸来不理他，懒得与他讲话。

过了两天，吕文焕见文天祥与伯颜起了冲突，忍不住劝道："朝廷既已归降，丞相何不息怒？"

一听吕文焕为元朝帮腔，文天祥怒由心生，指责道："你，你这个乱贼，你根本不配与我说话。"

吕文焕曾经苦撑五年，天天盼朝廷来援，盼得眼睛都要盼出血来了，要不是贾似道老贼误国，他今天也不会来侍奉夷人，因此，对文天祥的指责很不以为然道："丞相，你凭什么骂我是乱贼？"

"你，身为大将，守土有责，竟然背离国家，叛君投敌，以致国家不幸至此，你这个罪魁祸首，连三尺童子都在骂你，何止我一人骂你？"

吕文焕觉得文天祥这个话太不公平，不自觉也提高了声音辩解道："我困守襄阳达五年之久，朝廷不救，我不得已而投降，何乱之有？"

文天祥毫不留情地说："城已破，你可以死啊，你贪生怕死，上负朝廷之望，下辱吕家之声，我恨不得杀了你和你卖国的侄儿！

你们叔侄两人若要杀我，反倒是周全我，我也不怕。”

吕文焕被文天祥骂得抬不起头，一语不发，惭愧地离开了。若是换了别人指责吕文焕不忠，他会十二万分的不服气，嘲笑对方没有吃过贾似道的亏，不了解忠臣对朝廷由爱生恨的心理曲折。可是，面对着文天祥，文天祥也屡次受到贾似道的排挤，也了解朝廷的黑暗，现在大义凛然在等死，吕文焕只有汗颜。

在一旁的伯颜，看到了文天祥教训吕文焕这一幕，吐着舌头叹道：“文丞相心直口快，真是标准男子汉大丈夫。”

南宋既然已经投降了元朝，伯颜在临安设置了两浙大都督府，亡了国的太皇太后，以贾余庆等五个人为亡宋祈请使，赴北都朝见大元天子。

伯颜下令文天祥与祈请使一块儿前往北都，并且对文天祥说：“元朝也要兴办学校，创立科举，希望文丞相能够做大元宰相。”

文天祥真是不胜气愤之至，心想，这简直是开玩笑嘛，他也耻与贾余庆等人同往北都。但是，文天祥虽然是个手无缚鸡之力的文弱书生，却是个极有勇气与决心的人，他暗暗决定，趁这个机会逃跑，东山再起，重建宋室。

孔子说，德不孤，必有邻，有时还颇有道理，文天祥是个不怕死的血性汉子，他也交了不少与他有同样抱负的朋友。初抵临安时，文天祥就认识了杜浒，两人一见如故，推心置腹。

杜浒是浙江天台人，是一位倜傥（tì tǎng）的世家子弟，却丝毫未沾上公子哥儿的恶习，很有几分才情。他眼见权臣误国，悲愤填膺（yīng），在天台召集了四千余人，满腔热血到了临安，却见到陈宜中等人忙着议和，朝廷上下病恹恹，没有一点儿生气，真是让有热血的年轻人看不下去。

杜浒幸亏遇到了文天祥，两个人都是热血沸腾，谈得相当投机。当文天祥告诉杜浒，他要匹马单枪赴元营，杜浒沉吟了一会儿说：“这太冒险了吧？”

文天祥慷慨激昂道：“不入虎穴，焉得虎子，陈宜中既已逃走，我不去谁去？”

“好，那我也跟着去！”杜浒一拍胸脯，便跟着文天祥当随行，除了杜浒，另有余元庆、李茂等十二个人，都是死心塌地愿意跟着文天祥闯元朝大营的志士。文天祥被扣留在元营，杜浒等也动弹不得。

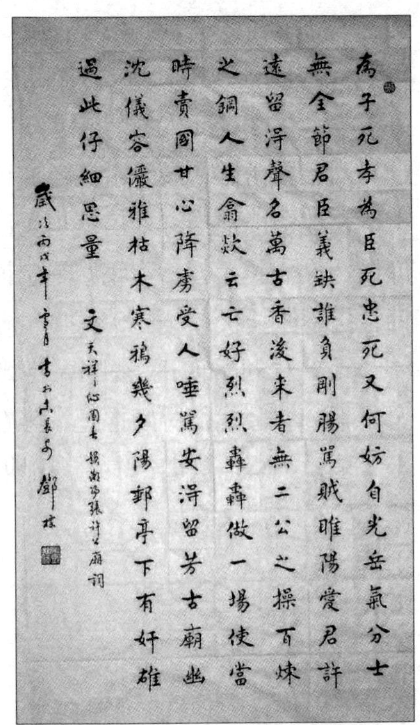

文天祥词作。

文天祥既已决定趁着北上的机会，死中求生，逃出虎口，便悄悄与杜浒商量定计，见机行事。在文天祥遗留下来的《指南录》中，详详细细记载了这一段经过：

此番北上，走的是小路，从杭州出发，沿运河而行。第一天晚上停泊在谢村，元兵把他们移到岸上，借住在一个农户家里，文天祥差一点逃跑了。

次日开船，换了一个看守，戒备更加严厉。船抵平江府之时，许多百姓听说文丞相来了，都挤在岸上等着求见。文天祥此行，是与宋朝祈请使一块去见北朝大元天子，毕竟不能算是囚犯，还是有接见宾客的自由。

老百姓见到文丞相，都兴奋得不得了，文天祥又是感动，又是惭愧，更坚定了为国效命的决心。

文天祥是被迫与宋朝祈请使一同北上的，一路之上，贾余庆、刘岳等五位亡宋祈请使真是丢尽了宋人的脸，贾余庆外号疯子，果然疯言疯语，破口大骂宋朝大臣，他也许以为骂自己，表示是高等汉人，却让元人给看扁了。

刘岳更糟糕，最爱讲黄色笑话，蒙古人干脆找了一名村妇到船上，和他搂搂抱抱，刘岳就当场出丑，表演与村妇打情骂俏。吕文焕虽然投降了元朝，到底原是忠诚爱国之人，看到元人拿宋人当笑话，忍不住长叹："国家将亡，才会生这种妖孽。"

元兵对刘岳说："来啊，抱她坐到身上嘛。"这是要让刘岳出丑，不料刘岳就把村妇抱起，坐在膝盖上亲热，文天祥在一旁，如坐针毡，不断摇头道："衣冠扫地。"刘岳不觉难为情，文天祥却气他丢尽了宋朝人的脸。

文天祥逃出元营

文天祥被元人软禁以后，伯颜大帅强迫其北上，朝见大元天子，文天祥准备伺机而逃，重整天下……

元人知道文天祥心不甘、情不愿，因此一路之上，特别注意文天祥的行踪，使他动弹不得，暗暗叫苦。

船抵常州时，文天祥有机会上岸，他看到两岸庐舍都成了废墟，心中对蒙古人的残忍，十分的反感，他曾经写下“山河千里在，烟火一家无”，“苍天如可问，赤子果何辜”的诗句。

在船上飘荡十天以后，到达了镇江。镇江是长江南岸的大码头，也是沿着运河北上的江南最后一个重镇，由于此时，江北要地扬州、高邮、淮安仍然握在宋人手中，蒙古人的舟船，若想通过江北，还要一番周折，因此，他们一行先下了船，暂时住在岸上。

话又说回来，文天祥若是想开溜，镇江是他最后一个机会，若是过了长江，到了淮河流域，那真是插翅难飞，因此，文天祥心里头真是急得很。

偏偏元朝人不放心文天祥，又加派了一个名叫王千户的，日夜牢牢地盯住文天祥，几乎是寸步不离。幸而王千户只是一径儿黏着文天祥，对杜浒等人没兴趣。杜浒得以每天自由自在赴酒楼喝酒，与人攀谈找机会。

杜浒假装是个生意人，要雇一艘船，运货到江北，谈来谈去，谈了不下十余起，总是谈不拢。但是，文天祥随行十二人之中，有一个名叫余元庆的，遇着了一个叫吴渊的老同乡。吴渊的长官投降了元朝，他也只好跟着降元，不过，心里不愿意。

这一会儿，吴渊听余元庆说，文丞相要用船，他准备用自己的船送丞相渡江，银子也不要，只希望将来有机会能够拜见文丞相，余元庆大喜，文天祥、杜浒也很乐。

然而，眼前有一个问题，接应的船虽然有着落了，从寓所到岸边，街头曲折迂回，大街通衢（qú）都有哨兵盘查，若是抄小路捷径，却又人生地不熟，根本不认识路，想到这一层，大伙儿又开始发愁。

吴渊站起来说："我出去想想办法。"过了大半天，吴渊回来笑着说："解决了。"原来他找到一位镇江老军，熟门熟路，不论大街小巷，都一清二楚，只要给他几文钱买酒喝，就不成问题了，另外杜浒又在酒楼里寻着一个查夜的刘百户，塞了他不少银子，刘百户也答应放一马，双方决定，第二天半夜成行。

事情到此，万事俱备。不料，第二天一大早，元军突然要文天祥中午渡江。

文天祥先是一愣，继而机警地说："听说吴江病了，我也来不及收拾行囊，明天我与吴江一起走吧。"

元军心想，晚一天应无大碍，不过，却嘱咐监视文天祥的王千户道："你要看紧一些！"

当天晚上，文天祥差人买了卤（lǔ）菜，打了好酒，宴请房东与王千户，表示辞别之意。王千户不疑有他，难得打牙祭，不吃白不吃，不喝白不喝，痛快地享用一番。文天祥与杜浒左一杯、右一杯，把王千户灌得一头靠在桌边，呼噜呼噜大醉不醒。

眼看王千户推也推不醒了，文天祥等立刻前往鼓儿巷，领路的老军与查哨的刘百户都到齐了，一行人蹑手蹑脚，弯弯曲曲，不晓得走了多少巷道，前面又发生了意外。

原来此处是骑兵营队，是一个必经之地，夜深人静，骑兵全部睡着了，可是，十多匹马却横七竖八拦在巷中，若要硬闯，惊动马匹，长嘶一声，大家都完了。

幸而余元庆等人懂得驯马功夫，晓得怎样拍马屁，提心吊胆地折腾了大半天，马匹终于客气地让出巷道，让文天祥通过了骑兵营。

好容易过了这一关，文天祥等到达江边，却不见约定的船只，文天祥把藏在靴筒里的匕首拿了出来，他已经决定，万一逃脱不成，他就自杀。

幸而此时，吴渊的船出现了，文天祥等快速地踏上跳板，进入船舱，小舟慢慢驶出江边，此时，满江全是元朝的战船，不断地与小舟擦身而过，元人做梦也没有想到，小舟中正坐着南宋状元宰相文天祥。

此时正是二月里，江面上寒风瑟瑟，海天茫茫，愈行愈远，文天祥仰望黑夜，对着繁星点点，不知未来命运如何，他正在长吁一口气，庆幸逃出了元人掌握，突然远远传来问话声："是什么船?摇过来查查看。"

原来，文天祥遇到缉私的船，如果真要划过去让他查，岂不是白白送上去。当下，杜浒等人猛力摇着桨，快速地逃走，巡查船大呼："是歹船，追!"幸亏老天帮忙，恰好潮退，巡查船追不上，再加上巡查船以为了不起是小小走私，谁也没想到暗藏如此重大"私货"，否则元军战船一定追来。

文天祥这才出了江，遇着顺风，终于脱离了虎口，这一路之上，真像是演侦探恐怖片。文天祥好不容易逃过一劫，却迫不及待又要投入危险的救国工作。

李庭芝中了元朝的离间计

文天祥历尽艰险，终于虎口脱身，他长吁一口气，瞻望前途，似乎呈现了一片光明的远景。

文天祥一行，终于抵达真州城下，向守城卒吏，通报了姓名，卒吏忙不迭地上报真州安抚苗再成。

苗再成一听文丞相驾到，兴奋极了，真州百姓更是万人空巷，纷纷跑出来，争睹状元宰相的风采。

古代交通不便，没有新闻传播工具，苗再成竟然根本不知道宋朝向元朝投降一事，听到文天祥细述经过，苗再成也感伤极了。

苗再成问文天祥："宰相日后打算如何？"

文天祥思索了一会儿道："我想去淮东找李公。"李公指的是李庭芝，此刻宋朝仍然拥有一些兵力，并且对宋朝忠心不贰的大概只有李庭芝了。

不料，元朝军队发现文天祥逃脱以后，异常愤怒，对外散播谣言，说是文天祥投降了元朝，元朝派文天祥赴地方劝降。

李庭芝自江南逃兵口中也获得了这个消息，说是元军秘密派遣文天祥去劝诱苗再成投降。于是，他立刻写了紧急公文，快马加鞭送到了真州，命令苗再成把"先投降敌人，继而又当了敌人间谍"的文天祥，就地逮捕斩首示众。

苗再成接到了紧急公文，先是一愣，接着责备自己太天真，想元军伯颜一路严密看守，而且布下了天罗地网，文天祥一个文弱书生，怎么有办法逃出魔掌？文天祥所言一路上逃亡的经过，也未免太离奇了。

但是，苗再成又觉得，文天祥一行，个个都是置个人生死于度外的模样，左看右看，也不像是装的。同时，文天祥并没有向他劝降，反而鼓励他与元军战斗下去，这又是怎么一回事？苗再成都搞糊涂了。

最后，苗再成决定，给文天祥一个机会，免得白白牺牲了一个忠臣。他先骗文天祥一块儿去巡视真州城防堡垒，当文天祥一行跨出了真州城门，苗再成拿出李庭芝的文书道：“有人在扬州，听得丞相通敌的消息。”说着，径自回城，立刻关上了城门，留下文天祥愣在城门外，不知如何是好。

文天祥一行十二人面面相觑（qù），互相长叹，怎么也料想不到，赤心保国，却落了一个不能见谅于自己人，这种被冤枉的滋味真是不好受啊！

文天祥在城门外，来来回回踱着方步，他考虑了许久，下了决定道：“既然李庭芝怀疑我通敌，我就去扬州，和他当面解释个清楚。”

正在此时，忽然城门大开，缓缓来了一批人马，为首的说：“我等奉命，护送文丞相，看相公要去哪里？”

“必不得已，惟有去扬州见李相公。”

“李制使要杀丞相，去了岂不是送死，何不去淮西？”

按淮西是元军控制之地，一听此言，文天祥脸色大变道：“看来苗安抚也是怀疑我通敌，那我更要去扬州，生则生，死则死，就是死于扬州，也无愧于大宋朝的宰相。”

为首的人目见文天祥一副视死如归的神情，翻身下马，一抱拳道：“我是奉命试探文丞相，苗安抚有令，若是丞相果有赴淮西元营之意，就地正法也。”于是，一路人马护送文丞相从真州到了扬州城外，然后拜别。

幸亏文天祥真金不怕火炼，否则就死在真州城外，陈尸原野了，实在好险。

文天祥到达扬州城外时，还没天亮，城门紧闭，寒风阵阵吹来，有点凉飕（sōu）飕的，但是心上更凉。

杜浒说：“即使见到李公，把事情说清楚，他还是不相信。那该如何是好，万一被他关了起来，又怎么办？”

杜浒这话很有见地，天下许多事，原非“沟通”二字可以化解，若是心有成见，说破了嘴也没用。

文天祥认为杜浒的看法有理，若是死在李庭芝自己人手中，那才真是冤啊，未免太不值得了。当下决定，先去高邮，再往通州，赴闽广一带，找寻二王。所谓二王，指的是宋朝投降之后，恭帝赵㬎（xiǎn）的兄弟益王赵昰（shì）与广王赵昺（bǐng），自临安逃出，到了福建。

此时，文天祥随行之一余元庆找了一个樵夫，他识得前往高邮之路。但是，余元庆却打了退堂鼓，他不想再跟文天祥走下去了。

余元庆原也有一腔热血，但是，他看清了宋朝的腐败，也经过了劫后余生，如今，又遭到自己人李庭芝的不谅解，深深体会到，大势已去，绝不是单靠他们几个人可以扭转乾坤的，他不想再过风餐露宿，提心吊胆的日子了，刚好他的家乡在真州，他准备回去当老百姓。

余元庆要走，李茂、吴亮、萧发也熬不下去了，他四人悄悄地离开了文天祥，并且带走了一些白银。文天祥身旁只剩下八个人了。

余元庆开溜，文天祥倒并不怪他们，他知道自己走的是一条艰辛、困苦，而且没有希望的道路，他从来不敢想会成功，却还是义无反顾地走下去。文天祥要让当世人看看，尤其是让后代人看看，中国人还有这么傻的知识分子，考取状元的，不是都想升官发财，也有怀抱大志的。

文天祥的《指南录》

在上一篇，我们讲到，文天祥一行为逃避元军，狼狈已极，余元庆等四人熬不下去，悄悄地离开了，如今，只剩下八个随行伴着文丞相苦苦撑下去。

由于文天祥等人要躲避元军的追赶，一路上，不敢走大路，只敢在荒烟蔓（màn）草的羊肠小径穿梭，跌倒了再爬起，虽然身上还有少许银子，却不见商家。他们也不敢随随便便的讨食，只能拼命忍着饥饿。

走着走着，天已大亮。当时，元军早上放哨，万一被查哨的看到，岂不前功尽弃？非得找一个地方藏身才行。远远的，他们看到一个露天的土围子，走近一看，原来是荒废的牛栏，臭不可闻，他们就捏着鼻子一块儿挤了进去，然后掏出钱来，拜托领路的樵夫进扬州城去买点儿干粮。

樵夫走了不久，忽然远处马嘶传来，竟然是元军数千压阵而来，铿（kēng）铿锵（qiāng）锵的刀剑撞击声，把文天祥等人吓得胆战心惊，赶紧蹲下身子，此时既不能顾忌牛栏的污秽，也不能计较牛粪的恶臭，更管不了肚子饿得咕咕叫，一心盼望元军早点儿离开。

其中之一的随行，他稍微伸长了脖子，望外看了一眼，他低呼一声："糟了。"接着把头尽量压得更低。原来，这一群大军是押解亡宋祈请使等一行人，而文天祥等正是从这个团体中逃脱的，真是冤家路窄，人生何处不相逢。

幸而在千钧一发的时刻，天昏地暗，下了一场倾盆大雨，雷声隆隆，十分骇人。躲在牛栏中的文天祥等，当然是更加狼狈，从头湿到脚。牛栏外的元军，为着躲雨，快马加鞭，疾驶而过，也没有兴致瞄一眼牛栏。如果元军看一眼，就会大喜过望，原来苦苦寻觅的文天祥，正藏身牛栏，元军可以不费吹灰之力，来一个瓮中捉鳖。

元军终于走了，文天祥一行站起，一个个全身都是牛粪泥巴，三分像人七分像鬼。走了没几步，又遇到元兵，他等即刻藏身到竹林中去，不幸得很，王青被捕，金应被逮，张庆眼睛中了一箭，邹捷腿上受了伤。文天祥命大，被竹丛挡住，元军没能发现。

当文天祥终于到达通州时，他已经被折磨得不成人形，随行十二人只剩下一半，回顾自被扣元营到脱险，整整四十天的非人生活，他把这段经过整理出来写成诗篇，题目为《指南录》。我们这几篇的故事，就是参考《指南录》写成的。

蒙古骑兵，佚名绘。

文天祥在《指南录》后

序说："呜呼，死生昼夜事也。"以他一个文弱的书生，经历这四十天的煎熬，换了别人，早已心灰意懒，捡回一条命，回去当老百姓了。可是文天祥非同凡人，他吃尽苦头，却更坚定救国复国的决心，生生死死，他早已看开。他在通州，来不及休息，急着雇舟南下，到温州去寻觅二王。

所谓二王，指的是赵昰（shì）与赵昺（bǐng），两人都是度宗的庶子，嫡子赵㬎（xiǎn），虽然已经投降了元朝，但是中国大部分的领土，尚未落入元军之手，宋朝有一些不愿意为元臣的文武官员，仍然希望重整河山，因此，共推赵昰为新皇帝，是为宋端宗，在福州即位。

宋端宗即位那年，只有九岁，相当今天小学三年级的小朋友，怎么能处理国家大事？因之，一切军政大权，仍然操在陈宜中手里。

说来让人痛心之至，中国人真是不能团结啊，这个局促在福州的小朝廷，一切因陋就简，但是，陈宜中等人的官架子仍然不能不摆，官瘾不能不要，陈宜中堂而皇之当了"左丞相兼枢密使，都督诸路军马"，官大权也大。

文天祥千辛万苦，长途跋涉到了福州，心中怀抱着无限的欣喜与热情。他以前对陈宜中的印象不佳，满以为经历了国破家亡之后，陈宜中应该"懂事"一些。

谁知陈宜中因为有"临阵脱逃"的前科，心里有自卑感，而文天祥赤胆忠心，人所仰慕，他好像打翻了醋罐子，讲起话来酸酸的，又随时不忘摆架子，似乎要给文天祥一个下马威，十足腐败官僚的丑恶嘴脸。

文天祥好生气，若不是为了顾全大局，他真要与陈宜中翻脸。陈宜中不愿意文天祥在端宗身边，抢他的风采，于是，派文天祥远赴南剑州（福建省南平县）经略江西。文天祥虽然不情愿，也还是到了南剑州，并且积极地招募豪杰，准备收复河山。

宋朝臣子们拥立端宗，自然是元朝所不能容忍的，元朝伯颜命令已经成为俘虏的太皇太后，派了两名宦官，千里迢迢，火速召二王回临安。

这两名宦官，领了太皇太后的懿旨到了温州。温州的宋将，二话不说，就把两名宦官，连同随行的宋兵，一起扔到大海之中喂鱼去了。

元军接到消息，即刻兵分三路南进，一路从浙江入福建，一路从浙江入江西，还有一路从湖南侵入广东。

谢枋得的故事

在文天祥义无反顾地奋斗过程之中，除了他以外，还有不少可敬可爱的知识分子与他一般傻。文天祥是状元，同年二甲第一名谢枋（fāng）得，二甲第二十七名陆秀夫都是宋朝末年响叮当的代表人物，忠节集于一榜，这是千古佳话。现在，我们暂时放下文天祥，先介绍谢枋得。

谢枋得，字君直，为人豪爽，不拘小节，他有速读的本领，能够同时看五行，他不但看书速度惊人，而且记忆力高超，过目不忘，领教过谢枋得观书本事的人，无不翘起大拇指称奇。

在读书时代，谢枋得就以直说敢言著称，他口才很好，头脑清晰，逻辑清楚，而且感情充沛，每次论起国家大事，总是情绪激昂到达了极点，常常引起旁人侧目，也常常让人担心他多言贾祸。他的好朋友徐霖（lín）形容他如一只飞鹤，插翅入云霄，根本不是任何笼子可以关得住的奇才。

宝祐年中，他参加进士考试，在对策之中把丞相董槐与奸臣董宋臣批评得体无完肤，他的文章之中有一股庞大而凌厉的力量，更有一种坚韧不屈的精神，使得看过的人感到极大的震撼。

考上进士之后，谢枋得担任过抚州司户参军，也曾经带领信州百姓抵抗盗匪，不久，他直言的个性果然惹出祸事。

当时，贾似道欺上瞒下，戏耍皇帝，整日蹲在地上玩斗蟋蟀，号称为“军国大事”，把真正的军国大事置之脑后。贾似道喜欢吃蕈（xùn），尤其是天台山上的蕈，但是蕈一离开了桐木，味道就变了，于是有好事者劳师动众，自天台山上把桐木连蕈一块儿搬下来，让贾似道大快朵颐。

除了山珍，贾似道还偏好鳊（biān）鱼，特别是苕溪中的鳊鱼，会拍马屁的赵与可养了数千条鳊鱼，并且雇了大船，每天忙着运鳊鱼。

贾似道坏事做尽，却十分要面子，当时一般人为阿其所好，竟然把他捧为“周公”，真是恶心。谢枋得对这位“周公”，实在不能苟同，拿起笔来，痛快地斥之为“兵必至，国必亡”的奸佞，这话说得一点不错，如此国家焉得不亡。

有个名叫陆景思的漕使，一向与谢枋得合不来，漕使是个肥缺，陆景思与贾似道走得很近，才能捞着这个好处，他以对贾太师忠心耿耿为名，把谢枋得这篇厉害的大作，恭恭敬敬呈献给贾似道。

谢枋得，选自《三才图会》。

贾似道一看大怒：“这还了得！”立刻以诽谤罪的名义，摘除谢枋得的官职，并且谪居兴国军。一直过了数年，谢枋得才被赦回。

谢枋得听说吕文焕苦守襄阳五年，贾

似道不理不睬，而且瞒住皇上，他十分气愤，决心用一己绵薄之力救援吕文焕，他正准备只身前往江州，与吕文焕当面商议，不久，消息传来，吕文焕已经对宋朝由爱生恨，转而投降元朝。

这个坏消息并没有击倒谢枋得，他决心自己投笔从戎，可惜，毕竟是一介儒生，与文天祥差不多，三两下就败下阵来。

谢枋得眼看当时预料的“兵必至，国必亡”就在眼前，心情沮丧到了顶点。他隐姓埋名，披麻戴孝，藏身于建宁唐石山中，经常望着东边，号啕痛哭，哭得凄惨极了，不认识的人都以为他神经有毛病。

为了糊口，谢枋得在建阳市中卖卜。中国人一向喜欢算命，“卜以决疑，不疑何卜”，算算流年，算算妻财子禄，半消遣半认真。只要有顾客上门，谢枋得就干咳一声，清一清喉咙，按着出生年月时日的干支八字，配合阴阳五行相生克之理占卜吉凶。国已亡，他心已死，做什么都无所谓。

这位算命先生算得还蛮准的，可是很奇怪，当顾客请教完毕，付了钱站起来要走之时，谢枋得总是拿起一枚铜币道：“这就够米钱了，其余请拿回去。”

顾客还以为自己听错了，转身要走，谢枋得又唤道：“拜托，请把多余的钱带走。”久而久之，建阳市都知道这么一个怪异的算命先生，继而人们发现他谈吐不俗，腹中颇有诗书，把他请到家里当师塾，谢枋得也欣然前往，建阳人氏却不晓得，这位师塾可是进士出身，大有来头。

宋朝灭亡以后，集贤学士程文海推荐二十二名大学问家给元朝朝廷，元朝行省丞相兀台亲自来访谢枋得，热络地执着谢枋得的手请求帮忙，谢枋得推说：“上有尧舜，下有巢由，谢枋得名姓不详，不敢赴诏。”

兀台拿谢枋得没办法，悻悻然告辞。

陆秀夫与张世杰

在宋朝末年，抵抗元军最著名的民族英雄，除了文天祥以外，就是张世杰与陆秀夫，人们合称之为“宋末三杰”。

话说宰相陈宜中控制的小朝廷，不断地企图排挤文天祥，自己却抵抗不住元军的进犯，陈宜中第二度逃之夭夭，不知去向。

小皇帝端宗，在海上遇到飓（jù）风，受了惊吓，小小年纪，实在禁不起这番折腾，活活给吓死了，可怜，死时才只有十一岁。

端宗这么一死，大有树倒猢狲散的败落味道，幸而签书枢密院事陆秀夫登高一呼：“大家不要忘记，度宗还有一个儿子在呀，古时候有以一旅之众，一城之地，尚可中兴者，今天百官有司俱在，有士卒万人，证明上天还不准备灭绝大宋，难道我们不能再复兴吗？”

陆秀夫，字实君，文章清丽，平日个性沉静，不喜多言。在应酬场合，不管旁人闹酒闹得如何热闹，他总是一个人矜持庄重坐在席上不言不语。

众人没有料到，沉默寡言的陆秀夫真是不鸣则已，一鸣惊人，他这番话凝聚了人心，为大家重新燃起了希望。于是，百官共推赵昺（bǐng）为帝，赵昺只有八岁大，相当今天小学二年级的小朋友，由张世杰、陆秀夫两人共同辅政。

帝昺这个小朝廷委实可怜，只剩下小小的几个县，张世杰选择了广东新会的崖山为根据地。崖山位于广东赤县东海中，有两山相对如门，又称之为崖门山，地势险要，可以扼守。

张世杰派人入山伐木，草草搭了三十间稍微像样的房屋，作为皇帝的行宫，又造营房三千间，作为军旅长期抗战之用。

在这个颠沛流离逃难之所，朝廷之上早就无所谓纲纪，可是陆秀夫每日朝会，仍然手捧着象笏，庄严敬谨肃立着。面对着眼前一片凄凉，他却时时忍不住，偷偷用朝衣拭去眼角的泪水，左右看到的人无不为之动容。

张世杰、陆秀夫，一个主外，一个主内，渐渐把崖山朝廷经营起规模，附近的州县纷纷加入，一时之间，俨然成为复兴的基地。

不幸的是，元朝大将张弘范嗅出这股气息，他向元世祖忽必烈上报："宋朝人强调忠臣不事二主，而且中国人素来认为：汉族衣冠，不能沦为夷狄。因此崖山小朝廷，虽然不足以成事，却不能等闲视之，我们必须把它消灭得干干净净，不留一点儿祸根。"

元世祖忽必烈认为张弘范的建议极有见地，立刻赐赠尚方宝剑，任命张弘范为大元朝蒙古汉军都元帅。

张弘范在潮阳，先俘虏了最孚（fú）众望的文天祥（这段经过我们下次再谈），然后全力扑向崖山。

有谋士对张世杰说："出海的要塞港口，我们无论如何要固守，否则我等即无法进退。"

张世杰却另有想法，他的看法是："老是守在海上，士卒必然离心，现在，是决一死战的时候到了。"他一狠心，把岸上的一切设备完全烧个精光，然后集合全部人马，撤退到了一千艘巨舟上，用铁链把舟与舟之间锁起来，四周筑起楼棚，帝昺的巨舟停在一字形船阵正中间。

张世杰的战略，许多人都觉得不妥，都提醒张世杰："莫忘了赤壁之战的教训。"

赤壁之战是三国时代有名的一场大战，曹操率领大批舰队乘风破

张世杰，选自《吴郡名贤图传赞》。

浪而来，他为了应付军士们的晕船症，把大船小船搭配起来，首尾用铁环相连接，上面铺以宽木板，曹操在甲板上愉快地漫步，并且浪漫地引吭高歌："对酒当歌，人生几何，譬如朝露，去日苦多……"

曹操正在得意，结果，诸葛亮与周瑜却想出了火攻，再配合黄盖诈降，将二十艘火舟，如箭般冲入曹军大营之中。这一场惊天动地的赤壁之战，奠定了日后曹操、孙权、刘备三分天下的局面。

张世杰胸有成竹道："各位放心，我不会重蹈曹操的覆辙的。"原来，张世杰早料到元军必然会效法赤壁之战来火攻，他就先预备了灭火的法子，他把每一条战舰，都敷上一层厚厚的泥浆，不易着火。这个原理就像人们在土里挖一个洞，摆些稻草枯枝就可以烤香喷喷的番薯，却不必担心火势会蔓延。

另外，张世杰又找来许多又粗又长的木棍，做成撞杆，只要火种船缓慢驶近，就派士兵用撞杆去撞击火种船，当然，撞杆没有力量把火种船撞倒，却足以使火种船不容易靠近宋朝的战舰，甚且火种船自己燃烧起来了。

张弘范率领元军浩浩荡荡开拔而来，发现张世杰用铁锁把船连在一块，先是掩嘴暗笑："这个方法可真够笨的。"可是，攻了又攻却始终烧不掉宋朝兵船，才晓得张世杰预先做了布置。

张世杰是个血性汉子，他的外甥韩某，却早投降了元朝。韩某曾经一连三次前来劝舅舅道："崖山早晚都守不住，你何苦白白断送一条命，识时务者为俊杰，用不着这般固执啊。"

张世杰淡淡地回答："我知道，投降的话，荣华富贵都有了，却对大义有亏，你不必再说了。"

韩某只好惭愧地去回报张弘范，张世杰是劝不动的，他决心与宋朝共存亡。

留取丹心照汗青

在上一篇中，我们说到，张世杰把一千艘巨舟，首尾相连，与元军展开殊死战。

元朝大将张弘范派了张世杰的外甥韩某去劝降，结果，韩某被舅舅训斥一顿，不得要领。

张弘范不死心，他思来想去，总认为毛病出在韩某是晚辈，分量不够，如果能找到一个孚众望的人去劝降，效果定然不同，而这个最佳人选，莫过于文天祥文丞相。

此时文天祥已被张弘范俘虏，张弘范差了人天天去和文天祥磨菇，翻来覆去对文天祥说："你告诉张世杰，这场战争用不着再打下去了，百姓也可以吁一口气，大家安享太平，不是很好的事吗？"

张弘范真是找错了对象。文天祥是个逮住机会，就想逃出来再干一场的人，他怎么会反过来替元朝讲话呢？只有苦笑道："我自己捍卫不了父母，已经够惭愧的了，你还要我教人背叛父母，未免太不近人情了吧！"

过了没两天，文天祥突然改口道："我想我可以为你们写一封信给张世杰。"

张弘范大喜过望，心忖真是皇天不负苦心人，文天祥终于首肯。等到他接过文天祥的手稿一看，却不禁凉了半截，文天祥是这么写的：

辛苦遭逢起一经，干戈寥落四周星；
山河破碎风抛絮，身世飘摇雨打萍。
惶恐滩头说惶恐，零丁洋里叹零丁；
人生自古谁无死，留取丹心照汗青。

所谓汗青，乃是古代在竹简上书写，先以火炙竹简去湿，再刮去竹青部分，便于书写，并可防蛀，因此称之为汗青，此处代表史册之意。

文天祥这一句“人生自古谁无死，留取丹心照汗青”，何等豪迈，何等悲壮，完全表露出一个读书人的气节，也成为历史上传诵不已的名言。

从此以后，张弘范不敢再打文天祥的主意，全心全力进攻崖山，夹杀张世杰，并且派人对着崖山，大声地喊话：“你们的陈丞相（宜中）早已开溜，你们的文丞相又在我们的手中，你们既然没有指望，还不如早日投降。”

张世杰的部队意志力坚强，竟然没有一人投降，但是，崖山被堵，水源中断，虽然面临汪洋大海，却有干渴的窒（zhì）息感。

有人受不了，舀起海水就咕噜咕噜灌下去，海水入口的一刹那，虽然咸了一点，喉头却很舒畅。可是灌饱了海水可难受了，上吐下泻，脸色惨白。即使情况如此狼狈，张世杰率领的一班弟兄，仍然斗志高昂，努力奋战。

双方相持二十三天之后，元兵突然发动全面攻击，张弘范耍了一招，他下令奏乐，声调悠扬，乍听之下，让人误以为元军在召开大规模的宴会。其实，这便是攻击的暗号，一会儿工夫，元军的船舰冲破了宋军的一字长蛇阵，双方展开肉搏大战，元兵身强力壮，宋朝的士兵虽然奋勇抵抗，却不是相扑角力的对手。

张世杰眼看大势已去，突围而走，他想要带着小皇帝帝昺，差了人去接帝昺。

此时帝昺在陆秀夫的严密保护之下，张世杰派出的信差十万火急道："快，快把小皇帝交给我，再迟可就来不及了。"

张世杰派来的信差，陆秀夫以前没有见过，他也不太相信，在元军猛厉的攻击之下，张世杰还能够逃脱，退一步来看，就算果真是张世杰遣来的人，万一此人拿到了小皇帝，立刻跑到元军那儿邀功，那又如何是好？素昧平生，实在不能轻信啊。

陆秀夫，选自《清刻历代画像传》。

陆秀夫平静地对信差说："对不起，皇帝不在这儿，这儿不安全，早送皇帝到乡下去了。"

信差不相信陆秀夫，却也莫可奈何，陆秀夫想到当年徽钦二帝所受的折磨，实在不忍心九岁的小皇帝帝昺再忍受非人生活。

于是，他牵着小皇帝的手，来到崖山山边，先把自己的妻子赶入海中，免得元军攻入，妻子遭到凌辱。

然后，他扑通一声，跪在小皇帝的跟前，哽咽地说着："国事到了这个地步，陛下只有为国成仁，免得日后被俘，受到元朝的侮辱。"

小皇帝不晓得究竟发生了什么事，只知凉风习习，站在悬崖旁边好可怕，忍不住"哇"的一声哭了起来，然后吵着说："我要回去，不要待在这里。"

小皇帝这一哭，陆秀夫也鼻酸难忍，他叩了一个响头："陛下，我们要殉国了。"然后，眼泪一抹，背起帝昺，纵身跳海，悲壮极了，许多陆秀夫的属下，也跟着不要命地往海里跳。

七天以后，海中飘浮上来许多尸体，元兵在死尸之中，发现一个穿黄衣的小男童，身上还揣有一颗大宋朝的国玺，想必是帝昺无疑，赶紧上报张弘范。

张弘范喜出望外，这下子宋朝断了根，不用再怕死灰复燃了，立刻上报元世祖忽必烈，并且还得意忘形地在崖山悬崖上刻下了"镇国大将军张弘范灭宋于此"，用以表彰纪念自己的功德。但是到了明朝，这块字迹被人铲平，改刻以"宋丞相陆秀夫死于此"几个字。

陆秀夫背帝投海之后，宋朝正式灭亡。张世杰虽然突破重围，别立赵氏，企图再起，却不幸溺海而死。张世杰、陆秀夫真是可歌可泣，忠贯日月。

巩信和赵时赏的故事

介绍过张世杰、陆秀夫、谢枋得以后，我们再回头看一看文天祥后来如何。

话说文天祥遭陈宜中排挤，只好前往江西，虽然接二连三遭到重挫，文天祥却是屡败屡起，毫不气馁（něi），他立刻又召集民兵，准备轰轰烈烈地干它一场。

文丞相三个字毕竟仍然有相当的魅力，他登高一呼，湖南、江西的一干义兵纷纷投效到他旗下。可惜，义兵有勇气却没有作战的能力，实在不是骁勇善战的元兵的对手，交锋几次之后，又颓然败下阵来，在方石岭这个地方，被元军逼得进退维谷。

白发老将巩信对文天祥说："文丞相，你快离开，这儿就交给我了。"

文天祥心忖，逃得一命，还可以重组军队再起，万一被捕，一切都落空了。他老早抱定决心，不成功便成仁，但是他会全力以赴拼到底，绝不轻易放弃，束手就擒。

事不宜迟，文天祥对巩信长长一揖，快马加鞭地走了，巩信率领数十名敢死队员，牢牢守在方石岭洞口。

元军遥遥看到数十名宋军晃来晃去，一副悠哉游哉，漫不经心的模样，疑心是诱敌之计，不敢放马过来。为了安全起见，元兵开始乱箭齐发。

奇怪的是，射了好一阵子，洞口仍有数十人徘徊，元军心想，果然有埋伏，幸好没有贸贸然攻向前去，如此过了数个时辰，方石岭前，依旧是数十宋军，既未减少，却也不见增加。

元军认为事有蹊跷，派了人悄悄绕过后山，这才惊讶地看到，原来数十宋军早已身如蜂窝，却仍然靠在大石头上，因此，远远望去仿佛还是活生生的。尤其为首的巩信，从头到脚插满了利箭，简直像是刺猬，他背后的石头沾满了鲜血，一滴一滴往下流着，他努力撑着，为的就是掩护文天祥逃亡。

好一个热血的巩信!

元军见此光景，知道被耍了一计，气得直跳脚，更誓言非活捉文天祥不可，立刻翻身上马，向前奔去。

蒙古马本来就快如闪电，第二天一早，元兵已经赶到空坑这个地方。文天祥听说元军追来，拉着杜浒等人便逃。这一天，大雾弥漫，伸手不见五指，怪的是文天祥起初没命地逃，后面不断传来元兵达达的马蹄声，可是，过了一会儿，忽然间，一切归于沉寂，四下静得可怕。

元军为什么停住脚步了呢？原来，他们误以为已经捉到了文天祥。在空坑这个地方，元兵截获一顶轿子，掀开轿顶，只见里面端坐一位温文儒雅、气质不俗的儒生。

“你是什么人？”

“在下姓文。”儒生答道。

元军原也没见过文天祥，只知他是身长玉立的美男子，而眼前读书人长相不俗，又说自己姓文，应该就没错了。其实，此乃赵时赏也，他与文天祥也是朋友，为了救文丞相出险，不惜李代桃僵冒充到底。

于是，元军押着假文天祥，兴高采烈回到元营。元将再三审问，赵时赏都自称是文天祥，一直到有认得文天祥的看了赵时赏，才惊呼：“抓错人了……”赵时赏的下场不问可知。

赵时赏，选自《锡山赵氏宗谱》。

好一个热血的赵时赏！

在空坑之难中，文天祥虽然侥幸脱险，但是他的妻子、一个儿子、两个女儿都被俘虏而去。文天祥当然很伤心，国仇家恨却支持他再接再厉。

文天祥又再度招兵买马，在汀州、潮州、惠州一带训练军队，在这一段时候，端宗过世，帝昺即位，文天祥上表帝昺，帝昺封文天祥为信国公。

文天祥部下有个叫陈懿的，原先是个盗贼，后来被招安。可是江山易改本性难移，没过多久又想念杀人越货的勾当，而且说干就干，狠狠做了几票。文天祥恼怒陈懿败坏军纪，正要动手办陈懿，陈懿竟然先一步投效元将张弘范，并且引领张弘范到海丰北边的五坡岭。

文天祥等人正在用饭，元军突然闯了进来，撞个正着，文天祥心想，该来的终于要来的，也没什么好怕的，他从从容容把藏在身上的毒药塞入口中，顿觉天旋地转，说也怪哉，白面书生弱不禁风的文天祥，吞服毒药之后，除了头昏脑涨，竟然好好的没死。

元兵把文天祥送到了潮阳，元将张弘范见了文天祥，嘿嘿干笑两声："文丞相，我们又相见了。"

文天祥寒着脸不说话，心中直懊恼，为何服下毒药却安然无恙，真气人啊。

张弘范知道文天祥是硬汉，亲自为他松了绑，请入上座。此时，张弘范正在对崖山发动总攻击，遂把文天祥也带了去。

张弘范对付不了张世杰的战略，曾把歪脑筋动到文天祥身上，企图用文天祥说服张世杰，谁知文天祥竟然写了"人生自古谁无死，留取丹心照汗青"送给张世杰，勉励他"留取丹心照汗青"。

文天祥以手无缚鸡之力的书生，起而抗元，他屡起屡败原是意料中事，难能可贵的是他屡败屡起，每次失败之后，捂着创伤又站了起来，这分毅力，这分对国家永恒不变的爱，真正应了《圣经》中所说的"爱是恒久忍耐"。

文天祥拒绝投降

文天祥被俘以后，被张弘范押解一块赴崖山，他听得战鼓咚咚的敲，号角呜呜的吹，他在心中默祷张世杰能够打赢，虽然明明知道这是不可能的事。

过了几天，一切归于沉寂，静得让人发慌，文天祥心里有数，一切都过去了，宋朝真的灭亡了。但是，他不敢开口问，他不自觉地想要逃避现实，仿佛晚一天知道噩耗，宋朝就在世间多延续一天。

当张弘范眉开眼笑，掩不住喜悦地告诉他，陆秀夫负帝投海，文天祥仍然感伤不已，张弘范婉言相劝道："丞相的忠孝已经尽了，事到如今，你何不改任大元的宰相？"

文天祥红肿的眼睛又流下了眼泪："国亡不能救，为人臣者，死有余罪，岂可有二心、事二主呢？"

经过这段时日，张弘范深深了解，文天祥外柔内刚，根本是说不动的人，他对宋朝是死心塌地，尽忠到底，元朝想要文天祥当宰相，那真是缘木求鱼。因此，张弘范决定把棘手的事往上推，听候元世祖亲自发落，懒得再伤这个脑筋。

不过，由崖山到燕京路程不算短。上一回就是在北上途中，文天祥开溜，这一次，元朝可不想再旧戏重演了。一路之上，防守极其严密，文天祥根本是插翅难飞。

到了江西，这是文天祥的故乡，他打算死在这儿，所以开始绝食，不吃不喝，决心在祖宗庐墓之地长眠。如此一连八天八夜，奇怪的是，又与上一回吞毒药一般，文弱的文天祥由于精神力量特强，竟然又不死。

八天之后，元兵开始担心，万一文天祥绝食成功，真的魂归西天，到了燕京，只剩下一具尸体，那该如何向元世祖交代？商量的结果，众人七手八脚，硬把文天祥的嘴巴掰开，端来一碗热粥灌下去，洒得满头满脸，鼻孔眼睛全是粥汤，受罪还是小事，文天祥明白，在故乡是死不掉的，只好乖乖进食，以后再找机会。

最后到达了燕京，元军把文天祥安置在一间华丽的会馆里，当然，还是看得紧紧的，一步也不放松。没多久，就有留梦炎前来请安了。这留梦炎原是宋朝的左丞相，与陈宜中不合，不留一言便投效元朝了。

留梦炎久闻文天祥的刚烈，他可不想自讨没趣，但是上头有令，不敢相违。当他一踏入文天祥的房间，一接触文天祥的凌厉目光，立刻垂下了头。正准备开口，就被文天祥骂个狗血淋头："你的书到底都读到哪里去了?"

留梦炎不敢说："书本上是一回事，现实生活又是另外一回事啊！"反正，留梦炎灰头土脸地退了出来，很难为情地报告元世祖，他没有办法。

元人见留梦炎没辙，突生奇想，既然文天祥是个死心眼，不如利用宋朝小皇帝赵㬎（xiǎn）以旧日国君的身份，劝说文天祥投降。

主意已定，元人差了赵㬎前来，赵㬎不过是九岁的小毛头，能懂什么，而且在人屋檐下，能不低头吗？当赵㬎跑来找文天祥时，一派天真烂漫，文天祥只觉鼻酸，扑通一声跪在地上，不断地说："圣驾请回，圣驾请回。"

赵㬎看着趴在地上的文天祥，不晓得如何是好，呆了半晌，话也说不出来，匆匆退出。

元世祖见两次派人说项，都碰了一鼻子的灰，十分不悦，软的既然不行，还是来硬的吧。

元朝宰相孛罗决定亲自出马，他先下令把文天祥关入大牢，让他尝一尝披枷戴锁的狱中生活，磨一磨锐气，吃一吃苦头，把细皮嫩肉的文天祥，折磨得不成人形。然后再把文天祥押上枢密院，开堂审问。

经过了一个月的非人生活，文天祥仍是傲气不改，他从从容容走上枢密院的台阶，潇潇洒洒长揖为礼。

两旁差役高喊："跪下！"

文天祥答以："南之揖，即北之跪，我是南方人，行南方礼，不跪。"

孛罗大怒："不由你不跪。"于是，两旁差役抓手的抓手，按脚的按脚，下手极重，硬是把文天祥屈成一个下跪的模样。

孛罗透过通事（即翻译）对文天祥道："你有什么话要说？"

文天祥侃侃答道："天下事有兴有废，自古帝王将相，灭亡诛戮，哪一个朝代没有呢？天祥今日忠于大宋朝，以至于此，愿求早死，以报国家。"

孛罗半开玩笑道："自盘古开天，到现在，共有几帝几王，我不清楚，你倒不妨为我一一说来。"

"一部十七史，从何说起？我现在又不是参加博学宏词科的考试，无此闲暇也。"文天祥没好气地回答。

孛罗冷笑地讽刺着："那你倒是说说看，自古以来可有为人臣者把宗庙城廓土地，全部献给他人，然后自己逃跑的吗？"

文天祥晓得孛罗话中有话，立即反驳道："将宗庙社稷让与人，是卖国之臣也。我前日被伯颜所执，当死而未死，乃因度宗皇帝二子尚在浙东。"

“那么，抛弃你的德祐皇帝（即赵㬎）另立二王，这算忠吗？”孛罗又逼问着。

文天祥不疾不徐答道：“当此之时，社稷为重，君为轻，正如同跟随徽钦二帝北上者，不是忠臣，跟从高宗另建南宋皇朝者才是忠臣。”

文天祥从容就义

在上一篇，我们说到，文天祥被俘，押到燕京，元朝丞相孛罗亲自审问，孛罗见文天祥昂然不屈，大生敬佩之心，可也忍不住批评道："你千辛万苦拥立二王，到底成功了没有？既然明明知道徒劳无功，为什么要做这种傻事？"

孛罗此语，倒是正说到文天祥的心坎里，他叹了一口气道："我打个比方你就明白了，譬如父母生了绝症，卧倒在床，明知其病入膏肓，却也没有不用药的道理啊。我尽了最大的心力，对得起自己的良心，救不了国家是天命，我今天到了此一地步，只有一死而已，何必多言？"

一句何必多言，又把孛罗惹火了，他挑衅地说："你要死，没那么容易，我偏不让你死，把你关起来！"

文天祥淡然地说："既然我以义死，又哪儿在乎关不关？"

"好！"孛罗转身对狱吏道，"把他押下去，我不要再听他说话了。"

孛罗一怒之下，本来想杀掉文天祥算了，可是他知道，元世祖、张弘范大家都不同意。因为文天祥形象太好，人格完美，如果能够劝服他降元，对元朝治理南方有绝对的号召力。

孛罗把文天祥关入大牢之后，想尽了种种办法来折磨他，孛罗每隔十天半个月，总是好奇地差人问狱吏："文丞相还硬不硬？"答案都是一样，真让孛罗泄气。

孛罗心想，文天祥虽是富贵不能淫，威武不能屈的硬汉，毕竟是感情丰富的性情中人，否则不会对国家有如此浓烈的感情，也许用亲情的力量，可以将百炼精钢化为绕指柔丝，因此元人命令文天祥的女儿发动亲情攻势。

文天祥的女儿和妻子被元人俘虏以后，一直在燕京道观里当女道士，终日诵经。母女当然很想念文天祥，也很希望他能自牢中放出，一家人过着欢乐的日子。

文天祥在土牢里，见到爱女的信，心都要碎了，他只要一点头，马上高官厚禄，重享天伦。但是，他焉能违反原则，贪生怕死呢?

在牢狱的三年里，为了消磨时光，为了给自己打气，也为了给后人看看，宋朝虽亡，还有不屈的忠臣。他写了许多诗文，其中最有名的就是传诵千百年的《正气歌》。在《正气歌》序中，他描述了在燕京狱中的状况：

“我在北庭（今北京）的牢里坐着，这个土牢，宽约八尺，单门低矮，窗子窄小，阴森而幽暗，尤其是夏天里会发出种种的怪味道：雨水渗入，在床几间浮动，是为水气；泥巴漆的土墙，经过大雨之后，因为蒸发而起的泡泡，是为土气；艳阳天，通风口闭塞，是为日气；监牢外的檐下以柴炊饭，助长闷热，是为火气；寄囤在仓库中的米腐烂了，阵阵逼人，是为米气；人多拥挤，腥臊汗垢，是为人气；再加上烂掉的尸体，腐败的死鼠混合而成的秽气。”

文天祥就在这种种臭不可当，令人作呕的恶劣环境之中待了三年，以他孱（chán）弱的身体，竟然没有生病，实在是“善养浩然之气”。文天祥形容“我以一种气，抵抗七种气，还是天地正气战胜了”。

文天祥在狱中，不但肉体饱受摧残，精神尤其孤单苦闷，这时，他就一一回想当初在史书中认识的古人，默想他们的遭遇，无形之中得到不少力量，在《正气歌》中，他举了十二个例子，也是十二个历史故事，其中不少我们都讲过的，有兴趣的读者不妨翻一翻，温故而知新。

“在齐太史简”——太史是史官，春秋时，齐崔杼（zhù）弑杀其君庄公，太史在史册上记载此事。崔杼把太史杀掉，太史之弟又依样写，一连杀了三人，第四人照写，崔杼只好放弃。

“在晋董狐笔”——春秋时，晋国赵穿弑灵公，赵盾身为正卿，竟不讨贼，董狐在史册上记载“赵盾弑其君”。

“在秦张良椎”——椎是击器，秦灭韩，张良为韩报仇，散家财，交侠士，雇了大力士以一百二十斤铁锤击秦始皇，却误击了不是始皇本人乘坐的御车。

“在汉苏武节”——汉朝苏武出使匈奴，单于逼苏武投降，苏武不肯，被囚在北海放羊，苏武手中汉节的羽毛都掉光了，苏武仍然不屈。

文天祥，选自《历代名臣像解》。

“为严将军头”——三国时刘备攻益州，严颜守巴郡，被张飞所擒，严颜道：“益州只有断头将军，没有投降将军。”

“为嵇侍中血”——晋惠帝时兵败，嵇绍以身护帝，中箭死于惠帝旁，血溅龙袍，乱平之后，惠帝不忍洗去血迹。

“为张睢（suī）阳齿”——唐玄宗时，安禄山作乱，张巡与许远守睢阳被擒，张巡破口大骂，贼大怒，用刀子挖开嘴巴敲掉张巡的牙齿。

“为颜常山舌”——安禄山作乱，颜杲（gǎo）卿守常山，被俘以后，杲卿仍然瞪眼大骂不绝，贼人割了他的舌头，他仍然含糊不清骂个不停。

“或为辽东帽”——汉朝末年，管宁赴辽东避难，不肯为魏文帝做官，戴着平民的黑帽，穿着布衣，安贫乐道。

“或为《出师表》”——诸葛亮率师伐魏，临行上《出师表》，说明“汉贼不两立，王业不偏安”，语句恳切。

“或为渡江楫”——晋时五胡乱华，祖逖率兵渡江，在江心发誓：“祖逖不能清中原而复济者，有如大江。”

“或为击贼笏”——唐德宗时，朱泚（cǐ）谋反，召段秀实前来商议，段秀实气得用象笏打朱泚的脸，朱泚流血满面，段秀实遇害。

元世祖至元十九年（1282 年），文天祥已被整整关了三年，宋朝降臣王积翁上书请求，释放文天祥出来当道士。被文天祥骂得狗血淋头的留梦炎首先不同意：“文天祥一出来，一定号召起兵反元。”事实确是如此。

元世祖亲自召见文天祥，还是希望他当宰相，文天祥仍然回答：“愿赏一死，已足矣。”元世祖为除后患，只好在十二月初九，赐文天祥一死。

当天，元兵弓上弦，刀出鞘，如临大敌，百姓争相走告，文天祥从容对吏卒道：“我的事做完了。”文天祥死后，人们在他的衣带中搜出了一篇赞：“孔曰成仁，孟云取义，惟其义尽，所以仁至，读圣贤书，所学何事，而今而后，庶几无愧。”好一个“读圣贤书，所学何事”。文天祥的故事告诉我们，读圣贤书为的是什么。

毕昇发明胶泥活字版

宋朝虽然国势不振，但是文风鼎盛，不论文学、艺术、科技都粲（càn）然可观，值得中国人自豪，我们先从图书谈起。

在人类图书发展史上，有三个基本要件：纸、雕版、活字印刷，都是中国人最先发明使用，使得世界文化因而加速发展。

太古时代，人们用结绳方法记事，以绳子大小、松紧程度、不同的颜色、不同的绑法代表不同的意思，用以提醒记忆。等到绳子的结多了，只晓得应该记得某件事，却怎么也想不起来到底是什么事，真是伤脑筋。于是着手改良，产生文字画，以后再逐步改良，演变而为象形文字，又进而成为今天我们所使用的文字。

文字写在哪儿？用什么书写？石块、树叶、金属、兽皮、甲壳都先后被使用过。不过，甲骨不容易取得，青铜价格高昂，石头又过于笨重，取而代之的是竹木与缣（jiān）帛，这也是我国最早的图书制作材料。

竹简制作的方式是这样的：先把竹子砍下来，截成圆筒，然后劈开成为一条一条的竹片，新鲜的竹子容易发霉，而且写不上字，因此，还得削皮再烤干，这套手续叫杀青（所以现在著作完成，或是电影拍完称之为杀青），或者称之为汗青（文天祥有“留取丹心照汗青”的名句）。

竹简是细狭的长条，书写时，左手按着竹简，右手执笔，一根写完，再取一根，这也是中国文字由上而下，由右而左习惯之由来。一根竹简容纳字数有限，因此，一部书要用许多简，把许多简用带子连在一起，就成为册（策）。通常，如此编成的一策书必然是一篇完整的文字，所以又称为篇，例如《孟子》七篇。

竹木简盛行之时，也有书写在丝织品上面的，称之为“帛书”、“缣书”。帛书，通常是一束一束卷起来的，所以我们常用“卷”作为书中的单元。自从纸发明以后，书写材料又跨前一大步，这要感谢东汉蔡伦用树枝、麻绳和破鱼网造纸。纸张发明以后，抄本书籍大量出现。但是一个字一个字慢慢写，一部卷帙浩繁的书，往往要写上好几年，实在过于费时费力，于是才研究发明雕版印刷。

毕昇像，中国印刷博物馆。

中国古人喜欢使用印章，印章上的文字，一定是反文，印出来才是正文，由印章的原理，发展出雕版印刷，在唐朝末年，逐渐在民间广泛地流行，五代十国时期，政府更用它来刻印儒家经典，或是佛经。

雕版印刷对文化的传播，产生极大的功能。但是，也有明显的缺点：刻版要耗费大量人力时间，大批书版存放不便，例如在宋太祖开宝年间刻《大藏经》，一共雕版十三万块，单单堆放就要用上好多房间，相当不方便。

雕版印刷还有一个大毛病，在雕刻之时，一不小心雕错一个字，譬如“己”刻成“已”，必须全部废掉，前功尽弃，重新再来，相当费事。

毕昇是一个从事雕版印刷的工人，他虽然是位工匠，但由于职业的关系，认识不少字，程度也相当不错，对于同时代司马光、欧阳修、苏东坡的诗词十分的欣赏，很希望能够大量印刷，广为流传。

因此，毕昇决心改良雕版印刷，他的构想是，把整块的版，拆成一个一个单字个体，然后，依照原稿的需要，捡出所需要用的字模，排组成版面，再把油墨刷在印版上，在印版上施加压力，版面上的文字便可清晰地印刻在纸张上面。如此一来，在印刷完成以后，版可拆散，下回再用，如此反复拼捡，应用自如，岂不是又方便又经济？

毕昇的构想是不错，现代书刊活版印刷用的也是毕昇的原理，可是，由构想到完成，却不是一件简单的事。

毕昇先找来许多枣木，把枣木割成与字体相当的小方块。仅此

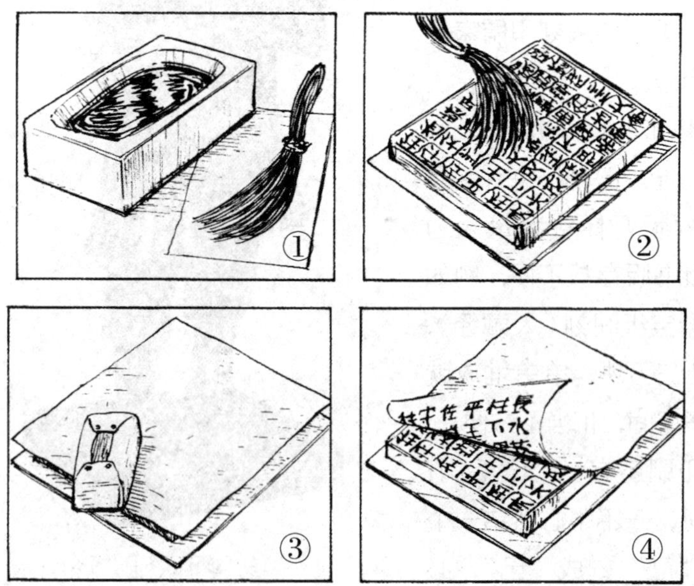

用活字印刷书籍示意图。

一件，就让毕昇费了不少工夫。中国古人称书籍为“梨枣”，因为木刻材料以梨木、枣木为上等，其他木料不够坚硬，容易脆裂破损。梨枣大都产于山东一带，古代交通不便，所以毕昇为找枣木，很花了一番工夫。

毕昇白天有工作，多半利用晚上，一个人在静静的夜里，就着小小油光，一个字一个字努力地刻铸着，好容易按照文章的次序，拼成了一个整版，他兴奋地刷上墨，谁知一印之下，由于字体高高低低，每一版都有许多字印不出来，望着七零八落不成样的版样，毕昇心里真有说不出的懊恼。

由于每一小块的枣木，厚度不同，软硬有别，毕昇又是用手工雕制，当然高矮大小难得一致。

这次的试验虽然失败了，毕昇并不灰心，他认为理论上应该是可行的，只是材料有问题，既然枣木不适用，那么，应该换什么？

毕昇先考虑用金属，金属是够坚固了。可是金属硬度太高，雕刻吃力又费时，何况金属价格高昂，不是他一个穷工匠负担得起的。

为了这件事，毕昇早也想，晚也想，脑袋都快要想破了。有一天，毕昇忽然灵光乍现，想到上一回生病服药时，到药房去抓药，其中有一块龟胶之类的药物，坚硬如铁，晶莹剔亮，遇火即熔，冷却后又坚硬不化，胶类是用动物的皮角炼制而成，成本低，来源不虞匮（kuì）乏。

因此，毕昇就利用胶泥为材料，每字一模，使用时将胶模布于铁板之上，常见字如“之”、“也”多刻一些，不用时把字模贮在木格之中，灵活而方便，于是毕昇发明了活版印刷术。

沈括十项全能

在上一篇中，我们谈到毕昇发明胶泥活字版的故事，主要是根据宋人沈括著《梦溪笔谈》一书的记载。沈括是中国历史上了不起的人物，博学多才，成就非凡，在天文、地理、数学、物理、化学、生物、医学、水利、军事、文学、音乐方面都有独到的见解，连“石油”这个名称也是沈括首先使用的。

沈括，字存中，浙江钱塘人，生于北宋仁宗明道元年（1032年），嘉祐八年（1063年）中了进士，被派为馆阁校勘，在京师昭文馆编校书籍。他是一个相当好奇，富有研究精神的人，昭文馆中有许多外界看不见的珍藏秘本，他专心钻研，奠定了博学的基础。

沈括第一次表现科学才能，是在担任沭（shù）阳主簿之时，他带领了几万民工，修筑渠堰（yàn），不但解除了当地的水患，并且开垦良田七千顷，改变了沭阳的面貌。

熙宁五年（1072年），沈括又主持了汴河的水利建设，他亲自测量汴河下游，从开封到泗州八百四十多里河段的地势，并且用“分层筑堰法”测得开封与泗州之间，地势相差十九丈四尺八寸六分。

所谓分层筑堰法，是把汴渠分成许多段，分层筑成台阶形状的堤堰，引水灌注入内，然后一级一级测量各段水面，加起来的总和就是开封与泗州间“地势高下之实”，这种测量方法，在世界水利史上，可说是一大创举。计算单位细到寸分，也可以说明沈括精确的治学功夫。

沈括由于精通农田水利，不久，又被派为河北西路察访使，这一带是宋朝的边防要塞重地，沈括实地勘测当地的地质、地形、山川险要，纠正过去地图上和记载上的错误，并且绘制了许多新的地图，还用木头，依照地势高低，制造了一种立体的木图，俨然又成为地质专家，地政高手。

熙宁七年（1074年）到八年（1075年）之间，宋辽国界发生分水岭问题，双方多次谈判都没有具体成果，因为双方各说各话，都只有含含糊糊大概的方位，中国人对这方面一向是弄不清楚的，当地的山川风物，用文学作品描写的不少，然而精密的数字记载，素来是从缺的。

难得有一个沈括，手上有不少地图档案，又有丰富的舆地知识，奉派与辽人交涉，娓娓道来，有根有据，辽人还没有见识过这样的交涉，一谈之下，大为折服，沈括真是为宋朝争回不少颜面与利益。

沈括是个随时随地不忘研究的人，他在往返途中，留心观察契丹的山川形势、风土人情，并且做了笔记。回宋朝之后，又写又画，完成了一部《使契丹图》，大受神宗的嘉奖。

沈括爱国心切，一直是主战派，他对于城防、阵法、兵车、兵器、战略都有独到的见解，对弓弩甲胄、刀枪武器也颇有研究，还写了《修城法式条约》、《边州阵法》等军事著作。

他还是一位杰出的天文学家，曾经担任太史令兼司天监，建议改进浑仪（观察日月星辰的仪器）、浮漏（计算时刻的铜壶滴漏），以及景表（测量日影、定四时节令的表竿）等三种仪器。他发现了月亮本身不发光，月亮的光是由太阳反射回来，同时又说明了月亮圆缺的道理。

在数学方面，沈括创立了“隙积数”与“会圆术”，沈括由酒

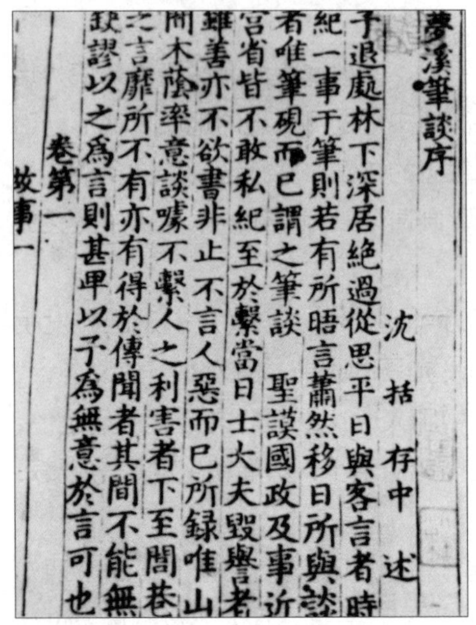

夢溪筆談序

沈括存中述

予退處林下深居絶過從思平日與客言者時紀一事于筆則若有所晤言蕭然移日所與談者唯筆硯而已謂之筆談 聖謨國政及事近宮省皆不敢私紀至於繫當日士大夫毁譽者雖善亦不欲書非止不言人惡而已所録唯山間木蔭率意談噱不繫人之利害者下至閭巷之言靡所不有亦有得於傳聞者其間不能無缺謬以之爲言則甚卑以予爲無意於言可也

卷第一

故事一

《梦溪笔谈》书页。

沈括，选自《沈氏家乘》。

坛与叠起来的棋子，发现了高阶等差级数的算法，当时称为隙积数；会圆术则是利用弦与矢求取弧长，促进了平面几何学的发展。

沈括对物理学也极感兴趣，不论力学、光学、磁学、声学各个领域都有涉猎，特别是关于磁学研究，在《梦溪笔谈》中，他曾经说：“方家以磁石磨针锋，则能指南，然常微偏东不全南也。”这是世界上关于地磁偏角的最早记录，西方人一直到公元 1492 年，哥伦布航行美洲时才发现了地磁偏角，比沈括的发现晚了四百年。

在化学方面，沈括也有研究，他在廷州任官时，曾经考察研究石油的特性，制造烟墨，他发现石油“生于地中无穷”，“此物后必大行于世”，“石油”这两个字也是沈括首先使用的。

沈括对医药也很精通，在年轻时就研究医理，治疗过不少病危患者，而且他对药用植物学下过功夫，著有《良方》等三种医学著作。

像沈括这种具有创新研究精神的科学家，当然对暮气沉沉，一切只想萧规曹随的宋朝政治有所不满，因此，当王安石变法时，他很自然地加入变法运动，也受到王安石的器重与信任，王安石变法失败，他受到牵累，却并不后悔。在他的《梦溪笔谈》之中，除了科学、技艺，也谈了不少掌故轶事。《吴姐姐讲历史故事》之中，许多宋人的小故事，都是出自《梦溪笔谈》，我们可以再举一个拗（niù）相公王安石的小故事：

王安石一向有气喘的毛病，有人劝他服用紫团山人参，这种人参不但名贵，而且难求，薛师政刚好有几两紫团山人参，兴冲冲送了去，王安石不肯收，旁边人劝道："你的病，非此药不能痊愈。"王安石瞪眼道："我平生无紫团参也活到了今天。"横竖是不肯要。

王安石脸黑黑的暗暗的，门人担心他是不是生了恶疾，去问医生。医生说："这哪里是病，是污垢，太脏了。"

门人赶紧拿了澡豆（类似肥皂），请王安石洗洗脸，王安石又不肯，他说："比我脸还黑的人，澡豆有用吗？"

沈括十八般武艺样样通，却不幸晚年娶了一个凶老婆张氏，经常被张氏打骂，张氏一发火就扯沈括的胡子，沈括的儿女在地上捡起胡须，发现上面又是血又是肉，可怕极了，很难想象宋朝有如此凶悍的女人。

沈括是中国具有多方面成就与贡献的杰出科学家，可惜当时人不重视他的成就，否则我国科学在九百多年前就可攀上高峰。

制墨专家潘谷

我国的书画艺术，到了宋朝，发展到达最高峰，宋朝不但学校中有书学与画学，国家设有书画学博士，科举考试重视书法，宋朝的历代帝王，又多半知书善画，颇有一手功夫。因此文房四宝——笔墨纸砚也就格外的考究。

现在我们一般人写字，多半使用钢笔、铅笔、圆珠笔等硬笔，简易方便，又适合随身携带。但是真正要把中国方块字写得好看，非用柔软的毛笔不成。毛笔能够借由腕力的轻重，直指横扫，有粗有细，刚柔之间变化万千，这是任何金属笔尖都不能办到的。深受中华文化影响的日本、韩国都非常重视书法艺术，倒是我们自己忽略了国粹，真是十分可惜。

我国毛笔的制造，自古以安徽宣城最为著名，白居易曾经有一首诗记载："江南石上有老兔，吃竹饮泉生紫毫，每年宣城进笔时，紫毫之价如金贵。"所谓紫毫指的是兔毛，狼毫则是鼬（yòu）毛，羊毫是山羊毛，七紫三羊就是七分兔毛三分羊毛，软硬坚挺适中。

唐代著名的制笔工匠有陈氏与诸葛氏，到了宋朝，更加发达。北宋年间，诸葛氏的笔，被文人视为一等至宝，比现在人们用派克笔、西华笔稀奇不知多少倍。苏东坡入京赶考之前，友人赠以两支诸葛笔，他简直欣喜若狂，写起文章来，益发文思泉涌。

苏东坡最喜欢宣城的诸葛笔、李廷珪的徽州墨、澄心堂的纸，还有上好的美酒，要是这几样东西，同时摆在他面前，如同小提琴手面对一具史特拉迪瓦名琴，简直无法抗拒。他必然喝下名酒，在技痒之下，作出最美的字画，最好的文章。因此，邀苏东坡写作的人，常用此“诱惑”他。

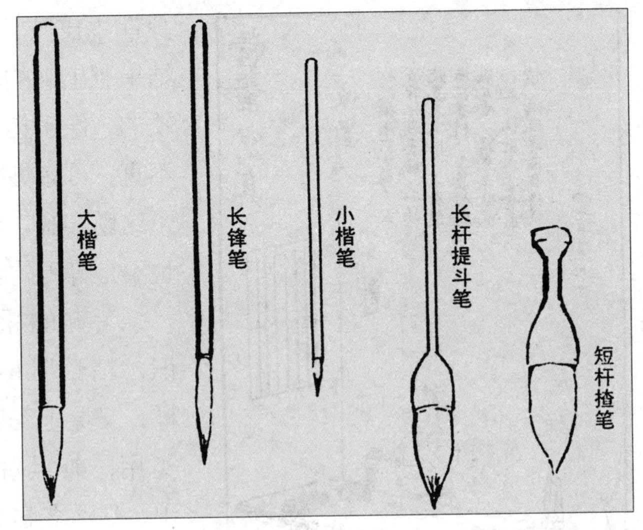

各式毛笔。

李廷珪的墨都是采用徽州黄山的老松，富于油脂，取以烧烟，为制墨的上好原料，另外还掺以珠粉、玉屑、龙脑等珍贵材料，甚且加了金屑，这种墨的价值已高于黄金。

北宋时代潘谷也是制墨高手，他制出来的墨清香彻骨，一直用到薄薄一小片，仍然芳气不减。潘谷不但擅长制墨，而且擅长查缉仿冒品，由于李廷珪的墨太受欢迎，坊间赝品不少，但是，无论如何作假，总逃不出潘谷的法眼。古书之中记载，潘谷厉害极了，他有“隔囊揣墨”的本领，他可以不用眼睛，只要用手摸一摸，马上能够辨别真伪，这真是奇才了。

苏东坡流放到海南岛时，苦于无好墨可用，连文思都窒塞了，他决心自己来制墨。

苏东坡颇有顽童心理，他一想制墨很好玩，马上卷起袖子动手，把自己关在一间小房间中做实验，烧松脂油。他完全没有化学基本常识，半夜里房间着火，差一点把整个家都烧光了。

第二天一早，他在小房间找到几两油墨，却没有胶，设法找来

墨的制作，选自《营业写真》。

少许牛皮胶，勉强混合一下，结果制出来的墨，一根一根软软的，像手指头一般，站都站不直，苏东坡哈哈大笑，结束了这场实验。由此可见，制墨也不是等闲的学问。

考究的墨，墨上绘图题识，精致雅丽，不但各色各样，又涂上不同的色彩，除了实用，兼具观赏之效。事实上，这么名贵的墨，往往是声音清脆如金石，古人视之为传家之宝，平常舍不得用的。

至于说到纸，仍以安徽宣城的纸最著名，因此我们现在把书画用的纸，一律称之为宣纸，宣纸纸质绵密、均匀、柔软、洁白，易于吸墨，而且经久不变色。我们看看故宫名画，历经千百年，依然颜色鲜艳，而今天看到的一般报纸，摆个几天，纸质变黄，色彩走样，由此可知，老祖宗的一套还是相当管用的。

最后说到砚台，文房四宝中，笔墨纸都是消耗品，惟有砚台，可以长期保存，因此，古人经常在砚台上题刻诗文，作为赏玩的珍品。

良好的砚台，必须易于发墨，很快能够磨出墨汁，却又不坏笔，因此，它理想的条件是硬度适中，糙滑合度，广东端溪的端砚，安徽婺（wù）源的歙（shè）砚，都是鼎鼎有名的，读书人都朝思暮想，希望能得到一块好砚。可是宋朝的包拯包青天，在端州任官时，只准当地制造需要上贡皇帝数额的砚台，他不肯用砚台交结权贵，自己也不带一个砚台回家，实在是清廉。

宋徽宗是一个三流皇帝，处理政事一塌糊涂，在书画方面却极有造诣，也懂得欣赏艺术品，对艺术家也很好，他曾经在宫中邀请米芾作画，米芾把袍袖往背后一系，跳跃便捷，落笔如云，龙蛇飞动，立刻画了一张，然后央求宋徽宗将砚台赐给他，徽宗见米芾有趣，当场答应，米芾乐得捧着砚台飞奔而出，墨汁洒满了衣袖也不在意，毕竟是好砚难求啊。米芾爱砚，还有许多妙人妙事。

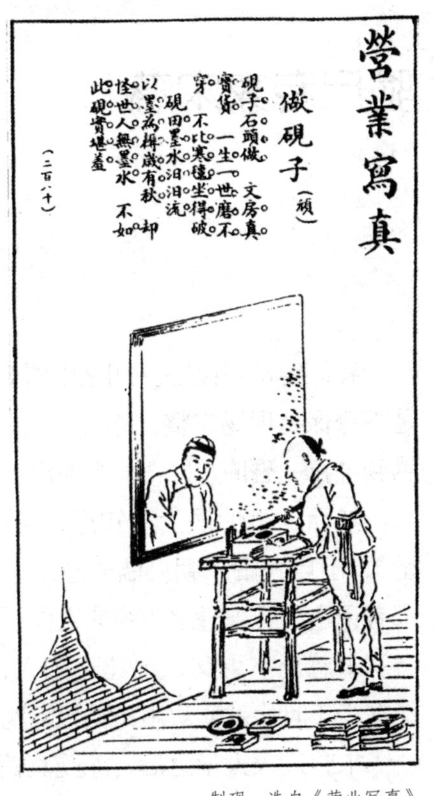

制砚，选自《营业写真》。

当然，砚台名贵也是要卖给识货者，沈括的《梦溪笔谈》就记载了一个不识货的蠢人：有个名叫孙之翰者，某日见人兜售一砚，索价三十千。孙之翰不解道："这个砚台有什么不同，为何如此昂贵？"对方答以："这块石头相当奇特，不用装水，你一呵气自有水流。"

孙之翰忙道："那不必了，一天呵得一担水，也不过三钱，买此何用？"

沈括笑孙之翰不识货，特记上一笔。总之，笔墨纸砚都是中国文化的瑰宝，其中也藏有许多有趣的故事。

验尸专家宋慈

我们经常可以在新闻之中看到，每次社会上出了命案，警方总是下令保持现场完整，静待法医前来验尸。法医这一门行业，令人感到神秘、恐怖、好奇，又充满敬意。

然而，恐怕很少人知道，世界上最早的一本法医书籍《洗冤录》，出自我国宋朝大儒宋慈之手。而且英国、德国、俄国、日本都有译本，且被誉之为经典之作。

宋慈，字惠父，福建建阳人，生于宋淳熙十三年（1186 年），他在少年时代就喜欢用头脑想问题，是个爱好思想的年轻人。

宋慈进入太学之后，深受真德秀老师的赏识。真德秀是宋朝著名的理学大师，学识渊博，德高望重，为人有原则，富于正义感，而且非常爱护学生。

宋慈在真德秀殷殷教诲之下，养成了朱熹学派“穷理以致其知，反躬以践其实”的笃实精确的治学精神，他三十一岁中了进士，但是直到四十一岁才踏上仕途，担任南剑州的通判。

当他到达南剑州，正巧遇上荒年，粮价暴涨，饥民遍地，宋慈建议朝廷，征用富户的余粮，用来周济贫民。这件事虽然拯救了苦哈哈的穷人，却惹怒了富豪之家，于是，大户联合出手，捏造事实，硬是把宋慈赶出南剑州，降为提点广东刑狱，即省的一级刑法官。

宋慈被迫调为刑狱，他却不以为忤，事实上，可说是他一生事业的转捩（liè）点，因为宋慈嫉恶如仇、守正不阿的性情，正适合担任司法人员。

他上任以后，排除关说，认真办案，一年之内，处理了一百多件悬而未决的案件，惩治了许多贪赃枉法的官员，人心为之大快。

宋慈很不满意当地官员以刑求办案，不论有理无理，先掌嘴再说。掌嘴就是打巴掌，差役这一来一往，猛掴犯人嘴巴，一阵噼噼啪啪二十多个巴掌打下来，犯人双颊红肿，满嘴都是鲜血，熬不住痛苦的犯人，即使没有犯罪，在这种情形之下，经常就招了。

若是有那皮厚嘴硬的犯人，刑狱也有办法对付，宋慈亲眼目睹，觉得十分的残忍，而且施刑的对象是妇女。

拶（zǎn）指是犯妇的大刑（拶，攒也，意思是夹），拶指是将五根约七寸长的小圆木棍，拿麻绳穿起来，用刑时，差役夹住犯人的五根手指，使劲地一收，十指连心，痛彻心肺，只见犯妇额上汗如豆大，凄厉地大喊："我招，我招！"差役这才松手，可是，妇人若招得不够完全，刑狱大喝一声："给我收！"

这一收，犯妇身子乱缩乱抖，痛得她整个脸扭曲变形，连个"招"字都讲不清楚，只能自牙缝中抖出一连串的呻吟。

宋慈看到这里，再也看不下去，他长叹道："无怪古人说三木之下，何求不得？"三木指的是套在人犯颈子、手上、脚上的刑具，意思是说，只要善用刑具，何必担心犯人不招供。

他虽然是慈悲心肠，却也不放纵坏人作恶，力求做到"毋枉毋纵"。凡有命案发生，必然亲临现场，监视仵（wǔ）作验尸（仵作是古代检验尸体的官吏）。

曾经有一回，发生一则自杀命案，原本已可结案，被宋慈看出其中蹊跷：既是自杀，为何伤口是进刀轻而出刀重，哪有人挨了一刀反而力气变大的？于是下令彻查，结果发现原来是土豪杀了庄稼人，买通仵作，把谋杀诬为自杀。

经过了这次事件，宋慈深深体会到科学办案的重要，激起了他研究医学的兴趣。按验尸，原本是世上最无趣，最恐怖，最恶心之事，鼻子闻到的，眼睛看到的，手上碰到的，无不令人作呕三日，而且阴阴森森，鬼影幢幢，让人害怕。

然而，宋慈语重心长地说："刑狱如果不察，仵作会欺骗你，吏役会蒙蔽你，况且许多刑狱对现场尸体证物，看都不敢看一眼，避之惟恐不及，这样如何能够办案？"

为了推广法医教育，他耗费了无数心力，写下了世界第一部有系统的法医学专书《洗冤录》。提供司法人员，作为办案的参考，也成为宋朝以后验尸必备的专书，甚且衙门里考选仵作，也是自《洗冤录》中随意指定一节作为题目。

譬如清朝末年，出了一件轰动一时的大案子，新科举人杨乃武，勾结一位外号叫小白菜的女子并谋杀其亲夫葛小大。仵作验

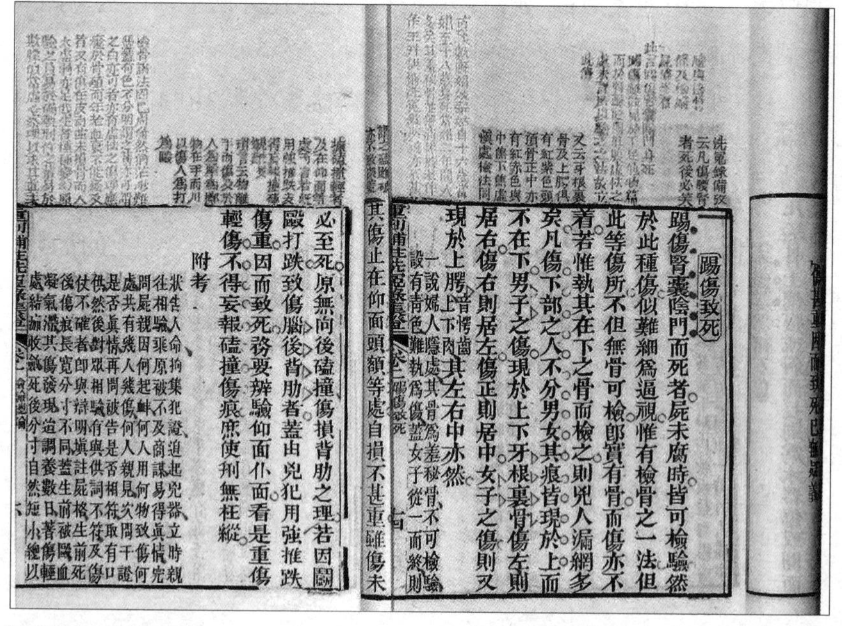
踢傷致死

踢傷腎囊陰門而死者屍未腐時皆可檢驗然於此種傷似難細爲逼視惟有檢骨之一法但此等傷所不但無骨可檢即實有骨而傷亦不着若惟執其在下之骨而檢之則兇人漏網多矣凡傷下部之人不分男女其痕皆現於上而不在下男子之傷現於上下牙根裏骨傷左則居右傷右則居左傷正則居中女子之傷則又現於上腭其左右中亦然

其傷止在仰面頭額等處自損不甚重雖傷未

必至死原無向後磕撞傷損背脅之理若因鬬毆打跌致傷腦後背脅者蓋由兇犯用強推跌傷重因而致死務要辨驗仰面仆面看是重傷輕傷不得妄報磕撞傷痕庶使刑無枉縱

附考

《洗冤录》，清刻套印本。

尸，发现葛小大上身长有青黑霉斑，肚皮上有疱疹，口鼻流血，用银针探指甲，一片青黑，再翻开《洗冤录》，上面写着：“中砒霜之毒者，遍身发小疱，体青黑色，眼睛耸出，指甲青黑。”仵作断定为中砒毒而死。

杨乃武与小白菜在一连串的刑求之下屈打成招，即将问斩。可是杨家人不甘心，多方奔走，到处请托，最后闹到慈禧太后那儿，开棺重审。

在拥挤人潮之中，有经验的老仵作拈起一块腮门骨，仔细一看，便断言：“葛小大是病死的。”全场哗然，仵作不慌不忙解释道：“骨头表面发黑，是潮气太重，长了霉斑，如果中毒而死，骨头内外都是黑色，可是这块骨头——”说到这儿，他拿起锉刀，轻轻一锉，骨头里面一片莹白。杨乃武、小白菜沉冤得雪。

接着老仵作说：“当初验尸错误，是忘了在验尸之前，银针先要用皂角水洗干净，《洗冤录》上写得清清楚楚。”

宋慈的《洗冤录》在宋朝之后，不晓得为多少冤屈平反，一直到今天，《洗冤录》在国内，在其他国家都被广泛采用。

弄璋弄瓦

中国古代妇女，一向讲究三从四德，不过，严苛的贞节观念，却是自宋朝开始。

历史学家曾经在南太平洋未开化的土著社会做研究，发现土著以母系为中心的组织，中国古代是不是出现过母系社会，在现存的文字记载之中，找不到证据。

中国“姓”的起源，好像是以女子为中心，例如“姚”、“姬”、“姜”，字旁都从女，有人以为这代表以母姓为中心的团体。

不过，男尊女卑的观念，远在中国早期历史之中便存在了，《诗经·小雅·斯干篇》中有一句话：“乃生男子，载寝之床，载衣之裳，载弄之璋，其泣喤喤，朱芾（fú）斯皇，室家君王。”

这句话的意思很有趣：如果生了一个男孩子，就把他小心地放在床上，给他穿上衣裳，再佩一块圭璋给他玩（隐含娃娃长大之后，成为王侯将相，手执圭璧，可见中国人多么向往做官），他的哭声洪亮，将来一定穿着辉煌耀眼的朝服，他会有室有家，可以作为君长，一家之主。

如果生了一个女孩子，又是如何呢？那可惨了：“乃生女子，载寝之地，载衣之裼（tì），载弄之瓦，无非无仪，惟酒食是议，无父母诒罹（yí lí）权。”

这句话的意思是：假若生了一个女孩子，就让她睡在地上，拿块布把她包起来，随便扔一块瓦（瓦是一种纺织用的纺砖）给她玩耍，女子最好多多服从，少自作主张，只要讲究制酒烹调之事，小心别让父母惹上麻烦就可以了。

一直到今天，人们还是用“弄璋弄瓦”代表生男生女。弄璋固然是好话，弄瓦就有轻视厌恶的含意了。

中国古代是农业社会，需要大量人力，女子力气不够，受到轻视，也是自然之事。因此，在远古时代，便有溺死女婴的习俗。古代穷人家多半不愿意养女儿“赔钱货”。甚且有谓“盗不过五女之门”，哪个人家养了五个女儿，八成是一贫如洗，连强盗也不愿进去光顾。

古代女子也没有名字，如赵姬、郑姬等，到了汉朝，才有私名，如班昭、蔡琰（yǎn）等，汉朝是中国礼教形成的重要时代，西汉有刘向作《列女传》，东汉有班昭作《女诫》，规范妇女的道德。

班昭是班彪的女儿，班固的妹妹，家学渊源，她在丈夫曹世叔死后，被汉和帝召入宫内，作为皇后贵人的老师，人称为曹大家，是一个极有才学的不凡女子，曾经帮助其兄班固完成《汉书》，她写的《女诫》，主旨在说明女子应该三从四德（三从是在家要顺从父亲，出嫁要顺从丈夫，夫死要顺从儿子；四德是妇德、妇言、妇容、妇功）。

班昭认为女子在十五岁以前，应该读一点儿书，不过读书的目的是为了侍奉丈夫，班昭的看法是男子应当再娶，女子却不能再嫁，当时朝廷也奖励贞节，可是，一般民间对于贞节，并不十分看重，妇人再嫁，也没有什么人会出面阻止。

譬如西汉时，朱买臣妻子离婚再嫁，是人们所熟悉的例子。朱妻是个势利的女子，朱买臣屡次投考不中，她闹着离婚。后来，朱买臣官运亨通，回故乡会稽当太守，朱妻已经再嫁，厚着脸皮请朱买臣再收留，朱买臣泼了一盆水在地上，表示覆水难收，对不起。

东汉时，改嫁再嫁的例子更多，如蔡邕的女儿蔡文姬，先嫁卫仲道，卫仲道死后，她回到娘家，兴平之乱，被匈奴俘虏而去，与左贤王生了两个儿子。后来，曹操重金赎回，做主把文姬嫁给董祀，夫妻十分恩爱，当时社会上似乎不以蔡文姬三嫁为耻，她所写的《胡笳十八拍》，更是中国文学史上著名的叙事诗。

魏晋南北朝时代，战乱纷起，这个时期，有两个特色，一是妓妾声妓流行，一是妇女妒忌风气似乎特别发达。南北朝时人们竞相奢侈，斗富风气兴盛，美女也成为大众夸示富豪的工具。

例如石崇以富有著名，也以拥有数十名如花似玉的爱妾著名。他用一种奇特的方式，测验爱妾的体重是否过重。

谢安携妓游东山，明沈周绘。

石崇把名贵的沉香末撒在床铺上，命令爱妾们在床上踏来踏去，然后检查脚板心，若是一点儿沉香末都没有沾上，表示身轻如燕，赐一百颗珍珠，好大的手笔。若是沾了许多沉香末，显然是过重，石崇就命令她节食。如此看来，减肥可不是现代才有的时髦玩意。

或许南北朝声妓多，女子之间妒心特强。东晋时，谢安颇为风流，无论走到哪儿，身旁总有妓女相随，他的妻子刘夫人受不了，对谢安监视得很紧，谢安的外甥想要帮舅舅的忙，对舅妈刘夫人说："《关雎（jū）·螽（zhōng）斯篇》中记载，妇人该有不妒之美德。"

刘夫人知道外甥在讽刺她，淡淡一笑道："这是什么人作的诗啊？"

外甥答以："周公。"

"周公是男子，当然这么写，若是周姥，就不会写此诗了。"

南北朝虽然是乱世，世家大族间贞节观念却逐渐强烈，例如羊烈家是望族，他们不但规定家族中妇女一律不准再嫁，甚且在党州建造一所女尼寺，凡是寡居又没有小孩者，统统都叫她出家为尼，想思凡都不成，羊氏之誉就此奠定。

饿死事小失节事大

从汉朝班昭写《女诫》以后，唐朝出了一本宣扬女教的书——《女论语》，作者是宋廷棻（fēn）的女儿宋若昭。

宋廷棻一共有五个女儿：若华、若昭、若伦、若宪、若荀，个个都是聪慧可人，玉洁冰清。

唐德宗很喜欢这五位大家闺秀，在与臣子们讨论经史文章之时，常会邀请她们参加，后来，四个女儿都嫁给了唐德宗，只有若昭不想嫁人。德宗尊她为女学士，教导皇子公主读书，号为宫师，《女论语》一书多半出自若昭之手，她也参考了其他姐妹们的意见。

《女论语》中为妇女订下很多规矩，比起班昭的《女诫》更加详尽繁琐，例如"立身"章中说："凡为女子，先学立身。立身之法，走路不要回头，讲话不要掀唇，坐下来不要摇晃膝盖，站起来不要摇动裙子，高兴的时候不要大笑，生气的时候不要提高声音。男子女子要严加分开，不可偷窥外壁，不许走出外庭，凡是外出，一定要掩面遮脸，别让人看到了。"

总而言之，《女论语》中强调的是羞羞怯怯，藏藏掩掩，宋若昭以为如此才是女子立身之道。

《女论语》中规矩虽然不少，但是唐朝一般风气比较开放，公主再嫁者高达二十三人，唐朝公主的气焰高张和妇德不修，多半让人退避三舍，不敢领教（请参考本书讲到的唐朝部分）。文起八代之衰的韩愈，他女儿先嫁李氏，再嫁樊氏，可见唐代读书人也没有特意强调贞节。

唐朝有一个妒忌的故事，十分有趣，值得一提：唐朝大臣任瓌（guī），素来以怕老婆而著名，唐太宗一向与臣子私人感情深厚，他有意为任瓌解除这个烦恼。于是，有一天，唐太宗把任瓌的妻子找来，对她说："妇人妒忌，合当七出（七种可以和妻子离婚的理由），你如果能改过，也就算了，否则，你得喝下这杯毒酒。"

岂料任瓌的老婆，大剌剌地回答："妾不能改妒，请饮酒。"话没说完，拿起酒就咕嘟咕嘟全喝光了。回到家里，她与家人诀别一番，准备等死。谁晓得，等了半天，好端端的，根本没事。原来，唐太宗请她喝的是醋，不是毒酒。据说，这就是"吃醋"代表妒忌的由来。

任瓌妻子不死，他又没好日子过了。杜正伦嘲笑任瓌，任瓌故意做出一副怕怕的可怜相道："妇人的确可怕，初娶进门，端坐如菩萨，岂有人不怕菩萨？等到生儿育女，像只大虫（老虎），岂有人不怕大虫？妇女老了面皱如鬼，哪有人不怕鬼？"

任瓌的难听之言，也许可以代表唐朝的妇女还是挺有权威的。为什么到了宋朝，女权特别低落？其实，宋朝初年，贞节的观念并不十分牢固。

宋初大儒范仲淹，他母亲改嫁朱家，他曾经改名朱说。他儿子范纯祐早死，他就把儿媳妇嫁给了门生王陶，甚且，他订下的《义庄田约》，也有给寡妇再嫁的用费，丝毫没有要寡妇守节的观念。

王安石的观念，与范仲淹差不多，他的二儿子王雱（pāng），在太常寺当太祝，患有先天性心脏病。王雱娶了同郡女庞氏为妻，过了一年，生了一个儿子，王雱左看右看，觉得这个儿子不像自己，千方百计要把小孩害死，最后小孩果然给吓死了，王雱还是与庞氏吵闹不休，王安石眼看这样下去不是个办法，做主把儿媳妇嫁给别人。

北宋妇女生活图，北宋王诜绘。

自理学兴起之后，道学先生开始大力提倡贞节观念。有人问伊川先生：“按照道理，男子不应娶孀妇，你的看法如何？”

“当然，寡妇再嫁便是失节，若是娶一个失节者为妻，本身也失节了。”

“那么，孀妇若是贫穷无依，能否再嫁？”

伊川先生笃定道：“饿死是一件极小的事，失节是一件极大的事。”这便是“饿死事小，失节事大”一语的由来。

伊川先生不但反对寡妇再嫁，并且还主张男子可以出妻（把妻子赶出家门）。

有人问他：“可以出妻吗？”

他答以：“妻若是不贤，为何不能逐出家门？今人以为出妻是丑行，不知孔子门人子思也曾出妻也。”

理学先生把妻子对丈夫，看成臣子对国君，宋儒既对皇上忠心耿耿，自然妻妾也该对夫君百依百顺。

宋代女权一落千丈还有一个原因，便是缠足普遍，缠足到底起于何时，说法不一，不过一般认为是南唐李后主时，后宫窅（yǎo）娘用布缠足，弯曲成新月状，在金莲上婆娑起舞，步步生莲花，有如凌波仙子也。

宋朝国势不振，重文轻武，连男子都是文绉绉的如妇人状，他们所欣赏的女子当然是弱不胜衣，娇娇滴滴，纤纤作细步的，女子既然行走不便，益发缺少独立的能力。

在宋儒鼓吹，尤其是朱熹提倡之下，宋代妇女对贞节观念十分执着，史书上记载了许许多多女子为保全贞节，不惜一死的血迹斑斑的故事。

宋代妇女贞节观念，对后世影响甚大，不但要拼死守节操，连皮肤手臂，也绝不能与男子接触，例如，元朝大德十年（1306年），马氏乳生溃烂，情况危急，马氏坚持："我是杨家寡妇，此疾不能见男子。"竟然不肯治病而死。

郑思肖画失根的兰花

陈之藩是当代台湾著名的散文家，他所写的一篇《失根的兰花》脍炙人口，被选入国文课本之中，许多同学毕业之后，仍然对这篇文章记忆深刻，因为陈之藩把游子想家的心情，描写得细腻又动人。

其中有一段，陈之藩说道："古人说，人生如萍，在水上乱流，那是因为古人未出国门，没有感觉离国之苦，萍总还有水流可借。以我看，人生如絮，飘零在此万紫千红的春天。"

宋朝画家郑思肖画兰，连根带叶，均飘于空中，人问其故，他说："国土沦亡，根着何处？"国，就是土，没有国的人，是没有根的草，不待风雨折磨，即形枯萎了。

下面，我们要介绍的，就是画兰露根的郑思肖。郑思肖，原名郑所南，思肖两字，是宋朝灭亡之后，才取的名字，按宋朝皇帝姓赵（繁体为"趙"），赵字去掉"走"字偏旁就是肖，思肖即是思赵，想念赵家天下的宋朝也。

郑所南的父亲名叫郑起，郑家世世代代诗书传家，郑起为人一丝不苟，刚正不阿，完完全全是标准的儒生。

郑起除了读书之外，只爱喝酒，他曾说："有酒即饮朋友，有钱即与朋友。"对朋友相当够义气。郑起曾经在潜县、诸暨（jì）等地担任地方教育主管，也做过书院山长，并在无锡讲学，他对于理学十分有研究，完全是一副道学先生的严肃模样。

郑起不喜古董，不爱琴棋，只喜欢读书，他对于儿子郑所南的教育也是如此，非常严厉，鞭策儿子专心读书求学问。

郑所南小时候，经常挨揍，郑起是绝对相信棒头下出孝子的人。而且，郑起的妻子楼氏与他步调一致，绝不护短，打起儿子来，比做爸爸的还要凶，楼氏有一句口头禅："假如你不听你父亲的话，我看我还不如死掉。"

做妈妈的，讲得如此严重，吓得郑所南从小就战战兢兢，不敢不乖，他对于父亲的严厉教诲，却是一直心怀感恩。

长大以后，郑所南曾经以太学上舍生的身份，应博学宏词科，等于是殿试及第了，但是，郑所南对做官的兴趣并不浓厚，他只是一心一意想要救国。

当元兵南下，进犯杭州之时，郑所南想起，北宋时代太学生陈东，曾经伏阙上书，跪在皇宫门外，力陈国事之非，提出严厉批评，后来，陈东因此被判死刑，但是赢得了宋朝人的衷心敬佩。

郑所南认为，知识分子就该有此风骨，他愿意效法陈东，跪在宫门，上书宋朝幼主，痛陈国事利弊（bì）。然而，由于他措词强烈，引起执政者大大的不悦，把他的上书搁置一旁，完全没有任何反应。

郑所南很生气，但是生气没多久，宋朝灭亡，他整个人陷入长期的哀痛之中，总是在梦中嚎啕大哭，高声喊叫："大宋，大宋！"醒来之后，泪流满颊。

在他看来，宋朝等于是父母，且别说元朝统治汉人，出现了种族问题，即便"纵遇圣明过尧舜，毕竟不是亲父母，千言万语只一语，还我大宋旧疆土"。

由于郑所南对国家忠心耿耿，死心塌地，所以宋朝虽然灭亡了，他不论写任何书信文字，落款永远是德祐若干年，德祐是五岁小皇帝帝㬎（xiǎn）的年号，有人指正郑所南："老兄，现在早已改朝换代了，你还活在过去啊？”

“我脚上踏的是宋朝的土地，头上顶的是大宋的青天，身上穿的是大宋的服装，口中吃的是大宋的食粮，我对于宋朝，绝对是有死无二。你难道没有听说过吗？妇无二夫、子无二父、臣无二君。”

对方见郑所南如此执拗，也只能随他去了。

郑所南擅长于画墨兰，也就是不着颜色，以水墨浅晕表现的兰花。兰花号称王者之香，是文静幽雅的象征。因为兰花是生长于幽谷之中，它从不取媚于人，也不愿意移居城市之中，即使移居了，灌溉看顾也得特别的小心，否则会立刻枯死。所以古人书中，常把深闺的美女，或是隐居山僻不求名利的人称为“空谷幽兰”，郑所南爱兰，自然也很欣赏兰花的美德。

自从宋朝灭亡之后，郑所南所画的墨兰，全都没有土地，一枝一枝飘在半空之中，有人问：“你画的兰花，没有附着在泥土之中，兰花怎么活？”

他反问道：“土地早被番人给夺去了，莫非你不知道？”他这番

墨兰图，郑思肖绘。

话其实是以失根的兰花自喻，孤芳独赏，一任飘零。

郑所南与书画大家赵孟頫（fǔ）原是好朋友，赵孟頫姓赵，原是郑所南所思念的宋朝宗室后裔，岂料赵孟頫竟然投降元朝，还做了官，郑所南一怒，与赵孟頫完全断交。

元朝王逢很欣赏郑所南的墨兰，三番两次前来索画，郑所南相应不理，怒气冲天地说："头可断，兰不可得。"

元朝艺术界对郑所南其人其画，都相当的欣赏，认为是"清高绝俗，天真烂漫"。可惜他的画，现在一幅也没有传下来，他在"一是居士"自传中说："一是居士，大宋人也，生于宋，长于宋，死于宋。"

在上篇《饿死事小失节事大》之中，我们提到宋朝人对妇女守贞的观念，现代人不免觉得道学先生对女贞太苛求。其实，真正的道学家对自己道德标准更严格，郑所南就是最好的例子。

宋代民间婚俗

婚姻是人生大事，因此，许多讲究的人家，规矩特别多，有人以为这是台湾民间风俗，殊不知多半是遵循古礼，尤其是宋朝人留下来的规矩。现在，让我们走入时光隧道，看一看宋朝民间婚俗。

当然，民间婚俗，贫富与否，其间差异甚大，京都富豪之家，规模之大，可以媲（pì）美皇亲，一般升斗小民，不免因陋就简。譬如《太平广记》书中，记载有一富商邹凤炽，长得肩高背曲，貌似骆驼，人们称之为邹骆驼。邹骆驼虽然长得不怎么样，却是大大的有钱，当他嫁女儿当天，宾客数千，盛极一时，新娘子出来的时候，身旁数百侍婢围绕，个个美如天仙，而且打扮得绮丽珠翠，垂钗曳履，简直像是选美大会。来宾们看得两眼发直，邹骆驼乐坏了，不过他女儿有点儿嘀咕——新娘子反而被冷落了。

宋代一般民间富贵之家，婚娶之礼，先凭媒人说合，然后，用草帖子通知男方，其内容不外是年龄、属肖、生辰。

男家拿了草帖子，问卜求签，看看是否相克相冲。

所谓相克之说，现在看来可说是荒诞无稽，但是，中国古人却是深信不疑，例如一首歌谣唱道："白马自古怕青牛，羊鼠相见一旦休，龙逢兔儿云端去，金鸡见犬泪交流，蛇见猛虎如刀斩，小猪个个怕猿猴。"这是道出哪些生肖相克相冲。

男方卜得吉利以后，再写回帖，由媒人通知女家表示同意。回帖又称为细帖，相当于古代的纳吉之礼，帖中序明男家三代官品职位，第几男，生辰八字，如果是入赘（zhuì），还要注明新娘要带过来多少金银、田土、财产、宅舍、房廊、山园，真是洋洋大观。

女家接到细帖，也用同样方法，开写定帖，列举新娘是第几女，生年甲子，以及陪嫁多少房奁（lián，陪嫁衣物）、首饰、金银、珠宝、帐幔，以及田土、房业、山园，甚且，在定帖之中，还要详列主婚人姓名、荣衔、家产等等。

在中国人过去的观念之中，结婚不是男女双方相爱，而是两个家族的结合，其中物质条件占了相当分量，可谓相当俗气的一件事。

男女双方称斤论两，彼此觉得满意之后，这才由双方家长会同媒人，在一家花园或湖舫之内相见，就是相亲。

所谓相亲，其实什么也看不见，女子多半怕羞，悄悄地躲开，男方相不到媳妇，只有看看她兄弟的长相，胡乱猜一通，所谓是“买衣服看袖子，娶媳妇看舅子”，可惜兄妹相像，姐弟相像的情形并不多。

相亲之时，如果双方看得顺眼，就把金钗插在冠髻之中，表示插钗，万一不中意，则送彩缎两疋（yǎ），称为压惊，表示白忙一场。

媒人陪新郎进入女家谈婚娶事宜，选自《清俗纪闻》。

相亲满意之后，再由媒人往女家报定，称为议定礼，如果是富豪之家，报定要准备珠翠、首饰、金器、销金裙褶（zhě），以及四樽或八樽金瓶酒，用两匹羊负载送过去。

女方接过定礼，也不能含糊，回定礼是早就预备好的，并且将原先送来的茶饼羊酒之中，抽出一部分送回，在空酒樽里放入清水，盛两对金鱼，筷子一双，谓之回鱼箸（zhù，就是筷子）。考究的人，多半用金银再打造一双鱼一对筷子。

到此为止，男女双方已经花费不少，所以，宋人婚配非要门当户对不可，不然，对方这番排场压过来，如果没法再压回去，面子上就不好看了。

接下来，才是正正式式的下聘，这个聘礼当然要格外隆重，女方接了聘，也有一份厚礼相报，而且，挑礼前来的工人还要领赏，难怪古人说齐大非偶，太富贵的人家，勉勉强强高攀，那真是存心跟自己过不去。

双方下礼之后，彼此就成为亲家，逢年过节，少不得互相馈（kuì）送，联络感情。好容易选中黄道吉日，决定了婚礼日期，在成婚之前三天，男方要送来催妆花髻（jì）、销金盖头，与花粉画彩等新娘子打扮用的东西，女家则答以罗花幞（fú）头、绿袍靴笏（hù）等新郎倌要用的物品。

在结婚前的一天，女家先派亲友到男家挂帐、铺设新房，陈设奁（lián）器，到处贴上“囍”字，在宋朝人观念中，铺房是一件大事，千万马虎不得。

宋朝以前，似乎没有这种习俗，宋朝大思想家司马光曾经在一篇文章之中写道：“迎亲前一日，女方派人布置乘龙快婿的新房，称之为铺房，古代虽然没有这个习俗，现今世俗多用，不可废也。凡是床榻、荐席、桌椅都是男方应当准备的，毯褥、帐幔等则是女方准备的，许多人趁此机会，故意夸示富贵，此乃婢妾小人之态，不足为也。”

司马光虽然说不足为也，却经常有人为此闹得不可开交，甚且因此亲家反成仇家，伤了彼此之间的和气。

铺房之后，还有很多规矩，我们下回再谈。读到这儿，也许不少读者不由得会心一笑，时至今日，许多地方的习俗，特别重视铺房，还要特别精心挑选一位有福气的女方亲友担任，可惜的是，为了办喜事，亲家变成仇家的不幸，在现代社会之中也时常耳闻，追根究底，还是势利心态作祟。

宋人办喜事

在上一篇中，我们说到，宋人在迎亲前一日，女家筹办新房中家具器物，送往男家，布置妥帖，谓之铺房。

铺房之后，佳期将至，男家派人赴女家催妆，女人化妆一向慢工出细活，尤其是要上花轿之前，岂可马虎，这一折腾就没完没了，惟恐耽误时辰，非得催上一催。

终于，吉时一到，男方带着花瓶、花烛、化妆盒、照台、衣匣、清凉椅等，并且雇请官私妓女，骑着骏马，一路上乐队呜哩呜啦吹奏不停，大家都争先恐后跑出来看热闹。

大队人马吹吹打打到了女家，先由乐官奏乐催妆，双方家人仆从互念吉祥诗句，然后，新娘终于出阁上轿。

新娘上轿之后，一路上又是呜呜吹奏不停，若来一大堆好奇的人潮，到达了男家，更有一番好戏。

当花轿到达时，有人手执米斗，里面装满了五谷、豆类与干果对着大门，天女散花般对着面前泼撒。

这一撒，必然引得小朋友们嘻嘻哈哈，争先恐后地前来拾取，这个风俗称之为“撒谷豆”，自西汉时即有，目的是驱除青羊、乌鸡、青牛三煞，讨个吉利。

此时新娘才可下轿，下轿时还有一个禁忌，就是脚不能碰地，非要走在铺垫物上，可是路途还远，哪有那么长的垫子？于是仆人可累了，急着一路把两三个垫子往前挪移，唐朝白居易有一首《春深娶妇家诗》中有“青衣传毯褥，锦绣一条斜”，就是这个意思，青衣指的是仆人。

为什么新娘脚不能碰地呢？原来，按照迷信的说法，地与天都是无比神圣的，天有天神，地有地神，假如新娘的脚与地接触时，不小心冲犯鬼神，可就糟了。在娘家时，新娘子可由父兄背着她上轿，可是到了婆家，没人可抱她，又要避免两脚不着地，只有铺上垫子，一直到嘉礼完成，送入洞房。这也是现代婚礼中新人要步上红毯的缘由。宋代娶亲，不论贫富，这个习俗绝不能免，至于铺毯、席、红布条，质地如何，就看当事人财力如何了。

接着新人走进中门，被迎入一室中小歇，坐在帐中，称为“坐虚帐”，此时新郎换上了绿衣裳，头戴花幞（fú）头，前来与新娘共坐，称为“坐富贵”。

稍坐不久，礼官高声喊叫，请一对新人出房，新郎手执槐简，身披红绿丝绸，绾（wǎn）着同心结，倒退着走，新娘则挽彩结，亦步亦趋，谓之牵巾，新郎新娘牵挽着到礼堂前。

一直到这时，由一位男家中福寿双全的女亲，用秤杆将新娘的盖头挑开，新娘才露出了庐山真面目，也可以由新郎亲自揭开盖头，总之，不论是美是丑，是贤是愚，都要参拜堂前神祇（qí）、诸位尊亲。

参拜既毕，新郎新娘手挽同心结，回房行交拜礼，这时候，礼官用金银盘内盛金银钱杂果，朝帐中撒去，谓之“撒帐”。

撒帐与前面花轿初抵男方家门撒谷豆不一样，撒谷豆是避三煞，撒帐是祝福多生贵子。

据说撒帐之风，始于汉武帝之时，武帝钟爱李夫人，当李夫人初至，武帝迎入帐中，预先命宫人遥撒五色同心花果，武帝与夫人撩起衣裙盛之，武帝含笑对李夫人说：“接果愈多，代表得子愈多。”

新郎新娘喝交杯酒，选自《清俗纪闻》。

撒帐之后，新郎新娘共饮交杯酒，饮罢，将两只酒杯，一仰一覆安放在新床下面，接着，男左女右结发，行合髻（jì）礼，接着，新人换装，谢亲朋，摆下喜筵，婚礼才大功告成，真是既复杂又辛苦。

这以后三天，女家备礼，送往新婿之家，谓之“送三朝”，一对新人于三日，或七日或九日，回往女家，行“拜门礼”，一直到闹到满月，女家送弥月礼，婿家张宴款亲，谓之“贺满月”。

另外，新娘在下轿之后，入洞房之前，照例要先拜天地，依次拜祖先、公婆与尊长，并且要荐枣栗脩（xiū）给公婆，以讨公婆欢心。

枣栗就是枣子与栗子，俗语说：“吃枣得小，吃栗得妮。”小是小男孩，妮是小女孩，枣栗是早生贵子之意，脩则是肉脯，规矩很多。

这套风俗，流传至今，譬如新娘子到了婆家，众人七手八脚，帮忙传递脚下垫子，大家都这么做，却不知为什么，更不知中国人在宋朝，甚且更早以前，已经有此做法。

说起来，老祖宗的规矩，一代又一代绵延至今，也是挺有人情味的。现在许多人结婚，除了披上白纱之外，也流行戴上凤冠，穿起长袍，甚且安排一顶花轿，照几帧传统的结婚照，觉得古意盎然，情趣横生。中国人毕竟是中国人，血液里面流着属于中国的情愫，台湾的每一样风俗，追根究底，往往是福建泉州的老风俗，往上追溯，更是老祖宗的遗风。

宋代都市的夜生活

中国古代，在宋朝以前，一到晚上，家家户户门窗紧闭，不再外出，街道之上凄凉、寂寞而清静。

周朝《周礼·秋官篇》记载："禁宵行者，夜游行者。"汉朝也是如此。

《史记·李广传》之中有一段：汉朝大将军李广出雁门关，匈奴仗着人多势众，打败李广，单于久闻李广大名，早就下令，不得射杀，务必生擒。

匈奴终于得到了李广，好不开心，李广伤势沉重，匈奴就把李广缚在马上，欢天喜地，高奏凯歌押回大营之中。

李广虽然受了伤，神志却非常清醒，他闭起眼睛，假装奄奄一息的模样，暗地里却在找寻机会。

忽然间，李广发现有个小胡儿，骑的是难得一见的良马，他挣脱了绳索，跳到马背上，推倒小胡儿，夺得弓箭，快马加鞭飞奔而去，一路逃回了汉朝，藏入山中，汉人起初以为李广死在异地。

有天晚上，李广去田间一个朋友家中喝酒，回来晚了，被霸陵尉发现，大声喝止道："你难道不晓得天黑之后不准夜行？"

"我，我是以前的李将军啊。"李广着急地辩白。

"现在的李将军都不得夜行，管你什么过去的李将军。"

于是，霸陵尉把李广扣留在亭中，到第二天才放他走。

由这个故事，我们可以知道，汉朝时候，入夜是不得外出的。

到了唐朝，虽然东南大都市扬州、广州的经济都非常繁荣，晚上也颇为热闹。可是京师一带，仍旧一片冷清，禁止夜行。

每天快入夜时，京城内金吾（官名，掌管治安工作），便会高声传呼，鼓声四动，提醒人们赶快回家，切勿犯禁。

然而，到了宋朝，都市的夜晚，有了惊人的发展，可谓“车如流水马如龙”。在汴京城北州桥，车马拥挤，热闹非凡，连路人行走也困难，载运货物的车辆，还在晚上特别挂了一个铃铛，好让远来车辆相避，免得发生交通事故。

不但陆上交通如此热络，连水上交通，入夜之后也相当繁盛，杭州米船到达码头的时间，常在夜晚，工人们卸下货物以后，经常到夜市去逛一逛，兜兜风。

杭州大街买卖，经常是昼夜不绝，有的夜市三更收摊，五更又开张，夜猫子不愁没有地方去乐。

甚至有的茶店、酒店及路边小摊，专做消夜生意，到了半夜三更才开市，一直闹到凌晨打烊（yàng），简直和今天台北、高雄等大都市的情形一样。

至于夜市中到底卖些什么呢？好比现在的百货公司中样样都有，色色俱备，其中尤其是卖食物的最多，中国人讲究吃，真是自古已然。

在夏天，小吃摊多半是卖凉的，如冰雪冷元子、水晶角儿、生淹水木瓜等。到了冬天，又都改为热腾腾的簇炙猪皮肉、野鸭肉、商酥水晶脍（kuài）等，自朱雀桥到龙津桥，挤满了大快朵颐的食客。

除了固定的小吃摊，还有小贩顶在头上卖的羊脂韭饼、春饼等，边卖边吆喝，也是夜市一景，或者是沿街推的车担，客人来了，停下车子，摆好椅子，张罗茶汤、馄饨，别有一番风味。

南宋时，苦于北来胡人的压迫，然而中国饮食文明，又很快地

货郎图，南宋李嵩绘。

把胡食纳入，其中后市街一家姓贺的，调制胡饼特别地道，每个卖到五百钱，香香酥酥，趁热享用好吃极了，往往供不应求。另有波斯姜鼓，也很受欢迎，顾名思义，这是波斯来的异国风味，姜鼓是什么玩意儿，就不知道了。

宋朝女子地位低，可是有几个宋朝妇女却因为烹饪功夫了得，都成了富婆。例如李婆婆羹是著名的餐馆，宋五嫂鱼羹更是了不起，杭州城里城外，无人不知，无人不晓。宋五嫂的鱼羹碗儿不大，大概与台南度小月的肉燥面差不多，稠稠浓浓，热气冒三尺，令人馋涎欲滴，连皇帝都经常派人去买几碗来享受。

除了食物之外，算命先生也为夜市平添不少热闹，中国人最爱摸骨看相细批流年，问问妻财子禄，不愁没话说。

夜市之中且有音乐悠扬，酒楼歌馆一直要闹到四更之后才渐渐安静下来。

宋代的酒楼更是愈晚愈盛，浓妆艳抹的青楼佳人，簇拥在楼廊上，等待酒客呼唤。也有那爱好风雅的子弟，在花竹掩映，垂帘下幕，召来歌妓唱歌，玩个通宵达旦。

一些富豪之家，嫌街上的人多嘈杂，就在自家中过夜生活，当时讲究的人家，把仆役分为四司六局：帐设司、厨司、茶酒司、合盘司，果子局、密煮局、菜蔬局、油烛局、香药局、排办局，到了夜晚，对于夜宴而言，油烛局是相当重要的工作，负责上烛，修烛，装火，备炭，把夜晚装点得如白日一般光灿，可以尽情欢乐。

宋代都市的夜生活，纸醉金迷，热闹非凡，可惜却是十分的粉饰太平，人民多半缺乏忧患意识，反正今朝有酒今朝醉，果然，夜生活的繁华没有持续多久，终于沦入元人之手。

铁哥吃手扒鸡

元世祖忽必烈是元朝的开国君主（从忽必烈开始才建国号为“元”，以前都称为蒙古），不论文治武功，均极辉煌。他是成吉思汗的爱孙之一，睿宗拖雷之子，宪宗蒙哥之弟。

相传在猴儿年（1224年），成吉思汗讨伐花剌子模归来，班师回国之时，忽必烈只有十一岁，在边境迎接爷爷，爷爷一见他“脸上有光，目中有火”，就非常疼爱这个孙子，祖孙二人曾经在乃蛮的国界上骑马射猎，玩得不亦乐乎。

拖雷是老幺，很得成吉思汗的喜欢，他也的确是个人才，而且对兄长十分尊敬。有一次，窝阔台生了重病，他竟然祈求神明，愿意代替哥哥而死，因此，他虽然只活了短短的四十年，他这份自我牺牲的精神，引起了蒙古各部落对他家的爱戴与同情。

拖雷的妻子莎儿合黑塔尼，是克烈部王汗的侄女儿，出身世家，英明干练，人缘很好，是个贤妻良母，她一共生了十一个儿子。

蒙哥汗讨伐宋朝之时，命令忽必烈统治漠南地区。忽必烈曾经延揽了大批中原的汉人，使他接触到中原的文化与政治思想，其中，对忽必烈影响最大的是姚枢（shū）。

忽必烈在漠南，治理地方井井有条，很得人民的爱戴，譬如他制止蒙古官吏滥施刑罚，就值得大书特书。

当时燕京行省的长官不只儿，一向以苛虐著名，有一天，他竟然下令杀了二十八个人。

后来，来了一个倒霉的盗马贼，先是被不只儿狠狠派人打了一顿，训斥一番，放了回去。

忽然之间，有人献媚，送来一把亮闪闪的环刀。不只儿用手试试环刀的刀锋，果然很利，兴致来了，对手下道："你们快去把刚刚那个偷马的找回来，我要拿这把环刀杀个人，看看好用不好用。"

元世祖忽必烈，选自《清刻历代画像传》。

于是，盗马贼又被捉回来了，一手捂着被打得皮开肉绽的伤口，还弄不清发生了什么事，不只儿已手起刀落，把盗马贼给斩了，还啧啧称奇道："果然好刀。"

忽必烈知道不只儿草菅人命的事以后，把他找来训斥道："凡是判定死罪者，必然详细审问，确定无讹之后，方可行刑。人命关天，不是闹着玩的，你一天之中杀了二十八个人，想来其中必然有无辜冤死者，这还不算，哪有先把人打了一顿，宣布释放，然后再处死刑的，这算什么荒唐的刑罚？"

不只儿一向杀人杀惯了，而且从不觉得杀个不值钱的汉人有什么关系，当场愣在那儿，不晓得该如何回话。

忽必烈听从姚枢的劝告“收人心，止杀戮（lù）”，却给自己找来了麻烦。有人向蒙哥汗打小报告，说忽必烈“深得汉土人心，财赋（fù）尽入王府，恐怕枝大于本，不利于朝廷”。

蒙哥听了，也起了疑窦，特地派了“钩考局”去调查这件事。忽必烈知道，大为愤慨，怒气上冲。结果，还是听了姚枢的建议，亲自前往行在去谒（yè）见皇兄蒙哥汗，当面解释误会，兄弟相对涕泣，尽释前嫌，这又是中国儒家待人处世的哲学。

一般说来，蒙古人对汉人，很有一种优越感，但是，忽必烈的观念比较平等，从他对铁哥的婚姻一事可知。

铁哥是西域人，他的叔叔那摩，被蒙哥汗尊为国师。铁哥四岁的时候，跟着叔叔晋见蒙哥汗。蒙哥汗见这个小男孩眉清目秀，好生喜欢，问道：“这是谁的小孩啊？”

国师回答：“我哥哥的儿子。”

蒙哥汗正在吃手扒鸡，顺手就把鸡全给了铁哥，奇怪的是，铁哥谢过之后，捧在手中也不吃，蒙哥汗问道：“这鸡很香，你为什么不尝尝看？”

小铁哥竟然说：“我带回去给妈妈吃。”

蒙哥汗很惊讶，连忙叫人再拿一只鸡来给孝顺的小男孩，小男孩这才津津有味地啃鸡腿，领略蒙古烤肉的风味。

小男孩长大以后，忽必烈也接了帝位，是为元世祖，他也很疼爱铁哥，在铁哥十七岁那年，世祖下诏择贵家女给铁哥做妻子，铁哥居然拒绝娶蒙古贵族，他说：“我母亲是汉人，希望我娶一个汉人媳妇。”元世祖也就顺从铁哥的心愿。

世祖对外国称号大汗，在中国则尊号为皇帝，并且与汉人一般，敬重孔子，推行孔学。

然而，世祖这套开明的作风，与当年蒙哥汗的守旧派有所歧异。同时，世祖与儒者亲近，汉地学人不免兴高采烈，多所宣扬，而不喜欢儒者的人，也自然妒忌不平，大事破坏。

一次，近侍中有人进谗言道："《论语·八佾（yì）篇》中说：'夷狄之有君，不如诸夏之亡。'（孔子的意思是，连夷狄都知道要有君长，不像今天诸侯乱纷纷，不敬周天子。）孔夫子岂不是有意诬蔑边疆民族，辱骂蒙古吗？"

世祖被他这么一挑拨，果然发火了。

于是，文学家虞集赶快解释："孔夫子在两千年以前说这句话的意思，自然是有感而发，与现在无关，今天可汗承受天命，统有全中国，不应以古代小国之君自居。"

世祖器大量大，也就不予计较了，他还是巧妙运用两元政治，用汉地成法治理汉地，用蒙古成法治理蒙古，他的成功，不在于用武力臣服中国，而是能在这一土广民众的大国，统一之后加以安定，这就是所谓"有容乃大"也。

元世祖东征日本

元世祖忽必烈是继成吉思汗以后，一位伟大的帝王，当他建都燕京灭宋而统治了中国以后，便以大蒙古帝国可汗兼为中国之大皇帝。

蒙古是个战斗的民族，他的军事扩张永无止境，看他们可汗对外族的挑战书，动不动就说：“吾人为地上的天军，上帝创造吾人，用来处罚上天所愤怒讨厌的人。”可见得蒙古自以为代表上天的意旨，替天行道，征服与处罚不服从他们的罪人。

元世祖在中国建立了大元帝国的同时，仍然秉承列祖列宗的遗志，继续对外作军事上的扩张。所不同的是，以前扩张的地方是西北，蒙古马队所向无敌，这以后的目标转往东南海外诸国，攻势虽猛，毕竟蒙古人不擅长海战，有时不免失利。

远在蒙哥汗之时，几次东征高丽（lí），高丽国王遣其太子王倎（tiǎn）到中国来，世祖忽必烈见王倎长得眉清目秀，言谈举止彬彬有礼，非常喜欢，双方谈得很投机。

不久，蒙哥汗在钓鱼山合州城暴卒，世祖即位，用汉人赵良弼的建议，对王倎优礼有加，十分客气，并且派兵护送王倎回国。

王倎回到了高丽，继承了父亲的王位，改名王禃（zhí），是为元宗，接受蒙古玺书册封，以后，高丽的历代国王，都娶元朝公主，并且学习元朝辫发胡服的风俗，在至元二十年（1283 年），元朝于高丽设征东行中书省，高丽正式成为元朝的一部分。

元世祖既然征服高丽，因高丽而得知日本人的情报，开始对日本产生兴趣。

日本与中国的交通始于何时，未有定论。但是，根据《山海经》的记载，远在周朝时代，中国已知日本的存在。不过，中国古籍中称日本为“倭（wō）”或“倭奴”，而不称“日本”，当时的日本人也往往自称为“倭”。到了唐代，日本国内汉学兴起，读了点书，发现了“倭”字实在太难听，太不雅了，乃改称为“日本”。从汉代开始，日本不断有使者来到中国，将中国许多物品带回去，到了隋唐时代，中日之间交通频繁，日本曾经派出五次遣隋使，二十次遣唐使，更有大批留学生与学问僧前来中国，造成“大化革新”。南宋时代，理学传入日本，朱熹与程颐程颢之学说在日本甚为流行，尤其是禅学。

元世祖在至元三年（1266 年），命令兵部侍郎黑的（这个名字很奇怪），拿着国书到日本，要求通好。这封国书写得霸气十足：

“大蒙古皇帝，奉书日本国王，朕即位之初，以高丽人民久遭战火之苦，即令罢兵，还其疆域，高丽君臣感戴来朝，名义虽是君臣，彼此欢如父子，这些想来王之君臣也都知道，希望自今以后，通问结好，以相亲睦。”

大元朝这封信的口气，完全是“老子国”对待“儿子国”，言下之意，高丽既然是元朝的儿子国，日本能当儿子国，也应该是一件欢天喜地的事。

岂料，日本人对当儿子国缺乏兴趣，黑的颓然而返，临行前带了两个日本岛民一名塔二郎，一名弥四郎回朝鲜问话，以后，又进行了几次外交，不得要领。到了至元十七年（1280 年），日本人竟然杀死了元世祖派来的外交官杜世忠，世祖大为生气，当即设立了日本行中书省，商议远征日本的大计。

按照国际惯例，两国相争，不杀来使，日本人会有如此不识大体的行为，主要是当时日本武士精神洋溢，当政的北条时宗又年轻气盛，初生之犊不畏虎。

当时，元世祖已经灭了南宋，收编了许多南宋降军，正不知该拿这些残兵怎么办，不如就去打日本吧，因此组织了一支蒙古、回人、汉人、南人（南宋的遗民被称为南人）合起来的杂牌军队，由宋朝降将范文虎率领，浩浩荡荡跨海东征。

谁知，当他们一行尚未到达海岸时，忽然飓风大作，原来遇上了一个超级强烈台风，一时之间，风卷船旋，船上战士们奔走呼号，奋斗挣扎了老半天，才把一部分没打沉的战船，驶入五龙山靠岸。

这范文虎是贾似道的乘龙快婿，与他岳父一样，是个典型的贪官污吏，吕文焕苦守襄阳就是被他害惨的。他原本就是意志不坚的贰臣，才会迫不及待投降了元人，怎么会为元人打日本人而送命呢，那太划不来了，所以赶紧跳上一艘最坚固的大舰，匆匆忙忙逃回高丽合浦。其他高级将领见主帅已逃，也分别抱头鼠窜。

一直过了半年以后，一个名叫于阊（chāng）的东征士兵逃回中国，才透露："当时大元帅跑了，军中无主，大家公推张百户做

日本将领竹崎来永与忽必烈军队作战，日本绘画。

元帅，我们在五龙山伐木料，准备造船及修补原有的残破战船，打算回国。谁知日本人包围了我们，杀害了几万人，剩下两三万人被掳做俘虏，我便是其中一个。”这些被俘的元兵，被日本人编为奴隶，称为唐人，这是蒙古对外用兵以来，最为惨重的一次失败。

如果不是用错了将领，算错了时间，天时与地利人和样样不对的话，日本人哪儿是蒙古人的对手？当时蒙古有一种强弓，据说开弓要有一六六磅的臂力，可贯穿一二十人，语虽夸大，然而强度之大无可怀疑。

由于日本人侥幸逃过这一劫，反倒加强了日本人的侵略思想，日本人更深信大和族人是神裔，天皇是神的代表，日本是神国，历史上从未有大陆的武力侵入过日本，元朝大军试图征伐日本没有成功，可见得天佑日本，所以后来他们才会发疯似的挑起侵略中国的战争。

波罗兄弟到中国

元朝初年，国家魄力雄厚，处处表现出建国的精神，展示恢宏的气象，令人为之惊心眩目。要了解元世祖的霸业，不妨参看马可·波罗的游记。

《马可·波罗游记》，是十三世纪末叶，欧洲人马可·波罗，根据其亲眼目睹中国的情况，所写成的一本最有名，也最有影响力的传奇性的记载，这部书可以作为正史的一种参考资料。后来，哥伦布立志要环绕地球，去发现东方，据说就是受这本书的影响。

许多人对马可·波罗四个字都耳熟能详，却不知道这本书究竟写些什么东西，让西方人大开眼界。我们现在来介绍一下马可·波罗这个人和他的游记中一部分精彩的故事。

公元 1260 年，在君士坦丁堡（今天的土耳其西部），住着两个兄弟——尼可罗·波罗和玛窦·波罗（以下简称波罗兄弟，他们分别是马可·波罗的父亲与叔父）。

波罗兄弟是意大利威尼斯商人。由于威尼斯人在公元 1204 年，打败了拜占庭帝国，以希腊领海为中心，君士坦丁堡为据点，建立了霸权式的通商活动。波罗兄弟头脑灵光，富有冒险精神，在君士坦丁堡购买了一批珠宝，到外地去碰碰运气。

他俩乘船到了速达克，把珠宝献给了别儿哥汗，别儿哥汗非常高兴，赏给他们超过两倍珠宝价钱的财物。以后，波罗兄弟穿过沙漠，到了布花剌城，别儿哥汗与蒙古旭烈兀发生了战争，切断了君士坦丁堡的通路，波罗兄弟回不去，只好在布花剌城停了下来，这一歇脚就是整整三年。

有一天，一位旭烈兀的使者，偶然看到波罗兄弟，十分惊奇地问道："你们是拉丁人吗？"

"是的，我们的老家在意大利威尼斯。"

"那太好了！"使者说，"在这一带，除了你们，我还没有见过拉丁人。我是奉了旭烈兀的命令到东方去朝见忽必烈可汗，有没有兴趣跟我一块儿走，保证能够得到荣华富贵。"

波罗兄弟是好奇心很重，而且极有冒险精神的人，一听使者的怂恿，马上答应了。使者也很开心，因为他知道忽必烈喜欢新鲜的事物，若是看到拉丁人，一定觉得很有意思。

他们一行人，走走停停，花了一年的时间，才到达中国，晋见忽必烈大汗。忽必烈对欧洲十分陌生，波罗兄弟把欧洲的情形，详详细细报告一番，并且大力宣扬基督教。

"照你们说起来，基督教倒真是不错的宗教。"忽必烈大汗对波罗兄弟说："我看不如这样，我任命你们兄弟二人当我的使臣，回到罗马去谒见教皇，请教皇派一百名有学问的基督教徒到中国来，这一百名基督徒必须具备七艺（就是修辞、逻辑、文法、数学、几何、天文与音乐），还有，你们经过耶路撒冷的时候，顺便到耶稣的坟上，取一点灯油回来。"

"好的，我们一定遵命。"波罗兄弟连连向大汗叩头。

"现在，我赐你们一块金牌，"大汗把一面刻有飞鹰张开翅膀、正想攫取食物雄姿的金牌，交给波罗兄弟，"这面金牌等于圣旨，你们有了它，就可以很顺利地经过我所管辖的地方，并且能得到你们所需要的马匹、骆驼与食物。"

的确，凭着那面金牌，波罗兄弟无往不利，沿途的官员无不殷勤接待。

波罗兄弟经过三年的长途跋涉，终于回到了老家威尼斯，尼可罗·波罗见到自己的儿子——十五岁的马可·波罗，他的妻子已经去世了。

波罗兄弟在威尼斯待了两年，见了新教皇格拉高雷十世，教皇并且为他们祈祷，答应派两名有学问的神父一块去东方。

波罗兄弟第二度东行，还带了十七岁的马可·波罗，他等一行经过的第一个有名的大都市是报达（今天伊拉克的首都巴格达），它是回教徒心目中最重要的一个大城，城中曾经住着回教教主哈里发。

哈里发虽然威风八面，却不敌蒙古的旭烈兀，旭烈兀在公元1255年的时候，大举进攻报达。旭烈兀知道，想要攻下报达，可不是一件简单的事，决定略施小计。

旭烈兀把大部分的兵马，埋伏在城外广阔的树林之中，然后，命令小部分的人马，故意踏着凌乱的步伐，垂头丧气往前进攻。

哈里发在城墙上一瞧，如此乌合之众也胆敢前来，立刻带着少

巴格达哈里发和他的臣民，波斯绘画。

数人马就冲了出去。旭烈兀迎上前去，草草战了几回合，拨马便往树林奔去，哈里发一路追到树林，旭烈兀大军包围，三两下就生擒了哈里发。

旭烈兀占领报达之后，搜索全城，发现报达城中有一座宝塔，里面全是金银珠宝。旭烈兀责问哈里发："你难道不知道蒙古军的厉害，你怎敢鼓励他们来反抗我呢？"

哈里发默不作声。旭烈兀接着说："你既然如此爱珠宝，我就让你每天吃珠宝吃个够吧！"

说完，旭烈兀便把哈里发囚在珠宝塔内，过了没有多久，哈里发就活活饿死，史称黑衣大食的阿拔斯朝正式灭亡，这是蒙古第三次西征的战绩。

马可·波罗到达报达，听说了蒙古人西征的故事，更增加了他对晋见忽必烈可汗的好奇心。

“山中老人”的故事

我们说到，马可·波罗跟随父亲与叔父东来，准备前往中国。

离开报达以后，三人行到了忽鲁模斯，这是一个热闹的港口，每天都有许多印度商人把香料、宝石、珍珠、丝绸、象牙及其他各种货物，运到这儿来转卖到世界各地。

马可·波罗说：“爸爸，怎么这样热闹，我们找个地方歇一歇。”

“好的，我们到酒店去吧。”尼可罗·波罗也是满头大汗，全身都湿漉漉的。

到了酒店里，每人都仰起脖子，咕嘟咕嘟灌了好几大杯枣子酒，香香醇醇，喝起来清凉有劲。

店主人含笑跑过来打招呼：“你们大概是第一次来忽鲁模斯吧？”

“是的。”

“那我可得警告各位，枣子酒味道虽美，可是各位的肠胃一下子不能适应，恐怕难免会拉肚子，多喝几次就没事了。”

“管他的，喝了再说。对了，顺便请问一下，城里的人都到哪儿去了？”尼可罗·波罗感到十分的好奇。

“各位先生，是这样的，忽鲁模斯实在太热，就是我们当地人也吃不消，每当热风来袭，只有一个办法——把衣服脱光浸到水里。”

马可·波罗望着圆圆滚滚的胖店主，想象他泡在水里，露出一个脑袋的情景，一定很好玩，差一点儿扑哧一声笑出来。

当天晚上，忽然传来一则惊人的消息，邻近的起儿漫王国，不满意忽鲁模斯王国胆敢自动的停止进贡，派出六千兵马前来攻打。忽鲁模斯全国上下没一个兵，每个人都被太阳晒得七荤八素，懒懒的，哪儿抵挡得住大军压境呢？

第二天一大早，强烈的热风来袭，气温直线上升，烤得大家透不过气来，忽鲁模斯人也顾不得马上要开战了，一个个剥得精赤条条，扑通一声跳下水，马可·波罗等人也如法炮制。

到了晚上，天气凉爽了，忽鲁模斯人从水池里钻上来，忽然想起，奇怪，起儿漫人怎么还没来？

忽然有人高喊：“我们打胜了！”

忽鲁模斯国一个兵也没有，如何打胜仗？原来，老天爷帮忙，热风把起儿漫大军，活活给热死了。

好奇的马可·波罗，随着人潮，去看“打败”了的起儿漫人，那些尸体已被热风烤干，只剩下一层皮包骨头，当尸体被轻轻一拉，四肢与头颅就会一片一片往下掉，骨头更是一触就碎，真是可怕极了。

离开了忽鲁模斯，经过一大片沙漠，他们一行来到木剌夷，马可·波罗听说“山中老人”的故事，觉得十分新鲜，赶紧把它记下来：

原来，在木剌夷境内有两座山，山谷中住着一个富裕的老人亚劳丁，人们称之为山中老人。

山中老人在山谷里，建了一座豪华美丽的花园别墅，墙壁上涂着厚厚的黄金，挂满了来自世界各地的艺术品，花园里种植着许多奇花异树，美不胜收。

最奇特的是，花园中到处都设有自来水管，除了自来水外，另有三种管道，分别流着葡萄酒、牛奶与蜂蜜，随时可以取用。此外，花园里还有一群能歌善舞，貌美如花的人间仙子，她们不但歌声婉转，舞姿曼妙，而且懂得迷惑男人。

花园四周全是高山峭壁，只有一扇小小的门与外界相通，门口并且建有一座坚固的炮台看守着。

山中老人把木刺夷国内所有会使用武器的壮丁召集到花园来，给他们每人一杯酒，当他们酒醒之后，睁开眼睛一看，哇，不得了，这不是回教教主穆罕默德所允诺的天国吗？天国里有流着牛奶和蜂蜜的河流，有美丽的仙女伺候着，还正在半梦半醒之间，仙女们笑盈盈地端着山珍海味走过来，献上甜甜的香吻。

年轻人简直骨头都酥了，他们尽情地欢笑，痛快地喝酒，和美人们疯狂地嬉戏，享受着从未享受过的美好生活。

可惜，好景不常，在“天国”里舒舒服服过了四五天之后，山中老人在酒里又加了迷幻药，趁他们昏昏睡去，偷偷地把小伙子又抬回原地。

当他们悠悠醒来，醇酒呢？美人呢？怎么全都不见了？他们怒吼着，生气地捶打墙壁！

这时，山中老人又轻飘飘地走了出来，他高声问道：“你们既然去过天堂，还想不想再去？”

“我们愿意一辈子待在天堂。”众人异口同声喊道。

“好的。”山中老人庄严地宣布：“你们如果想去天堂，就得乖乖听我的话，我要你们做什么，你们必须立刻照做，如果成功的话，我会命令天神领你们到天堂去，要是你们因为执行命令而牺牲了，你们会直接入天堂，永远过着幸福的生活。”

那些青年头脑简单，一听之下乐不可支，个个盼望山中老人先点到自己。

山中老人到底要青年们做什么？原来是暗杀邻居的国王或富豪以夺取金银财宝。那些奉命前去暗杀的青年，一点也不害怕，总是抱着喜悦的心挺上前去，甚且恨不得早死好早上天堂，重温醇

(chún)酒美人的旧梦，所以暗杀团无往不利。

这个“山中老人”的故事，听起来很玄妙，却是真有其事。这是回教之中一个宗派，叫做伊斯迈理派的故事。这个宗教派暗杀者的事迹，历史上都有记载，他们给青年喝的昏迷药水，称为哈昔散，欧洲人把暗杀称为阿沙辛，就是从哈昔散这个药名演变而来。

马可·波罗晋见忽必烈大汗

在上一篇中，我们说到，马可·波罗到了木刺夷，听说了山中老人组织刺客团的怪事。接着，他们步上了更辛苦的路程——世界屋脊的帕米尔高原。

马可·波罗虽然穿上厚厚的皮衣，缩紧了脖子，仍然不断地打哆嗦，沿途不见任何人烟，脚下踩着的是经年不融的冰雪，又冷又硬又滑，真正是不好受啊。

在雪地里，一行人七手八脚架好了帐篷，马可·波罗找来一堆石块，在石灶之下生火，他不解道："奇怪，这个火既不亮也不热。"

接着，马可·波罗开始烤牛肉，肚子饿得要命，可是牛肉总是烤不熟。

尼可罗·波罗说："大概是太冷了吧。"

其实，这不是寒冷的缘故，而是因为帕米尔高原高达海拔六千米，空气稀薄，气压太低。不过，在那个时代，还没有人知道燃烧需要氧气的化学原理。

这儿有一种羊，称为羚羊，跑得飞快，羚羊在帕米尔高原十分管用，它的犄角有一米半，养羊的人把它割下当成饭碗、碟子、勺子，并且用它做成栅栏，用来保护山羊绵羊，免得被狼群攻击。

帕米尔高原不但人受不了，马匹也吃不消，它们吐出来的气是白色的，气一出口马上冻成一颗颗小水珠，迸落到地上。

在世界屋脊步行了十二天，他们终于离开了冰天雪地，穿过中亚细亚，进入中国境内，直向罗布泊大沙漠。

他们一行人在罗布城住了一个星期，准备了足够一个月使用的粮食，在向导的带领之下，一队人骑上了骆驼，踏上沙漠之旅。

城里的人，用一种哀伤的眼神看着他们，一个老人摇摇头道："这些人不会再回来啦。"

另一个老人把一些铜币撒在他们头上说："祝你们平安。"

沙漠的确是可怕，一望无际，只有沙海，没有树木，也没有飞鸟。

向导贾修姆正色地警告说："你们要小心，千万不可以脱队，如果有人觉得太累，想要休息一下，必须大家一块儿休息。否则，一不小心稍微落后，便会离群失散，再也找不回来，即使大吼大叫也没有用，因为沙漠里巨大的风声，早就把人声淹没了。有时候，失散的人会错觉有同伴在喊他，于是他就跟着声音摸索，据说这是沙漠中的鬼魅，你愈

元世祖忽必烈，选自《乾隆年制历代帝王像真迹》。

跟愈远，最后，成为沙漠里的一堆白骨。”

向导这番话，大家听得毛骨悚（sǒng）然。在沙漠里行进，是一种可怕的经验。然而，在沙漠里过夜，更让人胆战心惊，有哭声、有笑声、有马蹄声、有呐喊声，更像有无数妖魔鬼怪在帐篷外面，张牙舞爪，想要冲进来吃人。

这种鬼魅之声，白天也一样有，乍听之下，似乎是一群土人在跳舞，其实，半个人也没有，所谓的鬼魅，都是风声罢了。

沙漠中最缺乏的，当然就是水了，每一个旅客在横过沙漠之前，总会尽量多带水，可是，要带足三十天的用水，实在不容易，而且沙漠中烈日当空，太阳像个大火球似的，当马可·波罗等人终于穿越沙漠，他们已经又累又渴，全身脏得如泥人一般。

蒙古人射猎图，佚名绘。

经过了千辛万苦，他们好容易到达了中国甘州，与元朝政府取得联系，忽必烈大汗命令他们等一年之后再起程赴上都，真是好事多磨也。

上都是元朝的都城，位于今天内蒙古多伦县西北四十公里处，现在已成为一片废墟。是忽必烈大汗所建造的，城里有一座用大理石砌成的皇宫，宫内的殿阁都贴上金光闪闪的叶片，墙壁与柱子上雕刻着各种飞禽鸟兽草木花卉，屋顶上更刻有一只在云中搏斗的金龙，威武极了。

马可·波罗跟着父亲叔父步入宫内，闪着好奇的眼神，到处观看，每一件东西，都让他咋舌称奇，大厅的正面，有座朱红栏杆的高坛，放着一把用黄金与象牙雕刻的椅子，雄姿英发的忽必烈大汗正庄严地坐在上面。

“臣尼可罗·波罗、玛窦·波罗、马可·波罗叩见！”他三人跪伏在忽必烈的脚下。

“你们起来吧，一路辛苦了。”忽必烈温和地说。

马可·波罗这才敢正视这位统治欧亚帝国的大汗，他的第一印象是：“大汗不长不短，中等身材，筋肉与四肢配置适宜，眼黑，鼻正。”忽必烈态度沉着，目光炯炯，完全一派君王威严。

接着，尼可罗·波罗呈上教皇的信与耶稣墓上的油灯，并且略微叙述路上的行程。忽必烈听得极有兴趣，不断地点头。

最后，忽必烈把眼光落到马可·波罗身上，说道：“你们一进来，我就注意到这个小伙子，看起来很聪明，他是谁？”

尼可罗·波罗恭恭敬敬地回话：“陛下的臣仆，我的小孩子，一块自威尼斯来的。”

“来得好，他叫什么名字？”

“马可·波罗。”

“马可·波罗，我准许你跟着我去打猎，去看看汗八里城，再去中国各地走一走，你愿意吗？”

“多谢陛下！”马可·波罗立刻跪下，开心极了，他终于能实现心中的美梦了。

忽必烈的生日宴会

在上一篇之中，我们说到，马可·波罗终于到达梦寐以求的中国，并且很得忽必烈大汗的喜爱，他真是欣喜欲狂。

马可·波罗发现，上都虽有富丽堂皇的大理石宫殿，可是，忽必烈最喜欢的，却是另一座奇特的竹宫。

原来，蒙古人来自北方大漠，最最怕热，每年六、七、八三个月中原溽暑，忽必烈实在吃不消，总是回到上都避暑，尤其是待在竹宫纳凉。

竹宫全部是用竹子编起来的，每根竹子直径三十公分，长十八公尺，连屋顶也是用大的竹片铺成，竹柱上涂满美丽的金箔或是红漆，刻着金龙尾巴的浮雕。

竹宫最奇妙之处，在于竹宫没有一根钉子，它跟帐篷一样，是用两百多根极为强韧的绳索，四面八方网起来，而且移动方便，随建随拆，还可以搭在牛车上运走，想出这个点子的工程师，真是聪明。

马可·波罗跟在忽必烈身边，第一件有趣的事便是打猎。

大汗打猎，声势非凡，一声："大王出发了！"侍卫立刻把白色的马奶，洒在大地之上。这些奶是饲养在大王马厩里一万多匹白马挤出来的。前面我们说过，蒙古人最爱白色，认为白色是尊贵的象征，蒙古人相信白色的马奶泼地，可以保佑风调雨顺，五谷丰收。

忽必烈平日豢（huàn）养的小豹、小虎、猎犬与鹰、雕这时都出了笼，作为打猎的用具，两万名穿着红蓝衣服的士兵，带着一群猎犬，神气地在前头开路。

元世祖出猎图，元刘贯道绘。

一路之上，忽必烈猎到的猎物，不计其数，只是马可·波罗不了解，这些野兔、梅花鹿怎么都像送死一般，不断地出现。

蒙古兵解释道："这一带对百姓而言，是禁猎区，谁要捕杀是犯罪的，所以野兔、梅花鹿遍地都是，好让大王玩得尽兴，满载而归啊。"

马可·波罗心想，原来当大王这么威风。不久，马可·波罗随同忽必烈到了汗八里（今天的北京城），才发现大王更威风的一面：

八月二十八日是忽必烈的生日，称之为"万寿节"，当天，全国各地呈献最好的贡品，回教、基督教、佛教的教堂寺庙都举行宗教仪式，燃灯焚香，祈祷礼赞，为大王祝福求寿，马可·波罗也挤在人潮之中看热闹，并且得以进入宫内祝寿。

忽然间，他眼前一亮，宫门外进来浩浩荡荡一大群人，每个人打扮相同，都是那么挺拔威武，腰上系着金带，缀满珍珠宝石。

一位官员解释道："他们一共有一万两千人，都是皇上的禁卫军，一年一共换十三套漂亮的制服，今天禁卫军穿着红色绣金线的衣服，是为大王祝寿，表示吉祥之意。"

"这样华贵的衣服，每人十三套，那么大汗每年岂不是要赏十五万六千套吗？真是吓死人了！"

"数目虽然很大，"官员解释道，"中国地广富饶，盛产丝绸，并不在乎这点儿衣服。"

"假如我穿上这套衣服回威尼斯，威尼斯人一定以为我当了国王。"

这时，宫中有侍卫吆喝："大王驾到！"刹那之间，所有官员都跪伏在地上。

錾花高足金杯，内蒙古自治区包头市达尔罕茂明安联合旗大苏吉乡出土。

忽必烈大汗的座位在大殿的最高处，面向南方，左边是皇后的座位，皇后左边是皇子、皇妃和贵妃，再下一层座位是皇族，大臣的座位比皇族又低一层，整个大殿呈斜坡式，类似今天我们的阶梯教室，不论有多少人，居高临下的大汗，都可以清清楚楚地看到。

虽然大殿可以容纳许多人，但是仍有许多官吏、贵人没有座位，只能席地而坐。

接着，一只雄狮缓缓步出，怒吼一声，像美国米高梅公司影片的片头一样，到了大汗台阶之前，乖乖俯伏，好像是在向大汗致敬，然后，慢慢步向大汗脚边，静静地伏下来，真是训练有素，为大殿带来了庄严肃穆的气氛。

狮子行礼之后，文武百官以及所有贵宾都跪在自己座位旁边，向大汗恭恭敬敬叩了三个头，宴会正式开始。

于是，无数穿着整齐的侍者，忙碌地在大殿内外传送酒菜，菜色繁多，香气四溢，马可·波罗这辈子从未见过如此丰盛的筵席。

大殿之上，有一个由黄金打造的特大号酒缸，由专人把美酒分盛到小酒壶中，再端送到每一个桌上去。

这一切都让马可·波罗眼花缭乱。但是，他最有兴趣的，还是暗中观察忽必烈大汗，他发现，大汗用的一切器具全是黄金制的，亮闪闪的，既气派又贵重。马可·波罗也发现，凡是替大汗斟酒端菜的使者，都戴上绣着金线的绸布口罩，以免呼吸气息触及大汗的餐盘。

忽必烈的酒量显然很大，酒兴也十分高昂，每当他高举酒杯，乐队就开始奏乐，然后，所有的人都立刻跪下，等到忽必烈仰起脖子，一饮而尽，音乐才停止，人们才起立回座。由于忽必烈不断地饮酒，大家也就忙着一起一跪，实在是麻烦，却也显见大汗之地位崇高。

酒宴之后，还有一连串的余兴节目，不论歌舞、魔术都是一时之选，让马可·波罗大饱眼福，惊叹不已。

卢沟桥又名马可·波罗桥

宫廷的宴会散了，马可·波罗随着父亲在宫内到处游览，他惊异地说："哦，这才是真正的皇城禁地啊！"

看了汗八里城，马可·波罗才发现，原先赞美不已的上都，相形之下，实在是小巫见大巫。

汗八里都城，屹立在大平原之中，周围共计四十公里，每边十公里，是正方形的一个大都城，都城有十二个城门，每座门上都建有壮大的城楼，城楼之中，建有很宽的房间，贮存着城内警卫军所用的武器，每个城门都有一千名军队担任警卫。

进了城门一看，街道又宽敞又笔直，从头到尾，自这边城门到那边城门，可以一眼望去，简直如棋盘一般整整齐齐。

尼可罗·波罗带着马可·波罗四处参观，并且详加解说："说汗八里是一座城，还不如说它是世界上最美丽的一座花园，你看，这些宫殿，每一座都如此精致华丽，所有大厅和房间的墙壁，都涂着金银，雕刻着美女、骑士、龙虎的图案，栩栩如生，真是了不起的艺术作品啊！"

"最奇特的就是这座绿丘，你瞧。"马可·波罗顺着父亲的手势看过去，只见距皇宫一箭之地有一座人工筑成的假山，上面植满了树木，四季常青，忽必烈只要听说哪儿有棵美树，就派人把那美树给移植在这绿丘之上。

此外，大汗别出心裁，在绿丘各处都铺满了绿色玻璃矿石，使人远远望去，不但树是绿的，山也是绿的，整个青翠一片。绿丘顶上，有一座宫殿，也是绿的，殿内一切用具全是绿的，使得山树宫殿构成一片绿，忽必烈时时到绿宫之中休息，欣赏奇妙的绿色世界，想来，他特别偏好绿色。

然而，大都真正最繁华的地方，却是在城外，人口较城内还多。外国商人和旅客都住在城市外面，在离城门一公里半的地方，开设有不少观光饭店，由于自各处来谒见大王的人们，向宫内贩卖货物的人们，经年不断，因此旅舍常满。

当时世界上最繁荣富庶之地，莫过于此，不论印度的珍奇物品，欧洲的山珍海宝，都运到这儿来，由于洋人众多，竟然这儿还有一批专门陪洋人的娼妓，据马可·波罗的统计，这种卖笑女子共有两万人之多，令人咋舌。

当时运货，多半用牛车或是骆驼车。单单运绸缎的车子，一天竟有一千辆之多，可真是热闹。

不过，到了夜晚，汗八里是实行宵禁的，在都市的中央，竖立

元人用纸币换取银子，14世纪版画。

着一座大钟楼，每到晚上，就敲出哄哄的钟声，钟声三响之后，就不准在街上通行，每天晚上都有三四十人的警备车，在市区巡逻，谁超过了时间，还在街上闲逛，就要被抓起来，第二天一早，还要仔细详加盘问，看看是否有作奸犯科之事。

马可·波罗在街上闲逛的时候，还看到一件奇怪的事。

“这是怎么回事？”马可·波罗轻轻地问父亲：“中国人怎么拿小纸片当钱用？”

尼可罗·波罗笑着说：“这可不是普通一张小纸片，而是纸币，纸币上盖有大汗的玉玺，每张纸币上写明多少钱，拿了这种纸币，等于拿了金子银子一般，可以到商店去买东西，十分方便。”

卢沟桥，元人绘。

“会不会有人自己印一张呢？”马可·波罗十分的好奇。

“谁敢做这种事，抓到了可是要杀头的啊。”尼可罗·波罗很郑重其事地说。

在《马可·波罗游记》第一〇四章，他还记载了一件有意思的事："从汗八里城出发以后，骑行十里，抵达一条长河，称之为桑乾（gān）河。桑乾河上面，有一美丽的石桥，其规模之大，构造之美，世界上的桥梁很少有能够比得上的。桥长三百步，宽逾八步，可以同时骑十匹马通过，其下，有桥拱二十四，桥脚二十四。全部都由精美大理石打造。桥的两旁架设着精美石栏，每一柱顶之上，雕刻着一只石狮，隔一步有一石柱，石柱上的石狮都不相同，令人叹为观止。"

马可·波罗介绍的这座石狮桥，就是大家所熟悉的卢沟桥。

1937年七月七日，日军驻在河北省宛平县卢沟桥的军队，在举行军事演习的时候，竟然开炮，轰击宛平县城，激起我国当地驻军的反击，七七抗战开始。

最近几年，日本人不但修改教科书，企图掩饰侵略中国的暴行，更有学者狡辩，中日战争第一声枪声是中国军队将领吉星文所发，因此，挑起中日之战的是中国人。

这种说法也只有日本人才编得出，试想，天底下还有在别国驻扎大批军队，举行军事演习的吗？这不是侵略是什么？是日本人所谓的"进出"吗？日本人凭什么拿着刀枪，任意在中国进进出出，打打杀杀？

卢沟桥事件爆发以后，这个地方立刻成为世界的焦点，西方记者来到古意盎然的卢沟桥，想起了《马可·波罗游记》中所描述的，正是这座美丽的石狮桥，十分惊喜，遂把卢沟桥称为马可·波罗桥（Marco Polo Bridge），而称中日战争前的七七事变为马可·波罗事件。由此可知，《马可·波罗游记》中所记载的，大半为真实的，也可见得《马可·波罗游记》在西方人心目中分量之重，印象之鲜明。

纯白色的盛会

新年到了，到处一片喜气洋洋，马可·波罗也沾染到欢乐甜蜜的气息。

在元旦那天，忽必烈换上纯白色的丝绸衣服，上面缀满了珍珠宝石。蒙古人尚白，认为白色是“幸福的瑞兆”，与中国传统把白色当丧事习惯不一，倒有点儿像西方新娘子穿白色礼服，象征纯洁高贵。

不仅是大汗，其他全体臣仆也都换上了白色的礼服，围上金闪闪的腰带，宫外男女老幼也穿上白色的衣服。总之，那一天到处雪白，臣民互相馈赠白色礼物，大肆庆祝元旦，祈望来年幸福欢乐。

接着，好戏上场，五千头大象，披着绣有金丝鸟兽，闪闪发光的白袍，踏着笨重的象步，来到会场，每只象驮着两盒匣子，里头装满了过白节要用的东西。

象队后面是骆驼，骆驼背上也驮着器皿甲胄，在大汗之前，表演整齐的分列式，蔚（wèi）为奇观。

跟在骆驼队伍后面的，是全国各地官吏的效忠仪式，大家各就各位以后，司仪高呼：“拜！”所有的人，一起下跪叩首，并且念祝贺词，一共要跪拜四回，然后，献上厚礼。别的礼物不算，单单当日所呈献的白马，全国上贡的合起来，就有十万匹之多。

见识了这等场面之后，马可·波罗得到忽必烈大汗的许可，开始环游中国的旅行，忽必烈并且颁赐一块金牌，使得他在旅行途中无往不利。

马可·波罗骑上一匹骏马，出了汗八里高大的城门，放骑飞驰而去。他不用担心会迷路，因为干道两旁都种植着高大的树木。

一口气跑了二十多里，马可·波罗到达第一个驿站（当时称驿站为站赤，实是一种招待所），他拿出金牌，立刻有仆役前来招呼，殷勤款待。

马可·波罗进入招待所一看，哇，真是富丽堂皇，干净的卧榻上面，铺着绸丝被褥，一切所需要的用品非常齐全，马可·波罗舒适地在床铺上试了一试，心想，这真是国王级的享受。

驿站里准备着四百匹快马，随时替用，据驿站负责人表示，全国驿站超过三十万匹马匹。马可·波罗正在惊奇不已，忽然之间，听到远处传来清脆的铃声，叮叮当当，自远而近……

几乎是立刻，驿站之中，出来一名大汉，手中牵着一匹马，腰间系着一串铃，站在路边等。

一会儿，铃声愈来愈紧，原来远方奔来一名骑士，背上背着一个黄绸包，快马加鞭急驰而来，转眼间，骑士到了大汉身边，把黄绸包交给一名官员，官员把黄绸包缚在大汉背上，大汉翻身上马，头也不回往前奔，他腰间的小铃铛，也不断发出悦耳的铃声。

马可·波罗从来没有见过如此马拉松接力，觉得十分新鲜，驿站站长见马可·波罗蓝眼黄发，也忙不迭对老外解释：

“我是这个驿站的站长，方才是传一件紧急公文到汗八里去。”

“传送公文？”马可·波罗还是不懂，一面看着刚刚下马的骑士，已经满头大汗，全身湿透，到驿站里面去打水洗脸了。

站长说：“在全国主要干道上，每二十五里有一个驿站，每三里有一小铺，驿站与铺都备有骏马，以及身手矫健的骑士，只要听到铃声，马上准备接应，跑下一回路，日夜不停，每日可走三百里左右。在这样快速的传递方式之下，从汗八里到上都原要走上十天，可是用这种方式，一天半就可以到达了。”

“另外，还有一个规定。”站长接着说，“为了预防万一，若是马匹疲累，骑士得以在路上拦下骑马的人，把对方的马骑走，被抢走马的人不得拒绝，也不敢拒绝。”

这种驿站传送方式，有点儿像救火车，或是救护车，可是，权威大多了，当然，想出这种传送公文方式的人也很聪明。

马可·波罗环绕中国一周之后，回到了汗八里城的皇宫，他把在中国各地看到的有趣的事向忽必烈报告，马可·波罗表达能力高，加上他是一个西方人，蓝眼乱瞧，许多事经过他的观察，似乎更加有趣了，把忽必烈逗得好乐。

“哈哈！好玩！”大汗高声笑道：“怎么以前从来没有人跟我说过这等妙事，马可·波罗，你不如留在我身边吧，我常派你出使吧！”

于是，马可·波罗当了中国元朝的官吏，而且一干就是十七年。一直到 1292 年初，护送阔阔真公主，回到伊儿汗国，才依依不舍道别忽必烈。

马可·波罗，佚名绘。

在路上经过了两三年，马可·波罗才回到威尼斯。回国之后，因为参加克岛左纳岛的海战，被热内亚人俘虏入狱，在狱中他口述在东方的见闻，由他人笔录，写成《东方见闻录》，书中极力描写东方的富庶繁华，忽必烈大汗的威武。此书一出，大为轰动，起初西方人以为是天方夜谭痴人说梦，后来逐渐证明，遥远的东方有一条龙，于是传抄本日多，翻译日广。现在流行的《马可·波罗游记》，有一百四十三种版本之多，可见一斑。

马可·波罗多彩多姿的游记，挑起了西方人的幻想，纷纷梦想东来，哥伦布受了他的影响，寻找去印度洋的航路，在 1492 年发现了新大陆。马可·波罗的游记，对促进东西文化的交流，功不可没，但也炽热了西方人侵略东方的野心。

小奴才变宰相

元世祖即位之初，年年用兵，加以国内种种建设，需要大量的人力财力，如何增加国库的收入，成为元世祖最伤脑筋的头等大事。

宪宗蒙哥在钓鱼城战死的消息传来时，世祖忽必烈正在鄂州作战，匆匆忙忙北返，迫不及待在开平即位。当时，忽必烈的弟弟阿里不哥留守和林，看守老家，受到蒙古亲王的拥护，也自立为王，引发了一场帝位之争。

由于国库在和林，被阿里不哥所据，世祖没有祖宗遗产可派上用场，偏偏蒙古的帝王们，一向都有慷慨赏赐的习惯，诸王、公主、驸马及功臣后裔的排场又大，元世祖颇有捉襟（jīn）见肘（zhǒu）之苦。

同时，元初建国，百废待举，不论组织政府、修建大都，都需有大笔款项，而用兵费用，从讨伐阿里不哥，平定宋朝，一直到远征日本、安南、缅甸、爪哇，更是用钱无数，甚且元朝建佛寺作佛事的花费都是天文数字。

然而，中国儒家学说，一向鄙视理财，孟子主张“何必曰利”，可是世祖现在非重利不可。于是，善于弄钱的聚敛之臣便乘机崛起，其中最著名的是阿合马、卢世荣与桑哥。

阿合马是花剌子模的一个回族人，他原是世祖顺圣皇后陪嫁的小奴才，顺圣皇后不但貌美如花，而且多才多艺，世祖由于宠爱美

元世祖顺圣皇后，佚名绘。

人儿，连带对皇后身边的小奴才也产生好感。

阿合马嘴巴很甜，人很乖巧，懂得如何讨世祖欢喜，世祖遂认为，如此人才，只在宫中扫扫地、倒倒茶未免太可惜了。在世祖即位第三年，提拔阿合马为诸路转运使，掌理全国的财赋，他所提出由政府冶铁、煮盐的计划，为国库增加了大笔收入，世祖大乐，特任命为平章政事（就是宰相）。

世祖欣赏阿合马的多机智、善理财，他曾经对人说："为宰相者，要能明天道，察地理，尽人事，兼此三者，殊不多得，惟有阿合马，有宰相之才。"

阿合马得到世祖全盘信任，十分得意，对世祖拍胸脯道："陛下以事委臣，臣对陛下负责，臣所用之人，各对臣负责。"分层负责，原是好事，但是阿合马用人全不合法，不按手续，只凭好恶。

阿合马十分好色，只要听说哪儿有美女，必然千方百计弄到手，因此之故，有些厚颜无耻，一心巴望做官的小人，纷纷把自己的妻子女儿姊妹献给阿合马，只要献上的果然其貌不凡，被阿合马相上，就能捞到一官半职。曾经有左丞崔斌弹劾阿合马任用私人，遍设冗（rǒng）官，阿合马反咬崔斌一口，说崔斌盗卖官粮四十万石，把崔斌给害死了。

在阿合马的聚敛之下，京兆等路每年岁入，自一万九千锭增加到五万四千锭，政府的收入是增加了，可是苛捐杂税名目过多，人民受不了，何况朝廷收到的只是一半，阿合马与其手下也收一半。

此时四川的益都千户王著，乃是一位任侠之士，激于义愤，决心为民除害。

他订制了一只大铜锤，藏在身上，秘密潜入京师，又找到志同道合的僧人高和尚商议道："想阿合马目中无人，只害怕皇太子真金，不如伪称太子在你那儿作佛事，召见阿合马，谅他不敢不来。"

为了逼真起见，王著还找了人，伪装太子，一切就绪之后，阿合马果然神色仓皇赶到庙里。王著一见到阿合马，掏出袖中的大铜锤，对准阿合马的脑袋击过去，阿合马的手下还没会过意来，阿合马已经被打得脑浆迸裂，一命呜呼。

当然，王著在众目睽（kuí）睽之下行凶，立刻被逮捕，并且以谋杀大臣的罪名论斩。王著倒也不畏缩，他在临刑之前大呼："王著为天下除害，今天死不足惜，他日必有为我记载这件事的。"果然，王著名垂史册。

世祖闻说阿合马被杀，先是十分伤心，等到他了解阿合马生前做尽坏事，抄家得赃款八十一万锭，又有一百三十三人献妻女得官，不禁大怒，下令将阿合马的棺材打开，把尸体丢在通玄门外，让野狗把这走狗的肉啃光。

阿合马死了，国家缺乏理财之人，面对着长串赤字，元世祖郁郁不乐，更对钞票贬值发愁，此时，有人推荐阿合马手下红人卢世荣顶替。

卢世荣原是靠贿赂巴结阿合马，当上了江西榷（què）茶运使，后来犯了罪给革了职，他自认为有本事，可以"使天下岁课钞九十三万余锭，增加到三百万锭”。世祖十分欢喜，授卢世荣全权处理财政。

当时翰林学士董用颇不以为然，曾经质问卢世荣：“我不知右丞（指卢世荣）自谓生财有道，可增加赋税又不扰民，这钱是出自右丞之家，还是出自百姓，如出自右丞之家，则非我所知。如果出自百姓之家，则好比剪羊毛，牧羊者每年剪两次交给主人，现在日日剪羊毛，主人固然欢喜，无奈羊毛剪光难御寒暑，必然早死，毛又从何再得呢？”

卢世荣不能回答。他大肆搜括的结果，不到一年，被一个不怕死的监察御史陈天祥，搜集了卢世荣贪污的证据，被世祖斩首。卢世荣死后，桑哥继起，为了弄钱，他竟然大肆挖掘宋朝历代皇帝皇后与大臣之坟墓，得到无数殉葬的宝贝。

桑哥主政四五年，又因贪污处死。阿合马、卢世荣、桑哥三件事如出一辙，三次原戏重演，世祖固然是急需用钱，却开了元朝官僚贪污风气，种下灭亡的种子。

元朝与高丽王室联姻

英国查尔斯王子与戴安娜的结合，是脍炙人口的佳话。然而，在过去，西方王室婚姻多是为了家族的福祉（zhǐ），在传统的东亚与北亚社会中，一般人民结婚，也不是基于两情相悦，王室婚姻更充满了政治色彩。

我国西汉时，皇帝经常用“和亲政策”作为重要的外交手段，那多半是在国势不振却又面临强敌时使用。西汉以后，历代也常用对外族“和亲”的政策，而和亲的对象都是武力强盛的敌国，皇帝希望成为对方的岳父，女婿见了岳父，总得客气三分，所以“和亲”是想用“亲情”来羁縻（mí）外族，其用意是很消极的。

蒙古人的联姻外族，一向较汉族积极，甚至是建立蒙古大帝国的手段，一方面因为蒙古人采族外婚，另一方面，则是为了借由族外联姻，增加自身的力量。

我们在介绍成吉思汗的霸业时，不难发现，他每征服一族，几乎必娶一妻，他的目的是借由婚姻为手段，让这些大大小小的姻族，都成为他的臣属。说起来，当然是一种不平等的婚姻关系。

高丽又不一样，它传统上是宗族之间互为婚姻，很少与陌生家族或外族联姻，这就像中国人说的“亲上加亲”。元朝以前，中国历代皇帝常以韩国女子为嫔妃，却没有中国公主下嫁韩国的记录（韩国是第二次世界大战之后的族号，在此以前，曾用过高句丽、新罗、百济、高丽、朝鲜等名号）。

元朝以前，中韩关系多半是封贡制度，也就是中国接受韩国的上贡，然后给予韩国君主一个封号，却不加以兼并，也不干涉其内政，韩国对中国则一直保持着一种“慕华”的态度。

元朝的蒙古人，作风与汉人大不相同，蒙古人有一股宗教的狂热，认为自己最伟大，有责任义务，依恃“长生天的力气”，建立一个世界帝国。

元人不能满足精神上的天朝上国，他要直接统治臣附国。因此，在高丽先是驻有达鲁花赤，继而设立征东行中书省，有军队、屯田与马场。高丽则必须担负纳贡、助军、置驿站、输送粮食的义务。

那么，元朝与高丽之间的红线是如何牵起来的呢？

最早是高丽先提出来的请求。元世祖忽必烈征伐日本之时，高丽并未表现全力支持，使得元世祖极为不满。世祖曾经举出成吉思汗邀请西夏帮忙，攻打回人，西夏拒绝，结果，成吉思汗打败回人，再灭西夏的例子，警告高丽最好要小心。

元世祖对高丽元宗说：“你喜欢打仗，是不是？我们不妨约个地点。”这可把高丽元宗吓坏了，高丽哪里是元朝的对手，一场战争就可能让高丽灭亡。

其实，当时高丽元宗境遇十分可怜，外有元朝的压迫，内部又有武臣专政。其中崔氏一门，尤其跋扈，掌政六十年，欺凌王室，元宗只有逆来顺受，崔氏之后，更有林衍逼迫元宗逊位。

在这种内外交逼的情形之下，高丽元宗选择了向元世祖求救，并且向元世祖请求，将一位元朝公主嫁给高丽世子谌（shèn，也就是元宗的儿子）。高丽元宗呈给元世祖的表章上很谦卑地说，如果能娶到一位元朝公主，那么“我这个小小邦国，便万世有所依靠了”。接着，元宗便先派遣世子到元朝去当人质。

元世祖接到了高丽元宗的请求，立刻派遣大军，铲除高丽武臣，协助元宗复位，却不肯马上答应婚事，直到元宗恭谨地尽到臣属国的义务，元世祖才答应把最小的女儿忽都鲁·揭里迷失下嫁。

但是小公主还太小，才十三岁而已，又等了三年，高丽世子谌才与公主完婚（谌此时三十八岁，早在十余年前，便已纳有嫔妃）。

不久，高丽元宗去世，世子谌返国继位，是为高丽忠烈王。

当忠烈王与小公主同车入京时，高丽人民高兴得眼泪都要掉下来，彼此互贺："从此百年不再有战争，天下可太平矣！"高丽和元朝的王室婚姻，象征着高丽对元朝完全臣服，以及元朝对高丽的信任与支持。

从此以后，高丽七个王之中，竟然有五个娶了元朝公主。不过，蒙古公主并非全部都是皇帝的女儿，而是宗室诸王之女，都称之为公主，也就是蒙古文中的"别乞"。

蒙古公主不断嫁给高丽国王。可是，元朝宫廷可没把高丽公主纳为后妃。虽然元朝时高丽公主以柔媚婉约见长，许多官宦之家，喜欢纳高丽美女为妻妾侍婢，元朝宫中的低级宫女也有不少是高丽人。元世祖却下令："高丽女子不可入宫。"于是元朝便没

高丽女子，高丽壁画。

有高丽女子成为后妃。

元世祖坚持反对高丽女子为后妃，原因是蒙古人有优越感，看不起高丽人，不许高丽女子为后妃是免得“黄金氏族”的血液混杂。

元朝与高丽是不对等的亲家，蒙古公主的地位更是高高在上。忠烈王谌在娶小公主之时，早于十四年前已经娶了始安公绷（kǔn）女贞信府主为妃，而且夫妻伉俪（kàng lì）情深。但是父命难违，又为了国家的利益，只好万般不情愿地赴元朝充当质子，接着娶了年仅十六岁的娇娇女忽都鲁·揭里迷失。

元朝的小公主一到高丽，忠烈王原来的妃子只有含泪移到别宫，而且与忠烈王远远相隔。

蒙古公主不但后来居上，册为正宫（相类于中国的皇后），而且建宫建府，十分神气。后来，蓟（jì）国公主下嫁给高丽忠宣王，忠宣王已娶有静妃、赵妃，公主驾到，立即成为正妃（皇后），也就是说，元朝公主有独占正位的保障，不管她貌美如西施，或者丑如无盐，反正，正宫娘娘是当定了。

蒙古公主与高丽驸马

在上一篇中说到，为了双方的政治利益，元朝与高丽维持了近百年的联姻关系。

蒙古公主的背后是强大的元朝力量，因此，就名分而言，不论高丽王是否原先已娶，蒙古公主下嫁，理所当然册为正宫。

公主所生的王子，由于母亲的关系，也必然优先立为世子（类似中国的太子），不顾长幼顺序。

譬如忠烈王娶了元世祖的小公主忽都鲁·揭里迷失后，原先贞信府主所生的儿子江阳公年纪虽最大，但因不是公主生的，不许立为世子。后来，小公主也生了儿子，当然立为世子，甚至把江阳公流放到外地，可怜的江阳公，只能怨叹自己母亲不是堂堂公主。

当然，其中也有非蒙古公主所生的世子，但是，这都是因为蒙古公主没生儿子，并不违反“公主之子优先册立”的原则。

在介绍唐朝公主的婚姻时，我们曾经说过，唐朝人对公主敬而远之，蒙古公主到了高丽，由于是以统治者身份下嫁，气焰之高更比唐朝公主胜三分。

元世祖的小幺女，年纪小，脾气坏，嫁给高丽忠烈王之后，更是变本加厉，不但随便臭骂忠烈王，还会打人——拿起木杖，对准忠烈王，就狠狠地一顿乱击。

忠烈王是个文弱书生，无法反抗，也不敢反抗，只有一个劲儿地掉眼泪，尤其是忆起当年，与贞信府主夫妻恩爱、相敬如宾的甜蜜，不住地摇头叹息。

小公主忽都鲁·揭里迷失看到他泪涟涟的模样，更是生气，她自小熟悉的父兄都是威风凛凛，生猛有劲，几时见过这样没用的窝囊废？怒由心生，用手指狠狠地在忠烈王脸上抓了五道血痕，史书上说，忠烈王只有“涕泣而已”！

接着，小公主要把贞信府主所生的江阳公流放外地，也让忠烈王心痛极了。江阳公本是忠烈王最疼爱的长子，当他出生时，忠烈王以为他将继承王位的。做父亲的，没有能力保护孩子，他是多么的无奈啊！

事实上，并非高丽国王个个都与忠烈王一般惧内，而是蒙古公主有强硬的后台，形势比人强，高丽国王只有被迫低头。

我们可以举两个例子说明：忠宣王娶了元朝的蓟国公主，蓟（jì）国公主性情刚烈，为人霸道，忠宣王看着便讨厌，虽然名分上不能不立为正宫（皇后），私下里却疼爱小鸟依人的赵妃。

为了这件事，蓟国公主大哭大闹吵过好几回，忠宣王懒得搭

高丽人生活图，吉林省集安市洞沟舞踊墓主室后壁壁画。

理，反而跟赵妃更亲亲热热。

蓟国公主心一横，便上书给元朝太后，向太后撒谎说：赵妃诅咒公主，使高丽王变心不爱公主了。

元朝太后一看公主的奏章，觉得非同小可，立刻派遣使者到高丽，最后竟然迫使忠宣王逊位，让高丽驸马爷领教岳父母的厉害。

另外还有一个故事：高丽忠惠王即位以后，有一天，借酒装疯，轻薄了父亲的遗妃庆华公主，庆华公主是元朝的公主，自觉受了羞辱，便向元朝朝廷哭诉，没过几个月，忠惠王便在元朝干预下被废。

在胡人游牧民族中，前王去世，后王再娶庶母是常有之事，称之为“烝（zhēng）报”，汉朝王昭君便先后侍奉单于父子。这个风俗，在高丽宫廷中也常见，忠惠王做梦也想不到，竟然会因此失了王位。

唐朝公主虽然跋扈，还只是撒娇吃醋耍威风，蒙古公主嫁到高丽，可不一样，完全是标准女强人架式，朝会、宴飨（xiǎng）、巡幸、狩猎、接见使者，公主无不参与。

在朝廷上，公主往往坐在国王上位，神气地发号施令。公主可以随心所欲，任免官吏，驸马爷只好乖乖当应声虫。相反的，国王决定了的事情，若是不合公主的心意，公主一声呵斥，国王最好立刻改口，否则引起岳家干涉，麻烦就大了。

中国戏剧之中，有一出很有名的《郭暧（ài）打金枝》。郭暧是唐朝大将郭子仪之子，娶了升平公主，公主骄纵，郭暧气不过，打了金枝玉叶的公主，公主回家哭诉，做爸爸的唐代宗不肯护短，公主的气焰才稍微收敛。

元朝老丈人可不是这般明理，不论是非黑白，完全站在公主这一边儿，而且不遗余力助长公主声势。

公元 1227 年，有人诬告高丽征日名将金芳庆谋叛蒙古，元世祖下令，公主与高丽国王一同问案，可见元朝公主对高丽的政事无不干预。

中国传统社会里，认为妇女要讲究三从四德，男主外，女主内，尤其是乖顺的宋朝女子，若是看到元朝公主的咄咄逼人，真要大吃一惊，蒙古公主毕竟是塞外蒙古血统，与汉族大不相同啊！

至于高丽女子及我们今天看到的韩国女人都是娴静温顺，韩国男子比较剽悍，社会风气是男尊女卑。不过，远在十三世纪，韩国早期仍有母权社会的痕迹，高丽前身的新罗便有真德、善德、真圣三位女皇主政。所以蒙古公主参政并不奇怪。

总而言之，蒙古公主与高丽驸马的结合，完全代表政治利益，虽然像童话故事的结论一样“王子与公主结了婚”，但却没有童话里惯有的最后一句：“过着幸福快乐的生活。”

高丽驸马的地位

在上一篇之中，我们说到高丽驸马娶了蒙古公主，忍辱负重，委曲求全，小心翼翼地伺候着娇贵的公主，日子真是不好过。那么，高丽驸马是否毫无所得？倒也不见得。

高丽当初眼巴巴地求娶公主，目的是希望借着驸马爷的地位，抬高自己在蒙古帝国世界中的地位，就这一点而言，高丽得到了预期的效果。

在十三世纪的蒙古社会，仍然保有母权社会的遗迹，女权高张，妇女可以参与家中及政治上的决策。成吉思汗的母亲、妻子都极有分量，在忽里勒台的选汗大会之中，后妃与公主也同时参加立君大议。

公主既然地位尊崇，驸马爷就夫以妻贵，也自然抬高了身份地位，得以姻亲的身份，加入“黄金氏族”。例如忠烈王在娶了公主之后，元世祖便慷慨地赐予“驸马高丽玉印”。

在攀这门亲事之前，高丽只不过是元朝的外藩之一，元朝根本不把高丽放在眼里。高丽元宗在 1270 年，朝见元世祖，曾经恭谨地请求会见太子真金。

元世祖把脸一板，冷冰冰地拒绝：“你只是一国国王而已，见朕早已足够!”

可是高丽娶了元朝公主，以后上贡不只是外交行为，并且是亲家往来，意义就大不相同了。

高丽元宗当初求见太子不得，因此才动了脑筋为儿子娶一门元朝媳妇，这一着果然奏效，忠烈王娶了公主，带着公主归宁时，元世祖的妻子，也就是忠烈王的丈母娘，派了皇子、皇女、王妃一大群贵族，浩浩荡荡赴郊外迎接忠烈王。

元世祖见了忠烈王之后，也以岳父大人的身份，好好地训了他一顿，该如何“御使群臣”，如何“尽子婿的孝道”，最重要的，是如何“好好对待公主”。

小公主有父王撑腰，格外地爱使性子。不过，也由于小公主的面子大，元朝上上下下对姑爷也不能不另眼相看。

公元 1300 年，元成宗赐宴，忠烈王竟然高居第四位。高丽人都兴奋极了，高丽史家形容当时是“宠眷殊异”。更让高丽人乐的是，高丽驸马竟然能与蒙古宗王驸马一般，参加忽里勒台，选立大汗，这可真是非同小可。忠烈王由于选出成宗有功，成宗还特别下诏，让忠烈王得以“乘小车，至殿门”。

高丽攀龙附凤的用意，除了拉拢蒙古元朝之外，也是为了压抑国内权臣，在这方面，彻底发挥了效果。同时，蒙古驻前高丽的使者，过去狗仗人

舞乐侍从图，高丽壁画，吉林集安市黄柏长川 1 号墓。

势，总是颐指气使，既然高丽人成了元朝驸马，态度为之一变。

例如元朝使节黑的一向倨傲，架子大得很，高丽元宗见了他，连大气都不敢出。后来，元宗为儿子娶了元朝公主，在一次宴会之中，元宗依照惯例，敦请黑的上坐。

不料，黑的居然客气起来，他摇摇手道："不成，王乃驸马大王之父也，何敢抗礼，王向西，我等北向，王南面，我等东面。"

高丽史书还记载了一段故事：1281 年忠烈王与元大将忻（xīn）都商讨军事，忻都不敢与忠烈王抗礼，高丽"国人大悦"。高丽史反反复复记载了座位问题，因为礼仪也正表示了元朝与高丽之间的微妙关系。

此外，驸马爷偶尔向老丈人有所请求，老丈人看在女儿的面子上，往往也会答应。忠烈王向元世祖抱怨蒙古将吏暴虐之后，元世祖马上加以处理。所以高丽驸马虽然要长期忍受公主的专横，到底还是取得了实际上的一些好处。

元朝与高丽之间的长期联姻，也造成了高丽王室的蒙古化，例如：自忠宣王至恭愍（mǐn）王都取了蒙古名字，也学着留胡发。中国自古以来，以衣服头发作为文明与野蛮之别，韩国自新罗文武王之时，便采用唐朝衣冠文物。

忠烈王从中国回到高丽时，已改易胡发，高丽人见到他的怪模样，有人叹息，有人哭泣。

此外，高丽也行胡礼，奏胡乐，尤其是学着狩猎，并且也学着设有鹰坊，训练老鹰，供畋猎之用。

不过，蒙古文化对高丽王室虽有相当影响，高丽主要是因为惧怕元朝，不敢不实行蒙古化，与当初"慕华"心悦诚服的心理大不相同。

所以在蒙古帝国没落，元朝的势力衰退以后，蒙化的影响便一天比一天淡了。

恭愍王之时，沿用元制，辫发、胡服，坐在殿上。监察大夫李衍宗上谏："辫发胡服，非先王之制，陛下不用效法。"

恭愍王笑道："说的也是。"立刻解开辫子，换下胡服，也坐在褥子上了。

总而言之，高丽与元朝的王室联姻，不是平等的婚姻关系，也没有丝毫感情基础，只是忠实地反映了蒙古人的世界观与外交政策，与中国历代对韩国政策大不相同。

元朝轻视读书人

在中国传统社会里，以儒士为中心的知识分子，也就是通称的士大夫或士人，是最受尊崇的身份。

中国人一向崇敬读书人，即使是南北朝时期的胡人，辽金时代的契丹人、女真人，他们统治中国时期，依然是“万般皆下品，惟有读书高”，连后来如满清，也莫不如此，只有在元代，中断了这个传统。

中国古代社会把百姓区分为“四民”，也就是四类的人民，这就是“士、农、工、商”。士为四民之首的说法，是春秋时代管仲提出来的。在汉武帝“罢黜（chù）百家，独尊儒术”以后，以读儒家经典为主的士人，其地位更为崇高。

历代帝王开基创业，大多凭借武力，但是，得到天下以后，不能永远骑在马背上打打杀杀，必须下马，拿出一套办法掌理国事，这就是古人常说的：“马上得天下，岂可马上治天下。”为了国家的长治久安，历代君王不但给予在朝官员种种特权，对于在野的读书人，也有许多保障。

尤其是到了宋朝，士人成为最受羡慕的身份，在政治前途上，科举保障了读书人的出路。在经济上，不但官员之家，可以免除徭役，在学的太学生也可免除，并且享有膳宿的优待。

此外，宋朝继承着古来“刑不上大夫”的传统，也就是官员涉案时，衙门问案，对官员不用刑、不打屁股、不挨板子等等。

总而言之，在宋朝，读书人既享尊荣又前程远大，成为众人所羡慕的对象。

但是，到了元朝，读书人地位一落千丈，真是不能适应，著名的史学大师钱穆先生曾经在他的名著《国史大纲》之中说过：“大体当时的社会阶级，除却贵族、军人外，做僧侣信教最高，其次是商人，再次是工匠，又次是猎户与农民，而中国社会上自先秦以来占重要位置的士人，却骤然失却了他们的地位。”

元朝读书人的地位，到底低到什么程度？根据南宋遗民郑思肖的遗著，元人依职业分为十级：一官、二吏、三僧、四道、五医、六工、七猎、八民（农民）、九儒、十丐。儒生的地位只比乞丐高一级。

与文天祥同榜进士谢枋（fāng）得，在宋朝灭亡以后，坚持不做官，他曾经写信给程钜（jù）夫说：“宋室孤臣，只欠一死，

元代蒙古人家居图，内蒙古自治区赤峰市元墓壁画。

枋得之所以不死，因为有九十三岁老母在堂。”后来，他被福建参政知事魏天佑执往燕京，仍不屈服，绝食而死。他说得更是尖刻，他说，元人依职业分为十级：一官、二吏、三僧、四道、五医、六工、七匠、八娼、九儒、十丐。当妓女的比起儒生还要高上一级呢！

九儒十丐之说，当然不免过分加油添酱一些。但是，读书人地位一落千丈，原是可以理解的。读书人多是汉人，元朝君主把整个征服的民族，一共分为四等，蒙古民族为第一等，第二等为色目人，色目是指蒙古以外的西域诸族（如回人、乃蛮等等），第三等是汉人，汉人指北方黄河流域的中国人，与契丹、女真、高丽、渤海等人，最末一等是南人，南人指的是长江流域的宋人。

蒙古人是征服者，当然地位崇高，在蒙古人心目之中，色目人是仅次于蒙古人的。

有一回，元太宗窝阔台看汉人表演皮影戏，戏中的蒙古人骑兵在马尾上绑着一个人，踉跄着被拖在地上。

太宗顺口问道：“这马尾巴上绑的是什么人？”

演皮影戏的师傅答道：“回人。”

一听是回人，太宗立刻勒令停演，并且把演出者叫到跟前，板着脸教训道：“你是汉人吗？你怎么可以侮辱回人？”

接着，太宗又派人搬来一些波斯（即伊朗）与汉地的宝物放在一块儿，对演出者说：“你们汉地的宝物，哪能比得上回人的宝物？我国回族贵人之家，至少有你汉人奴婢数人，你们汉人贵族之家，能有一个回人奴婢吗？你莫非不晓得，成吉思汗有令，杀一个回人，罚黄金四十巴里失，杀一个汉人只罚一头驴吗？你是汉人，怎配侮辱回人？”

由此可知，连皮影戏中的回人影子都不能侮辱，真实的社会之中，汉人地位当然连一头驴都不如了。

再如在《元史·董文用传》记载，蒙古长官高人一等，同列的汉官对他们不敢仰视，说话的时候，非要跪下来启禀，仿佛面对皇帝一般。独有董文用可以平起平坐与蒙古长官讲话，这件事太稀奇，因此在《元史》中，特别记了一笔。

同时，蒙古军人普遍地俘虏汉人、南人为奴婢，如阿里海牙为荆湖行省丞相，俘劫了三千八百户为奴，称之为“驱口”，这些奴隶生活十分悲惨。

至元十八年（1281 年），元朝政府又下令，以江南民户分赐勋戚诸王为奴隶，诸王受赐者，少者一两万户以上，多至十万户者，勋臣则自数千百户多至数万户者不等。这些奴户在重重的压迫之下，过着暗无天日的生活。

元代的色目人

元朝把人分为四等，除了蒙古人以外，地位最高的就是色目人，色目人包括了畏兀儿族（维吾尔族）、乃蛮族、回族、钦察族等，总共有三十余族，又称之为“诸国人”，现在多数成为中华民族的一部分。

成者为王，败者为寇，蒙古人掌政权，地位最高，没有话说，但是色目人神气活现，却让汉人相当不是滋味，而且色目人一切作风，都让汉人看着极不顺眼。

蒙古人为什么垂青色目人？这是有道理的。蒙古以武力建立一个大帝国，而且企图征服世界，他本身的人员兵马有限，当然要吸收其他部族，扩充力量。

色目人与蒙古人生活条件相同，以游牧为生，擅长于骑马，尤其是中亚及北亚草原地区的人民，个个骁（xiāo）勇善战，马匹强健有力，自然而然被蒙古人相上。这和人与人之间交朋友，总是寻觅性情相投谈得来的道理相同。

好战的蒙古人，欣赏好战的色目人，相形之下，中国汉人文绉绉的，终日在农田耕作，看着便讨厌，而且对军事毫无作用。窝阔台时代，大臣别迭甚且建议：“汉人留着没用，不如全部杀光，然后再把田地辟为牧场。”

别迭的建议，窝阔台也觉得不无道理，亏得美髯公耶律楚材极力反对，耶律楚材说：“把汉人杀光太可惜，不如男耕女织，生产稻谷布帛，供养军队。”这个“利诱”的主张，才使窝阔台看在“军需”的份上，勉强答应“先选十个地方试试看，若是不成，再辟为牧地也不迟”。

元朝政府不但在感情上偏向色目人，种种制度上，也给予色目人特权。

譬如册封王爵一事，整个元朝，只有在元顺帝时代，快要亡国的时候，有一个名叫王保保的汉人封了河南王。色目人封王的可就多了，最著名的四大世家之中，每一个家族都不止一位王爷。

再说官位，世祖之后，顺帝之前，没有一个汉人当过丞相，色目人丞相则可以排一张表。

此外，科举考试之中，蒙古人色目人列为右榜，汉人南人列为左榜。蒙古色目考两场，汉人南人要考三场，两场三场无所谓，但是试题难易差别甚远，若有蒙古人色目人愿意应考汉人南人的科目，考取之后，官加一等。

以上种种差别待遇，已经让汉人为之忿忿不平，再加上色目人残暴嗜利，更让饱受儒家思想熏陶的汉人看不过去。

元朝大军之中，色目人组成的钦察军、阿速军最为勇猛善战，

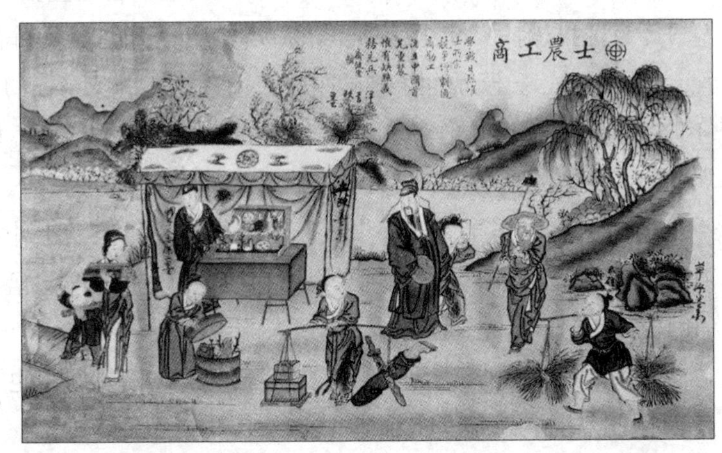

士农工商图，清末年画。

同时也最为残暴，纪律坏到了极点。

蒙古人重视商业行为，可是蒙古人本身不经商，多半假回人之手行之。回商遍及全国各地，生活极为奢侈，汉人脑中仍然根深蒂固“士农工商”，商为四民之末的想法，看着摇头叹息。而且回商总是仗势欺人，更让汉人痛恨。

元世祖曾经问李治：“可用回人吗？”

李治回答：“汉人中有君子有小人，回人之中也有君子小人，但是回人贪财嗜利，谨慎廉洁的少。”

蒙古人本身不擅理财，却喜欢任用回人理财，桑哥、阿合马都是例子，汉人不会理财，尤其受到孟老夫子“何必曰利”的观念影响，一向鄙视理财，益发地瞧不起回人。

当然，汉人本身也有缺点，往往老于世故，圆滑虚伪，又最爱面子，回人不懂这一套表面功夫，往往一语戳破汉人的面子，害对方下不了台，他们不明白汉人下台的微妙心理，总是得罪了汉人还完全没有感觉。

色目人与蒙古人一般，爱好打猎，这是所有游牧民族与生俱来的爱好，也是汉人深恶痛绝之处。

在介绍《马可·波罗游记》时，我们说过，世祖出猎时，后妃、皇子、公主、驸马、大臣都浩浩荡荡地随行，有如大军作战一般壮观，再加上成千上万的野兽，在被人追逐之下，豕（shǐ）突狼奔，不晓得会践踏多少农作物，除皇帝外，分镇各地的诸王、驸马、将帅都喜欢打猎，影响农耕，自不在话下。

此外，汉人多半保守、惧变，也往往与色目人发生冲突。元朝凡是提倡改革之事，例如变更钞法、整顿税政、整理田籍、改高丽（lí）为行省等等，都是蒙古人色目人的主意。

汉人儒臣每次一听到改革，先不管事情真相如何，也不问有没有可行的办法，总是一味地排斥。

例如顺帝提议改革钞法，吕思诚坚决反对，大声斥责别人不通古今，吏部尚书偰（xiè）哲笃气呼呼地反问："我等计策不行，公又有何计策？"

思诚回答得妙："我有三不策，行不得，行不得，行不得也。"自己没有一套办法却又反对别人提出的办法，这正反映出当时汉人的食古不化。

总而言之，蒙古人认为国家最可贵的人民是骑兵，最可贵的土地是牧场，所有观念与汉人格格不入，所以很难和睦相处。

月饼的由来

明太祖朱元璋父亲的名字叫朱五四，十分好笑，朱元璋本来叫朱重八，也很好笑。原来元朝政府有规定，汉人无职的小民，连名字也不准取，只能用父母或祖父母的年龄作为小宝宝的名字。

例如明朝开国元勋汤和的父亲是汤七一，常遇春父亲则叫常六六，因此，满街都是张五四，李三八。中国人一向在乎取名字，如今人人顶着如此好笑的名字，实在是相当可悲。

此外，蒙古人对汉人的规定还多着呢！例如汉人之家不得藏匿兵器，不得私造兵器，甚至连铁尺、铁骨架、铁柱亦不得私藏，据说连菜刀也五家合用一把。法令还规定汉人不准习武艺，不准射猎、祭神、宴会，不准夜间行路，不准点灯……

蒙古人初起之始，是没有什么法律的。当成吉思汗崛起，一切都依原始习惯，无所谓法条，凡是盗贼、杀人、奸淫等都是立即处死刑，简单明快。

成吉思汗曾经对他的第一任断事失吉忽秃忽说：“如有盗贼、诈伪之事，你惩戒，该杀的杀，该罚的罚。”他即位第六年以后，也颁布了简单的法令：“出军不得妄杀，刑罚重罪处死，其他量情打板子。”

窝阔台即位，禁止地方任意执行死刑，太宗时，又颁布若干朝会的谕令，直到元世祖忽必烈即位，才逐渐有了正式的法律，多半沿袭唐朝宋朝的制度。

不过，其中有一点十分特殊，以前笞（chī）杖之刑，多是打二十下、三十下，到了元朝，以“七”为终数。最轻的罪，打六十七大板，较重的分别为七十七、八十七、九十七、一百零七，一共分为五等。

为什么以七为终数，据说是元世祖起了仁慈之心，所以他对大臣说：“天饶他一下，地饶他一下，朕饶他一下。”这样一共饶了三下，应该是好事，结果，笞刑从原来的最凶的不过打一百板，现在却要多挨七板，一百零七板。

元朝法律虽然定了，法律之前却是人人不平等，例如征马，汉人与南人畜养的马匹全部征用，一匹也不留，色目人只征三分之二，蒙古人则一匹也不征。

又如汉人、南人与蒙古人、色目人互殴（ōu），汉人、南人只准挨打，却不许还手。若是汉人、南人打死了蒙古人、色目人，不用说，当然是死刑。蒙古人、色目人杀了汉人、南人，只出罚金而已。

蒙古人对番僧又有另一套办法，僧人除了犯奸盗杀伤人命重罪之

元代汉人形象，元代水陆画。

外，规定寺院可以自行了结，等于宣布僧人可以无罪。甚且还有“殴打西僧者，砍断手，背后辱骂西僧者，截断舌头”的规定。总而言之，元朝的法律杂乱无章。

为了保障蒙古人色目人的特权，凡是蒙古色目官吏犯罪，汉人法官必须回避，由蒙古法官审理；汉官犯罪，蒙古色目法官则有权审理。

审案之时，由于蒙古色目人多半不通汉语，彼此之间又牵出许多误会。元世祖虽然曾经推行汉化教育，毕竟是失败的，汉人重礼教，繁文缛（rù）节甚多，也让蒙古人认为汉化教育困难。

例如元文宗亲祀天地社稷宗庙，礼仪使小心谨慎，把一切礼节写在象笏上，免得忘掉，其中提到皇帝，不敢直言，画两个圈圈代替。这种文字上的忌讳，我们今天还有，中国人认为直书父母长官的名字，都是大不敬的。

文宗哪懂这一套，他偶然看到象笏，看到两个圈圈，仰首大笑：“这是朕吗？”当他把象笏还给礼仪使时，眼泪都要笑出来了。

法律不外人情，蒙汉互不了解人情，当然法制一片紊乱。

法制之外，官制也没有章法。

元代的官员，武官多半是世袭，文官大半是荫补，不论世袭与荫补都是依靠家庭背景，也就是所谓“跟脚”，与学问完全扯不上关系。

凡是在蒙古建国、伐金、灭宋过程之中立下汗马功劳的蒙古人色目人家庭，便是大跟脚之家，世世代代荫袭特权，垄断了五品以上的职位，尤其是成吉思汗的侍卫（怯薛）更是大跟脚中的大跟脚。

成吉思汗曾经说过：“比较在外边十户的那颜（即排头，十人之长）们，我的护卫在上，比起外面百户、千户的那颜们，我的护卫在上，凡是在外的千户与我的护卫同等比肩，与我的护卫斗殴，一律处罚在外的千户。”

成吉思汗的观念中，他的侍卫最大，享有最高的特权，也要保障侍卫后代的特权。

汉人在法律地位没有保障，宦途之路又阻塞的情形之下，心情十分苦闷。蒙古人且规定每二十户汉人家，由一个蒙古人看管，这看管汉人的称为甲长，甲长的一切生活都由二十户居民供应，使汉人苦不堪言。

于是，有人想出一个法子，做一个甜甜圆饼，分赠大家，每个圆饼中间，夹了一张纸条，上面写着“八月中秋吃月饼，大家齐心杀鞑子”，于是便在八月中秋，合力杀死蒙古甲长，有人说这就是月饼的由来。

赵孟頫的仕宦生涯

提起赵孟頫（fǔ），许多人马上想到他与妻子管道昇伉俪情深，尤其管道昇那一首《我侬词》——你侬我侬，忒（tuī）煞情多。谱成歌曲以后，更是脍炙人口。

赵孟頫，字子昂，别号松雪道人，我们现在看到的字帖，不论《赵子昂行书集》、《赵松雪小楷灵飞经》、《赵松雪兰亭十三跋》等都是赵孟頫留下来的书法。

他是宋太祖赵匡胤的十一世孙，生于宋理宗宝祐二年（1254年），赵孟頫虽然生于宋代，可是，在他二十三岁的时候，宋朝就灭亡了。他活到六十九岁，严格说起来，应该算是元朝人。

赵孟頫的祖父，官拜太常礼仪院使，并封吴兴郡公，父亲曾任集贤大院士，都是极为风雅的读书人，赵孟頫在这样的环境熏陶之下，使得他很小的时候，就显露了艺术上的才华。

赵孟頫启蒙得早，而且喜欢读书，具有过目不忘的本事，棋琴书画，样样在行，当他十四岁的时候，因为父荫（所谓荫，是古代贵族官僚子弟由于祖先的荫庇而得到官位），他开始做了一个小官。后来，调任真州司户参军。可惜过了没有多久，宋朝灭亡，他便居家读书、画画，准备做个山林隐士，自此不过问人间世事。

然而，事与愿违，许多事非一己所能掌握，至元二十三年（1286年），元朝的一位侍御史程钜夫，奉了元世祖诏命，到江南寻访宋朝遗留下来的杰出人才，第一个就找到了家世、学问都是一流的赵孟頫。

赵孟頫无可奈何，只好晋见元世祖。元世祖见到赵孟頫第一眼，立刻就喜欢他了，因为赵孟頫实在漂亮，身长玉立，风度翩翩，腹有诗书气自华，元世祖以为自己看到了神仙。

元世祖与赵孟頫随意交谈几句之后，更被他的轩昂气度倾倒，简直有点儿着迷，立刻对赵孟頫说："来，你以后就坐在右丞叶李的上面。"

叶李一听，脸上血色全无，又不敢违抗，只好期期艾艾地说："这样不太合适吧，赵孟頫是宋朝宗室子弟。"

"那有什么关系？"元世祖丝毫不以为意。

赵孟頫这时真是进退两难。站在中国读书人的立场，当贰臣（在两个王朝做官的臣子）是一件羞辱的事。可是，若不答应元世祖，马上会遭来杀身之祸。再说，赵孟頫是何等玲珑剔透的人，他自然察觉到元世祖欣赏他，或许，能利用这一点，为汉人争取些许好处。于是，赵孟頫谢过元世祖后，便正式成为元世祖的左右。

当时，元朝正要成立尚书省，元世祖对赵孟頫说："你为朕拟一篇诏书颁布天下。"

赵孟頫才思敏捷，不一会儿的工夫就写好了，元世祖接过来一看，频频赞美：

"你把朕心里想说的话都写出来了，写得好。"从此以后，世祖对赵孟頫更加信任。

右丞叶李虽然曾经嫉妒赵孟頫，赵孟頫倒没放在心上，过了不久，还帮了叶李一个忙。

有个叫王虎臣的人，上书告发平江路总管赵全不法，元世祖命令王虎臣前往调查，叶李上奏，说是不该派王虎臣去，元世祖听不进去。

赵孟頫委婉地解释道："赵全固然应当接受审问，然而，王虎臣以前镇守平江路，经常强买人田，又纵容家中宾客不法，赵全为此与王虎臣发生争执，闹得相当不愉快，双方芥蒂很深。这一回，王虎臣逮住机会报仇，必然全力陷害赵全，就算是赵全真的做得不对，人家也会怀疑王虎臣是公报私仇。”

赵孟頫这番话说得合情入理，元世祖就改派其他人去调查。

赵孟頫与叶李之间，算是有个愉快的结果，但是他与桑哥却始终格格不入。

元世祖有两大基本政策，一是政治上强力控制，一是经济上多方罗掘，并且先后找了阿合马、卢世荣、桑哥三大聚敛之臣为政府弄钱。

至元二十四年（1287 年），桑哥担任副宰相，那时因为“中统宝钞”（元世祖时发行的纸币）贬值，无法挽救，桑哥建议改为发行“至元宝钞”，一方面为政府开辟财源，一方面也自己弄钱。

钞票不值钱是相当复杂的经济问题，不是单靠严刑峻（jùn）法能够奏效。但

元代中统宝钞。

是，桑哥一贯采用蛮干的办法，凡是地方官吏推行至元宝钞不力者，普遍加以笞（chī）责（就是打板子），或者奏明朝廷，予以免职查办。

赵孟頫当时担任兵部郎中，也奉派去江南调查至元宝钞实行的情形，赵孟頫原先就反对这件事，此行去了一趟江南回来，更加同情江南百姓受害之深和地方官推行至元宝钞实际上的困难，所以从头到尾，没有打过一个人的屁股。桑哥知道以后，大为不悦，于是，积极找寻报复的时机。

没多久，机会来了。桑哥勤快，每天钟初鸣即端坐尚书省中。他规定，凡是迟到者，就要挨板子。

有一次，赵孟頫来晚了，断事官喜滋滋地报告，该打赵孟頫的屁股了。赵孟頫十分委屈地到右丞叶李前面诉苦："古者，刑不上大夫，这是为了要让士大夫养其廉耻，教之节义。如果打士大夫屁股，是污辱士大夫，同样也是污辱朝廷。"

桑哥也觉得自己过分一些，赶来道歉，以后打板子的刑罚，只用在胥（xū）吏（古代掌管案卷、文书的小吏）以下的低级官员。

过了三年，赵孟頫调任集贤直学士，又与桑哥发生了冲突。

至元二十七年（1290 年），北京发生大地震，地壳陷落，黑沙水涌出，死伤高达数十万人，桑哥还忙着征税，尤其是江淮（huái）一带，民不聊生，许多人只好一死了之，或者逃亡到山林里去当强盗，真是官逼民反。

赵孟頫眼看这样下去不得了，他上书请求世祖，蠲（juān）免天下尚未征收的钱粮赋税。

桑哥知道了，大为震怒道："这件事必然不是圣上之意，当另有谋主。"

赵孟頫清楚桑哥的话是针对他来的，婉言解释道："凡是未缴纳钱粮的人多半是死了，你想抽税也抽不到了，假如不及时下诏蠲免，日后言官追究起来，奏称尚书省把数千万钱谷吞了，这个责任，丞相承担得起吗？”

桑哥一时为之语塞，也就不再争辩。

赵孟頫一直是世祖身边的红人，有一回他在宫墙外骑马经过，由于道路狭窄，一不小心，连人带马都掉到护城河里去了，元世祖听到这消息，特别下令把宫墙往西移了两丈多。世祖又听说赵孟頫家里穷，立刻赐钞五十锭。

元世祖对赵孟頫另眼相看，当然惹得其他人眼红，赵孟頫为了自保，请求外调。在至元二十九年（1292 年），赵孟頫出任济南路总管府事。在济南任上又做了一件好事。

有个在盐场做事的小工名叫掀儿，受不了艰苦的工作，有一天半夜脱逃，掀儿的父亲不晓得自哪儿弄来一具尸体，假冒掀儿，硬说是同在盐场的伙伴杀了他的儿子，非要这个同伴偿命。

赵孟頫认为事有蹊跷，把案子暂时搁置，过了一个月，掀儿自己跑回来了，案情自然真相大白，地方上的人都夸赵孟頫神明，差点儿冤枉好人。

总之，赵孟頫虽然担任元朝官员，可是我们看他的所作所为，倒还表现出中国读书人的良心。

赵孟頫、管道昇你侬我侬

赵孟頫在仕途上，虽然官运亨通，但是为元朝政府做事，毕竟非心之所愿，精神上极为苦闷，于是他把许多时间、精力、感情投注于书画之中，获得极大的成就，在中国的艺术史上，享有盛名。

赵孟頫的书法，起初是学习三国时代的魏繇（yóu）、晋朝的王羲之，继而自成一家，无论篆、籀（zhòu）、隶、草书、小楷都独步古今。

当时曾有天竺（zhú）（古印度）高僧，效法唐三藏赴西天取经的精神，冒着数万里的风险，含辛茹苦，长途跋涉，前来求取赵孟頫的书法。

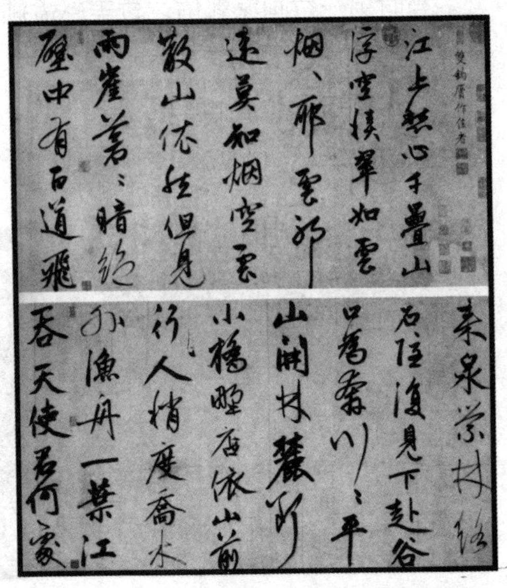

“烟江叠嶂图诗卷”，赵孟頫行书帖。

赵孟頫见到天竺高僧，也十二万分地感动，特别精挑细选了各式书法，慷慨赠予，高僧大喜过望，谢了又谢，带回天竺当国宝收藏。

书法之外，赵孟頫在绘画上的成就，也是堪称一绝，明朝大家董玄宰说："有唐人之致去其纤，有北宋人之雄去其犷。"意思是说，赵孟頫的画，有唐朝画的风格，却去掉了柔弱的毛病，有北宋绘画雄伟的气象，却没有粗野的气息。

他曾经画过一幅《圆社图》，描写元人踢球游戏，图中所有人物的焦点都集中在圆球上面：有人正举起脚想去踢球，有人聚精会神等着球抛过来，也有人虎视眈（dān）眈想去抢球，整个画面活泼生动，表现出一瞬间的快门，相当不容易。

赵孟頫还画过一幅《斗茶图》，为人们所称道，他把民间比赛吃茶，两人赌气的神情画得十分鲜活，画中的风炉、竹架、茶壶、茶盏看来也颇为有趣。

他尤其擅长于画马，相传他在画马之前，曾经长时期地研究马，他蹲在地上，对着马仔细端详，然后自己摹仿马的前踢、后窜、长嘶的种种姿态，用来体会马的性格，肌肉用力的方式，可见功夫之深。

当时另一位画家郭佑之赞美赵孟頫，"旁人把赵孟頫比李公麟，其实他的成就，远远超过韩干之上。"

赵孟頫自己也以画马自豪，他说："我自小爱马，也能把马的特性表现出来，别人说我比韩干画得好，那是过誉之词，不过，我

浴马图，赵孟頫绘，北京故宫博物院藏。

自认能与李公麟比一比。”

赵孟𫖯颇有文人气节，当宋朝灭亡时，他一贫如洗，当了元朝官后，仍然两袖清风，元世祖知他贫穷，常赐以银锭、貂鼠衣，他总是急忙退还。

有一回，有个道士登门求字，下人通报：“门外两位居士求见相公。”

“什么居士？”赵孟𫖯老大不悦道，“是香山居士，还是东坡居士？这些吃素的风头中，个个自称居士，别理他！”

赵孟𫖯的妻子，也是他的红粉知己管道昇款款步出，婉言相劝道：“你且别管他是不是居士，以前王羲之也有写字换鹅的佳话，人家找你写字，我们卖字谋生也是一件雅事啊。”

赵孟𫖯这才脸色转为温和，唤仆童端茶待客。

管道昇，字仲姬，是一位有文才、有气质的妇女，她曾写过一首词：

人生贵极是王侯，
浮利浮名不自由，
争得似
一扁舟，
弄风吟月归去休。

她善画墨竹梅兰，笔意清绝。夫妻两人常分据一张大书桌旁，管道昇画墨竹，赵孟𫖯为她的画题上《修竹赋》，二人珠联璧合，不知羡煞了多少人。

管道昇有个爱好，喜欢在月夜，注视着纸窗上风吹花枝摇曳的情景，捕捉灵感，等到心中境界成熟，便提笔作画，一挥而就。

赵孟𫖯有时也夜半时分，披衣坐起，陪着夫人共赏美景，然后伴她作画。

管道昇最擅长的就是画竹，她的竹子一如其人，十分清丽。有天，她与赵孟頫商量："我想把画竹之法写下来，你看可好？"

"当然是好事。"赵孟頫立刻赞成，并且提出种种意见，还搬来许多参考资料帮忙。他对管道昇的事，一向热心万分，于是管道昇把她画竹的心得写了下来，这就是有名的《墨竹谱》。

管道昇的《墨竹谱》写得十分细腻，不但画干、画节、画枝、画叶都有详详细细的说明，就是运笔的轻重缓急，用墨的干湿浓淡，布局的高低疏密，阴晴雨雪的变化也不厌其烦地介绍。

她每写一小段落，立刻送给夫君指正，赵孟頫是第一个读者，也是最有鉴赏力的老师，他会把自己作画的心得，一五一十地指点管道昇。这小小的《墨竹谱》，其实是他夫妻爱情的结晶。对后代画竹子的人，是一本不可多得的指导书。

赵孟頫本人也是文章高手，他的诗文清邃飘逸，让人家读了以后，有飘飘出尘之想，当然，他的每篇大作完成，管道昇是第一个忠实读者。

赵孟頫夫妇，都有不凡的艺术修养，淡泊名利，人生观相同，在中国绘画史上，夫妇齐名，同时他们俩的相知相爱，更是千古佳话，就像管道昇写的《我侬词》：

> 你侬我侬，忒煞情多，情多处热如火，把一块泥，捻一个你，塑一个我，将咱两个，一齐打破，用水调和，再捏一个你，再塑一个我，我泥中有你，你泥中有我，与你生同一个衾（qīn），死同一个椁（guǒ）。

人世间能有这份爱情，多美！

《儒林外史》中的王冕

说起王冕，大家都不陌生，台湾小学国语课本里就有一篇《王冕画荷花》，想来是根据《儒林外史》第一回改写而成的。

《儒林外史》是清朝吴敬梓所写的讽世小说，他用客观的态度，描写当时社会中的黑暗与伤痕，在书中尽量暴露人民对于科举功名的虚荣心理。

吴敬梓心目之中的理想人生是清闲自在、有学问、有道德、能够做一点自己想做的事，而不是被功名利禄牵着鼻子走，他这份脱俗的想法，一般人不能了解，连他太太也经常嘲笑他笨。吴敬梓就把这份怀抱，借着小说表达出来。

吴敬梓在《儒林外史》一开头，他便说道："人生富贵功名，是身外之物，但世人一见了功名，便舍着性命去求它，及至到手之后，味同嚼蜡，自古至今，哪一个是看得破的？"

不过，吴敬梓说："元朝末年，也曾出了一个嵚崎（qí）磊落的人，这人姓王名冕。"在他笔下，王冕是这样的一个人：

他七岁时死了父亲，母亲做些针线，供他到学堂里去读书。王冕十岁的时候，他母亲命他去帮隔壁姓秦的人家放牛，每月也可以得几钱银子贴补家用。王冕的母亲毕竟一个寡妇人家，只有出去的，没有进来的，撑不下去了，才要王冕去做一个小工。

从第二天起，王冕便每天到秦家放牛，黄昏时候，再回家陪母亲歇宿。王冕聚了一两个月的点心钱，便去买几本旧书，把牛拴了，自己坐在柳树阴下看书。

弹指过了三年，黄梅时节，一阵倾盆大雨过后，他见湖里十来枝荷花，苞子上清水滴滴，荷叶上水珠滚来滚去，王冕看呆了。自此，聚的钱不买书了，托人向城里买些胭脂铅粉，学画荷花。初时画得不好，三个月后，那荷花精神、颜色，无一不像，只多着一张纸，就像是画里长的，乡人见他画得好，也有拿钱来买的。到了十七八岁，王冕不在秦家做工了，每日画几笔画，读一读古人的诗文，带着母亲到处兜兜风。

有一天，诸暨（jì）县一个姓翟的买办，带来知县给的十二两银子（其实是二十四两，翟买办克扣了十二两），央求王冕画二十四幅花卉。王冕原先不愿意，但是他以前放牛的秦老爷一再说情，只好答应。

知县拿了画，又办了几样厚礼，赶着去孝敬诸暨的大老危素先生，这危素前日出京时，皇上亲自送出城外，携着手走了几步，想来是快要做高官了。

危素受了礼，把画册看了又看，爱不释手，急着想见王冕。知县忙差翟买办去约王冕，王冕懒得见人，在家装病。

知县急坏了，亲自出马，王冕故意躲远了，知县走后，王冕对秦老爷说："知县仗着危素的势，在这里酷虐小民，这样的人，我为什么要去见他？"

王冕得罪了知县，危素又难免恼羞成怒，必将怪罪，只好收拾行李，到远方避难去了。后来，过了六年，母亲过世，临终遗言："不要出去做官，我死了，口眼也闭。"

又过了一年，天下大乱。不久，明太祖朱元璋得到天下，征聘王冕出来做官，王冕连夜逃往会稽山，最后，病死山中。

由于《儒林外史》这一篇小说，引发了许多人对王冕的好奇，世上真有王冕这个人吗？答案是有的，他是元朝著名的画家与杰出的诗人。以下是依靠可信的史料来介绍王冕其人其事。

王冕的远祖，是辉煌的官宦之家，但是传到王冕的父亲，已经是一贫如洗的农夫，冬天没有棉絮过冬，草屋破漏无力修补，平日只有以野菜充饥。

王冕是父母的独生子，他并没有幼年丧父，奇怪的是中国的小说戏剧总喜欢把父亲消失，也许孤儿寡母更能打动人心。

王冕家中虽穷，却是爸爸妈妈的心肝宝贝。王冕自幼是个神童，很会认人，擅长说话，宗族对他另眼相看，有个外号叫“千里马”。

王冕自小求知欲很强，有一天，他父亲命他去放牛，他让牛在草地上随意跑动，自己却一溜烟跑到私塾里去听老师讲课。黄昏时回到草地，糟

墨梅，王冕绘。

糕，牛全跑光了，王冕被父亲狠狠打了一顿，但是他还是喜欢读书识字。

由于家里穷，没法子点灯，王冕心生一计，他在夜深人静，摸到庙里，一屁股坐在菩萨的膝盖上，扮个鬼脸，就着佛像旁边的长明灯读书，胆子实在不小。

王冕信佛，但是不相信泥巴雕的佛像，他十分地调皮，有一次，妈妈要他去捡柴，他竟然把神像砍下来当柴烧。

隔壁一位老先生看到了，吓得不断念“罪过，罪过”，立刻把神像修补如初。

王冕一连做了好几次坏事，但是，他家中大小平安，倒是补神像的老先生却灾难连连、祸不单行。

老先生好生气，认为菩萨未免太不公平了，就找了庙祝（寺庙的管理员）抱怨道：“王冕屡次毁坏神像，菩萨为何不归罪于他？我每次修补神像，神为何不保佑我？”

庙祝回答不了老先生的问题，又不能说菩萨不灵，只好胡乱说：“若是你不修补神像，王冕怎会烧它？”这种回答真是岂有此理。

王冕虽然淘气，却十分上进，他学习击剑，研究孙吴兵法，常用诸葛孔明来鼓励自己，希望能够澄清天下，做一番惊天动地的事业。然而，元朝的统治，彻底破灭了他的希望。

王冕画梅不画荷

许多人看到王冕，马上联想到画荷，其实，查遍画史画迹，王冕都是画梅花。李霖灿先生是研究中国绘画的权威，他也曾经表示“所见皆为墨梅，故画荷花不足为信”，如此看来，王冕画荷花，极可能是《儒林外史》中吴敬梓编造的情节。

为了广开眼界，王冕曾经雇了船，到杭州去游历一番，欣赏西湖的画舫往来，烟波澹（dàn）澹，绿波粼粼，真是美不胜收。

但是，王冕在西湖亲眼目睹一件事，却是痛心疾首。

他见到一个回人，牵着一匹花驴儿，口中不断地喊着：“快来看，稀奇喔，这匹花驴能懂回语，而且善解人意。”

这回人一嚷嚷，立刻吸引许多好奇的人围观，花驴儿果然有本事，它能听懂人语，会站起来，躺下来，一个口令一个动作，的确十分乖巧，旁观者纷纷赏钱，主人便撒下一堆粟米，让它吃个饱。

王冕一见驴儿吃粟，大大不以为然，当时江南细雨绵绵闹水灾，麻麦烂死，秧苗枯黄，人民忍饥挨饿，甚且以树皮草根果腹，这驴儿倒好，略通几句回语，吃得比人还享受，王冕真是看不下去。

花驴儿变把戏的消息，一会儿传开了。于是，驴主人今天牵着它去评事厅表演，明天又拉到丞相府献宝，一些个贪官污吏，看得兴起，争着把钱掷到地上，表示喝彩。

前面我们说过，元朝色目人非常吃香，汉人最讨厌色目人，认为他们贪婪又没有文化。王冕亲眼目睹色目人在社会优越的地位，回来气得写了一首诗："归来十日不食饭，抛腕攒眉泪如雨。"整整十天粒米不进。

王冕做了数千里的壮游，眼界大开，爱国思想也格外地浓烈。

元朝有个大官泰不花，爱极了王冕的画，一天到晚差几个粗俗的小厮，跑来大呼小叫，王冕烦极，最后，不得已住入泰不花的馆舍，待了一阵子，泰不花想用他当谋士，王冕说什么也不肯答应。

在《儒林外史》之中，王冕是被危素所逼，远走他乡。真实的情形不是如此，危素是江西人，王冕是诸暨人，二人并非同乡，不过，王冕是见过危素的。

危素是翰林学士，王冕不认识他。有一天，危素骑马经过王冕处，王冕问道："住在钟楼街的人是你吗？"

"正是！"危素答道。王冕就不开口了。

危素走远之后，王冕对人说："我以前看危素的文章，有一种诡异之气，不料人也是如此。"

王冕对于贪图富贵，侍奉元朝的人，始终没有好感，何况危素又与赵孟頫不同，他纯是为个人的富贵而做元朝的官。

危素投降明朝之后，仍然是透着一股阴森森的诡异之气。有一次明太祖朱元璋在看书，忽然听到咯咯的鞋声自远而近，听得他汗毛直立，颤抖地问："是谁？"

搞了半天，原来这个"鬼"是危素，明太祖颇不悦道："我还以为是文天祥哩。"便把危素贬到和州。

吴敬梓在小说中，故意把光明磊落的王冕与阴沉诡异的危素相比，用来衬托王冕的高贵。

王冕对母亲极为孝顺，总是挖空心思想逗老人家一乐。他偶尔在《楚辞图》上看到屈原衣冠，屈原一向是王冕崇拜的对象，他便仿效此图，自己裁制一顶高帽，一件阔衣，买了一辆牛车，载着母亲，执着鞭子，挂着木剑，唱着山歌，在村子里来来去去，后面跟着一大群孩子又唱又笑，王冕母子二人大乐。

王冕很穷，穷到连鞋子都没有，他的同乡王艮（gèn），十分推崇王冕的德行，特地赠他一双鞋，王冕摇摇头说："我宁可光着脚丫子。"

他曾经在大雪天，光着脚，登上潜岳峰，仰天长啸："遍天地间都是白玉砌成，我要做仙人飞去啰！"他还喜欢与山上高僧谈禅，说法，打坐。

至正十九年（1359年），朱元璋派胡大海攻绍兴，胡大海前来请教王冕策略，王冕简单地说："大将军如果以仁义服人，何人不服？你要我教你如何杀我父老兄弟，万万不可能。"第二天，王冕一病不起，胡大海帮他办了后事，葬在山阴兰亭之侧，题为"王先生之墓"。

王冕生平不得志，但是他在画梅上享有盛名。古人认为，画梅需有高超的人格修养，所谓"画梅须同梅性情，画梅须具梅骨气，

墨梅，王冕绘。

人与梅花一样清”。王冕的梅花风神绰约，奕奕有致，不论是含苞的、开谢的都是那么飘逸不俗。

他多才多艺，能诗能画，他认为一张完美的画应该是诗、书、画、印四者相结合，也就是除了画本身外，画上题的诗句、落款的书法、用的印章都要讲究。

王冕对自己的诗与画也是相当自负的，他曾经画了一幅梅花，把它贴在墙壁上，并且题了一行诗：

冰花个个圆如玉，羌笛吹它不下来。

所谓羌笛，当然是指统治元朝的蒙古人了。

倪云林画中有逸气

在元末四大画家黄公望、王蒙、倪瓒（zàn）与吴镇之中，倪瓒是相当特殊又有趣的一个。

倪瓒字云林，他的别号很多，例如朱阳馆主、沧浪漫士等，但是，以云林二字最为常见，所以人们都称之为云林先生。

他是江苏无锡人，家境非常富裕，到他祖父时，已经是大富豪了。虽然环境优渥，却不幸在四岁时丧父，由大哥抚养长大。十八岁时，亲爱的大哥也撒手人寰（huán），因此，倪云林自幼感悟世事无常，也养成了淡泊的性格。

倪云林家中藏书甚丰，他花下大笔资金，建造了云林堂、清閟（bì）阁、道闲仙亭、朱阳宾馆、云仙洞等，馆阁四周，种满了兰菊松桂，郁郁苍苍，美不胜收。

无锡人把倪云林当成乡中一宝，也是奇特的一景。乡人经常聚集在他家楼下，远远望见他或读书，或作画，或与朋友品茗聊天，一派悠然自得，看起来仿佛超然物外的神仙。

有个外国商人，久仰倪云林的声名，特别准备了上好的沉香百斤（古人喜欢点香，增加气氛），请求会见。

倪云林不想见他，托辞赴惠山看梅花去也，外商很是遗憾，在门外流连忘返，徘徊许久。

过了两三天，外商又来了，一个人呆呆地站在门口，舍不得走。

倪瓒，佚名绘。倪瓒背后的屏风是他的一幅山水画代表作。

倪云林有些不忍，悄悄地吩咐仆人道："你把云林堂的门打开，让他去看看吧！"

外商大喜过望，进入云林堂，看到布置之典雅、气氛之优美，简直目瞪口呆，忍不住央求仆人道："你可不可以把清闷（bì）阁也打开让我瞧瞧？"

"对不起，清闷阁不是普通人可以进去的。"仆人抱歉地婉拒了。

外商无奈，竟然打躬作揖，对着清闷阁拜了几拜，方才依依不舍地告别。从此以后，云林家园的声名传播得更远了。

倪云林最崇拜宋朝的米芾。米芾是水墨大师，为人疯癫，有强烈的洁癖（《吴姐姐讲历史故事》前面曾经介绍），倪云林也是一个极爱清洁的人。

他穿的衣服，戴的帽子，每天勤加拂拭不下数十回，若是有客人前来，规定客人也先去盥洗室清洗一番。甚且连窗外的梧桐叶子，假山假石，也都打扫得一尘不染。又为了害怕扫地时，不免破坏庭院中青翠绿苔，他发明了一种扫把，只有光秃秃的杖头，钉上一根钉子，用来挑叶片。

某日，来了一位客人，夜宿倪家。

到了半夜，倪云林听到客人的咳嗽声，以及吐痰的浓浊声，心中暗忖："糟了……"于是，一个晚上没睡好，第二天一大早找来仆人，下令道："你去仔细找找看，哪儿有吐痰的痕迹？"

仆人又好气又好笑，出去转了一圈回来道："找到了，就在窗外的梧桐叶上。"

"快，快把叶片剪下，你骑着马去把它丢远一些。"倪云林真是急如星火。

倪云林的洁癖不但在家如此，出外也是不改脾气。

有一回，他到苏州"养贤楼"拜访好友徐达左，一块谈论诗文。当好友们促膝谈心之时，他差了书童去山里汲泉水。

童儿挑来了两桶山泉，正要去泡茶，倪云林大叫："且慢！前面一桶煎茶，后面一桶留着洗脚。"

众人皆错愕地望着倪云林。他慢悠悠地解释道："前面的桶没碰到什么，用来煎茶十分适合，后面的那一桶，也许书童走了一半，放了屁，山泉沾了屁粪气还能喝吗？"

渔庄秋霁图，倪瓒绘。

话没说完，众人已揉

着肚子笑个不停。

倪云林清高绝俗，一辈子避免与富贵的人打交道，他对自己的画并不十分爱惜，喜欢到处赠人，独独对有权有势的人，拿了润笔来求画，一概相应不理。（所谓润笔，指的是请人作画、写字的酬劳。）

吴王张士诚的弟弟张士信，久仰倪云林的画艺，差人备了上好的绢纸以及一大笔润笔登门请画。

倪云林却把使者给轰了出去，并且气愤地说："我可不能做王门的画师……"

张士信听说倪云林这么不给面子，大为生气。后来，有一天，张士信与朋友游太湖，忽然，远远飘来了一股异香，他判断，必然是有洁癖的倪云林在附近。

果然，一找就找到了倪云林，真是冤家路窄，张士信命令手下痛殴倪云林，几乎活活打死，幸亏许多文人苦苦相劝，才饶了倪云林一命。

倪云林挨揍时，噤口不出一声，事后他对朋友解释道："一出声便俗。"

倪云林的画如其人，天真幽淡，有一种幽雅的逸气，这种有意无意、若淡若疏的逸气，一般人是学不来的。

明朝沈周也是大画家，他能画大幅山水，可是，没法学倪云林的淡墨，每次一下笔，他的老师便会说："太过了，太浓了。"

倪云林这种萧条淡泊的意境，也代表中国文人脱俗宁静的风范。当时的人，以拥有倪云林的画为傲。他死了以后，所留下的画更成为抢手货。在明朝的时候，江南人家以"有无云林图为其清浊"，也就是说，若是能有一幅云林的画，就可列为清高的门第了。

古道西风瘦马

元朝只有短短的九十年，但是元曲在中国文学史上，却占了一页相当重要的地位，我们通常把“唐诗”、“宋词”与“元曲”并列。

曲其实是词的替身，不论自音乐的基础，或形式的构造，都是从词演化而来的，词是可以唱的，原是流传于妓女歌伶之口的通俗文学。

后来，文人雅士流行作词，体裁日益丰富，音律修辞日益讲究，格调日益高尚，久而久之，成为高级知识分子的专利，一般民众看不懂，也唱不出。

于是，娼妓歌伶只有自民间小调中找资料，慢慢形成一种新的体裁，称之为曲。

同时，北宋末年，金人入主中原，接着，蒙古民族南下，胡调番曲大量输入，琵琶、胡琴也相继引入，混合着原来民间的歌谣小调，形成一种新的诗歌形式，取代了逐渐僵化的宋词。

曲形成的另一个因素是，中国自唐朝以后，人口集中的大型城市相继形成，民间说唱艺术日益活泼繁荣，宋朝的说唱艺术不但风靡全国，而且深入农村。到了元朝，商业与手工业发达，人们更需要娱乐，说唱艺术不能不推陈出新，满足大众的口味。

所谓元曲，其实包含两个部分，一是散曲，一是杂剧，两者大不相同，前者可以说是元代的新诗，单纯的诗歌。后者是元代的歌剧，除了有曲文，还要有动作、对白，有一个完完整整的故事，可以上演的。

元曲大家多半是左手写散曲，右手写杂剧，十分能干。这些名家的生平故事，我们留待讲一出出有趣杂剧时再详细说，这一篇只介绍散曲本身，相信也是许多读者乐于知道的。

散曲在形式上，虽然与宋词一般，都是长短句（诗则为相同字数，例如五言律诗，七言律诗），也都是在不整齐之中，形成整齐与规律。

但是，曲又比词自由活泼许多，有长达二三十字者。例如关汉卿形容自己的倔脾气："我却是蒸不烂煮不熟捶不扁炒不爆响当当一粒铜豌豆。"长长的一大串儿，在中国最为讲究格律限制的诗词里，可是从未有过的现象，给予创作者极大的便利。

此外，散曲又有另外再加上衬字的方便，就是在原来格式之外，又自由地添些文字，可以淋漓尽致地表达情意，请看下面的例子，字体略小的部分就是衬字，衬字的使用，使得相同的曲牌，同样的句数，却有不同的字数。

> 体态是二十年挑剔就的温柔，姻缘是五百载该拨下的配偶，脸儿有一千般说不尽的风流。

这一句是描写王昭君的美貌，多了几个衬字，看起来更为生动。

曲还有一个特色，就是浓厚的写实性。中国的诗词都是含蓄典雅，让读者猜了又猜，还是猜不透真正的含意。

曲就不一样了，有些典雅的题材，固然庄重严肃，却也有低俗的题材，表现出嘲笑戏谑（xuè），甚且有大胆得让人看了脸红的，因此，曲描写的范围比较广，也较为逼真。

以下，我们介绍几首著名的散曲。

天净沙（秋思） 马致远

枯藤老树昏鸦。
小桥流水平沙。
古道西风瘦马。
夕阳西下，
断肠人在天涯。

这首《天净沙（秋思）》可说是元曲中的绝唱，看过的人没有不夸奖的，它没有用一个形容词，就点出了萧瑟落拓的意味，好像让读者看到奔波的游子，在秋凉薄暮，踽（jǔ）踽独行……

村夫饮 无名氏

宾也醉主也醉仆也醉，
唱一会舞一会笑一会，
管什么三十岁五十岁八十岁。
你也跪他也跪恁也跪。
无甚繁弦急管催，
吃到红轮日西坠。
打的那盘也碎碟也碎碗也碎。

古代农村，农夫终年辛劳，没有什么娱乐，难得有一次欢乐的宴聚，闹得东倒西歪，把碗碟打得唏里哗啦，十分有趣。

闲适　关汉卿

南亩耕，
东山卧。
世态人情经历多，
闲将往事思量过，
贤的是他，
愚的是我，
争什么！

以上的几首曲，都是简简单单，却又含意深刻，平常的口语，若是用在诗词之中，便觉得不自然，而用在曲中便觉得活泼美丽，情趣横生，中国文学的宝藏实在是相当丰富。

杂剧大师关汉卿

在上一回中，我们说到，元曲包含两个部分，一是散曲，一是杂剧，散曲可以说是元代的新诗，杂剧是元代的歌剧。

杂剧可分为三个部分：歌曲、宾白与科。

元剧中的歌曲，多半由一个人独唱，其他演员只有对白，例如《汉宫秋》之中，歌唱全由汉元帝担任，王昭君一句也没得唱，十分奇怪。

负起歌唱责任者，大半为剧中的要角，或“末”或“旦”，所以有末本、旦本之称，末是戏剧中扮演老人的角色，旦则是剧中扮演妇女的角色。

宾白就是台词，宾是对话，白是独白，杂剧之中，往往都有很长的说白，并且在那些对话之中，把人物的个性情绪表现得非常活跃。

元剧之中，表演动作的叫做科，凡是动作，都有记载，例如某某哭科，某某睡科，某某醉科，十分有意思。

杂剧风行，除了剧本之外，还要有演员、剧场、服装、道具以及大量的观众，这一切都必须在经济发达、资本雄厚的城市才能发展。

元朝的大都（北京）正是符合这些条件的国际都市，我们在介绍《马可·波罗游记》之中，曾经讲到，“当时每日商旅及外侨往来者，难以数计，此间之富裕，及所用之珍奇宝货，为世界上

元人戏剧中各种角色，山西省洪洞县广胜寺明应灵王殿壁画。

其他城市所无。”

当时到大都的洋人，虽然不通汉文，照样可以进剧场，看热闹，由于观光客的大批涌入，也带动了杂剧的兴盛。

再说，元朝的文坛，是一个最自由放任的时代，唐宋以来文以载道的思想早被扔到一旁，蒙古民族凶强好战，最爱声色之娱，杂剧也就正中下怀。

元朝初年，帝王爱好戏剧，原是承袭了金朝爱好戏剧的风习。据说金熙宗曾经下令，有三件事不准臣下谏诤，那就是欣赏歌舞、施舍僧侣与打猎。

蒙古人喜欢歌舞，连打仗时，君主也携带歌女舞女同行。

因此，蒙古人南下之后，对中国传统深厚的文化，没法吸收，但是对于妓女优伶、歌舞戏曲，却是大加鼓励提倡，杂剧风行以后，宫廷之内，每逢内宴，必要上演歌舞戏剧，君臣同乐。

既然宫廷喜爱杂剧歌舞，民间自然效法风行，也引起了一般人学习的兴趣，连经年胼（pián）手胝（zhī）足的农夫，也要想办法省下两百钱，去勾栏看看热闹。有一回，勾栏里人潮汹涌，棚子撑不住，竟然垮了下来，活活压死了四十二人。

关汉卿，李斛绘。

又由于女伶们色艺俱全，许多良家子弟往往整日流连，与之发生恋爱，耽溺其中，最后弄得倾家荡产，因此当时留下不少劝戒子弟勿“游歌酒之肆，登优戏之楼”的文章，更妙的是，杂剧之中如《罗李郎大闹相国寺》中就描述了青年热恋女伶的故事。

元朝杂剧盛行，还有一个很重要的原因。元朝只举行过一次科举，过去士子日夜研读诗赋古文，十年寒窗，期待金榜题名，现在英雄无用武之地，而杂剧兴起，正可以抒情怨、写故事，合乎苦闷时代浪漫与忧郁文人的口味，杂剧既有一流优秀人才相率投入，譬如关汉卿等，自然大放异彩。

关汉卿是元朝最伟大的戏曲作家，也是中国历史上最伟大的剧作家。他的创作力极为充沛，作品多达六十种以上。比起英国大戏剧家莎士比亚，几乎多出一倍。可惜，现存下来的，只有十六种。

关汉卿多才多艺，是个彻彻底底的风流才子，他在《南吕一枝花》中，曾经自剖：“我玩的是梁园月，食的是东京酒，赏的是洛阳花，攀的是章台柳。”

所谓章台柳，指的是唐朝韩雄与家姬柳氏的故事，他二人因为安史之乱离散，柳氏出家为尼，韩雄曾经写过一首诗给柳氏："章台柳，章台柳，昔日青青今在否，纵使长条似垂柳，亦应攀折他人手。"

后来，柳氏被番将沙吒利劫夺，韩雄用计救回，终于团圆。后来有人把这个故事写成短篇小说，叫《柳氏传》。《柳氏传》是唐代著名的小说。

关汉卿又说："我也会吟诗，会篆籀（zhòu）（字体）、会弹丝、会品竹。我也会唱鹧鸪（zhè gū），舞垂手，会打围（狩猎）、会蹴踘（cù jū，踢球）、会围棋、会双陆（赌博），你便是落了我牙，歪了我口，瘸了我腿，折了我手……我也要往烟花路儿上走。"

由此可见，他是日日夜夜泡在妓院剧场中的人，必要时且"躬践排场，面敷粉墨"，自己上台演一角。丰富的人生阅历，加上熟悉的舞台经验，帮助他写下不少动人的剧本。贾仲明称他为："梨园领袖，编剧帅首，杂剧班头。"

《窦娥冤》

关汉卿作品之中，评价最高的，该算是《窦娥冤》了，被誉为世界最伟大的悲剧，法国、日本都有译本，它的情节是这样的：

在楚州，有一个穷秀才窦天章，虽然饱读诗书，奈何时运不济，考进士科，屡试屡败。窦天章肩不能挑担，手不能提篮，除了诗书，别无才能。不幸，妻子早逝，他带着七岁小女儿窦娥相依为命。

窦秀才向隔壁蔡寡妇借了二十两银子，因为是高利贷，过了一年，连本带利，成为四十两，窦秀才哪儿还得起，只有含泪把小女儿窦娥卖给蔡寡妇，当做童养媳，算是抵了债，只身前往京城赶考，离开了楚州。

窦娥做了十年的童养媳，与蔡寡妇的儿子完婚。窦娥也真命苦，结婚两年，丈夫便去世了，窦娥就在家守寡，和婆婆同住。

话说，城里有一个赛卢医，也向蔡婆婆借了十两银子，连本带利该还二十两银子，蔡婆婆三天两头地催讨，赛卢医被债逼急了，一不做二不休，骗蔡婆婆一块赴钱庄取钱，半途下手，要勒死蔡婆婆。

正在千钧一发的时候，闪出张驴儿父子，把蔡婆婆搭救了，这张驴儿可不是什么侠义之士，他是个心狠手辣的流氓，他恶声恶气地问蔡婆婆："你是哪儿人氏？家中还有什么人？"

蔡婆婆满怀感激地回答："家中别无他人，只有守寡的媳妇儿。"

张驴儿一听，立刻喜上眉梢，对张老头说：“爹，干脆你娶了这婆婆，我要了她媳妇儿，岂不两便？”蔡婆婆守了几十年寡，自然不肯。但被张驴儿父子一逼，为了保命，也就半推半就答应了。

蔡婆婆回到家中，把经过说给窦娥听，窦娥一听，婆媳俩要嫁给这对无赖父子，便斩钉截铁地表示：“婆婆，你要嫁你自己嫁，我是绝不改嫁的。”

到了晚上，张老头把蔡婆婆推进房去，张驴儿便死皮赖脸要对窦娥动手动脚，被窦娥一把给推开，窦娥独自跑进房间，把门一关，将张驴儿关在门外。

张驴儿站在门外，狠狠地咒骂：“待我害死你婆婆，看你孤单一人，还能逃出我的手掌心？”

第二天，蔡婆婆病了，想要喝羊肠汤，窦娥煮好了汤，张驴儿骗窦娥说要加盐醋，命窦娥去厨房里拿。等窦娥一离开，张驴儿立刻把毒药倒入汤里。

这时，张老头恰好进门，看到窦娥手里端着一碗热腾腾的鲜汤，正要送给蔡婆婆，张老头儿自觉才做新郎，满心欢喜，赶紧叫住了窦娥，接过了碗，亲手端汤，送给蔡婆婆喝，大献殷勤。

谁知，面对羊肠汤，蔡婆婆忽然觉得一阵恶心，不想喝了。

“这么好的汤，不喝多可惜，你不喝，我喝。”张老头说着一口气就把满碗汤喝光。

喝完汤不久，张老头儿感觉腹痛如绞，两眼一黑，一跤跌在地上，不久便一命呜呼了。

张驴儿见毒药害死的，竟是自己的父亲，便一口赖定是窦娥下的毒，除非窦娥就范，否则定要告到官府。没想到，窦娥的骨头也真硬，抵死也不从，于是，张驴儿便向太守告了状。

楚州太守是个糊涂官，不问情由，一口认定窦娥毒死张老头儿，于是下令用刑。

公堂上的衙役们如狼似虎，竹杖和皮鞭对着窦娥猛抽，可怜娇弱的窦娥被打得血肉模糊，昏死过去。

一盆冷水当头泼下，窦娥从昏死中清醒过来，紧接着，竹杖和皮鞭又交叉落下，窦娥连冤枉都来不及唤，牛头马面已经勒住她的脖子，便又昏了过去。

虽然窦娥被打得不成人形，她还是没有屈服，太守见她不肯招，转而要对蔡婆婆用刑，这一手果然厉害，窦娥终于屈服了。

“婆婆啊！”窦娥哭道：“我不怕死，但你不能死，我如果不肯认罪，你会被他们打死的，为了救你，我还是认罪吧！”

于是，糊涂太守就判了窦娥死罪，释放了婆婆。

这是冤狱，可是在古代君主专制政治之下，可怜的百姓，有什么办法伸冤呢？

行刑的日子到了，窦娥被绑赴法场，楚州的老百姓挤满了法场，大家心里都明白窦娥是冤枉的，但谁也救不了窦娥，

冤斩窦娥，明刻版画。

只有叹息窦娥的命好苦。

跪在法场上，窦娥满心委屈，却没有畏惧，她同监斩官索求一匹白布。监斩官有些奇怪，但这是死囚的最后要求，当然不能拒绝，于是命人把一匹白布送到窦娥面前，缓缓展开。

窦娥带着满腔的恨意，注视着监斩官和围观的百姓，用沉重的语调，一字一字地说："我窦娥含冤莫白，老天爷明察，为了证明我窦娥是冤枉的，请老天爷答应我三件事：第一，刀过头处，我的鲜血要全部飞到白布上，别让鲜血沾到这肮脏的地上。第二，天降三尺白雪，遮掩窦娥尸体。第三，窦娥死后，楚州接连干旱三年，滴雨不降。"

窦娥说完，监斩官一声令下，刽子手手起刀落；说也奇怪，窦娥颈上的鲜血直喷白布，那白布顿时变得鲜红，红得让每个围观者心里发毛。

一阵狂风随之而来，大家抬头一望，原本碧蓝的天空，怎么变成乌云密布，浓黑的云团好像就要压下来一般，紧接着，大雪纷飞，冷风刺骨。

再说窦天章与女儿分别，到京师一举及第，几年后做了大官，一直到十年之后，才奉派回楚州，探望民情。

他回到楚州，见三年不雨，干旱严重，心知必有冤屈。有一天晚上，当他翻阅楚州衙门的公文档案，见到窦娥的案卷，忽然蜡烛闪烁，窦娥冤魂出现，说明冤情，窦天章感叹不已，第二天立刻重审此案，窦娥虽已死，仍然改判无罪，张驴儿伏法，楚州太守受罚，宣判完毕，楚州立刻普降甘霖。

这出戏又名《六月雪》，关汉卿写尽了当时官吏的腐败，为善良的百姓喊冤。虽然这只是一出戏，但是真实的历史中何尝没有相似的故事？

王实甫与《西厢记》

王实甫与关汉卿一样，都是元代蜚（fēi）声艺坛的杰出戏剧家。他的生平不详，只知道名德信，字实甫。然而，一出《西厢记》却使他永垂不朽。

唐朝著名诗人元稹（zhěn）写过一篇传奇小说《会真记》（又名《莺莺传》），记述他与表妹相恋的故事，由于剧中男主角张生，就是作者自己，所以写来格外缠绵动人。

到了北宋，说唱文学十分发达，金朝时，董解元将《会真记》的故事加以渲染，而写成《西厢记诸宫调》，变成一种诸宫调形式的说唱文学。《西厢记诸宫调》又称《董西厢》。到了元代，王实甫以《董西厢》为蓝本，加上自己的想象力，写成了哀怨动人的杂剧《西厢记》，也使得张生与崔莺莺成为青年男女心目中爱情的典型代表。

王实甫的《西厢记》是一出杂剧，全名是《崔莺莺待月西厢记》。

《西厢记》的内容，大概是这样的：

书生张君瑞是一个姿容秀雅，风流倜傥的才子，先人拜礼部尚书，书剑飘零，功名未遂，游于四方，由于秉性孤傲，眼界甚高，因此到了二十三岁，仍然还没有娶妻。

有一天，张生到蒲州的普救寺游玩，一来瞻仰佛像，二来拜谒长老。无意之间，在庙里见到一位绝色佳人，他顿时觉得“眼花缭乱口难言，灵魂儿飞在半天”。尤其她临去秋波那一转，张生简直如醉如痴。

庙里的和尚告诉张生，已故崔相国夫人与女儿莺莺常寄住在此，那位天姿国色的佳人便是崔小姐，并且警告张生不可造次。

"师父，"张生对普救寺的住持说，"我也想在贵寺暂住几天，早晚温习经史，可否请师父行个方便。"

住持看张生温文儒雅，便答应张生暂住在庙里的西厢。

隔天，张生等着俏红娘出来，深深一作揖道："小生姓张，名珙（gǒng），字君瑞，本贯西洛人也，年二十三岁，正月十七日子时建生，并不曾娶妻。"

俏红娘啐（cuì）了张生一口道："谁问你来？"

张生又接着问："小娘子莫非莺莺小姐的侍妾吗？小姐常出来吗？"

红娘回去对小姐说："姐姐，我不知他想什么哩？世上竟有这等傻角？"

莺莺抿着嘴笑道："红娘，休对夫人说。"

当天晚上，月明如画，张生信步走到莺莺所住厢房外的走廊上，独自吟了一首诗："月色蒙蒙夜，花阴寂寂春，如何临浩魄，不见月中人。"

这时，只听"呀"的一声，厢房门开了，出来的正是千娇百媚

莺莺遇张生，明刻版画。

的莺莺小姐，她袅袅婷婷对着明月，也依韵吟了一首诗：“兰闺久寂寞，无事度芳春，料得行吟者，应怜长叹人。”

张生一见崔莺莺，真是喜出望外，立刻迈步向前，作了一个长揖，正要说话，却被莺莺的婢女红娘喝住，莺莺也羞得低下头，退回庙里去了。

望着莺莺的背影，张生呆立在原地，半天动也不动，到了半夜，才勉强回房，躺在床上，却总是睡不着。从此朝思暮想，眼前全是莺莺的倩影。

有一天夜晚，张生与庙里的住持正在谈禅，红娘走了过来，对住持说：“夫人明天要为相国作佛事，请师父准备一下。”

红娘一走，张生立刻央求住持，明天也要为已故的父亲，做一场超度的功德，并且拿出铜钱五千，作为酬劳，住持看张生出手大方，也就满口答应了。

张生命莽和尚出寺搬兵救莺莺，明代版画。

第二天，当崔莺莺随同母亲，到佛堂去上香叩拜的时候，忽然发现张生竟然也在佛堂上，真是既欢喜又害羞，不时用眼角瞟一瞟张生，那张生俊秀的面貌和优雅的气度，让莺莺的心跳不断加快。

“这是什么人？”老夫人不高兴地问住持。

“他是张君瑞，”住持说，“也寄住在本寺，今天他也为他的亡父作佛事，请老夫人多多包涵。”

忽然，一个小和尚慌慌张张跑来：“大事不妙！”

原来蒲州守将的部下孙飞虎叛变，带领叛兵，把普救寺团团围住，声称要强娶国色天香的崔莺莺小姐为妻。

老夫人一听，吓得几乎昏倒，崔莺莺也急得要寻死以保清白。

“老夫人别怕，我自有退敌之计。”张生走到老夫人面前说。

“真的吗？”老夫人睁大眼睛望着张生，像在狂涛巨浪中忽然抓到一块木板：“张相公，如果你真能退去贼兵，我一定把莺莺许配给你。”

张君瑞听到老夫人的话，兴奋得几乎跳起来，立刻要住持准备纸和笔。

大家都用怀疑的眼光看着这文弱书生，真不知道他用什么法子，打退孙飞虎。

张君瑞用最快的速度写了一封信，然后对住持说：“我有一个好友名叫杜确，人称白马将军，驻扎在离此不远，请师父派一个身手矫捷的人，把这封信送去，他一定会来救援，但白马将军也要两三天才能赶来，所以请师父去对孙飞虎说，崔小姐有孝服在身，要三天后才能出庙，请孙飞虎不要立刻攻进庙来，否则，崔小姐一定自杀。”

于是住持马上选了一位年轻力壮的和尚从后山偷偷溜出寺去，向白马将军求援。另外一方面，住持又向孙飞虎说三天后送崔小姐出庙。孙飞虎一听崔小姐答应嫁给自己，十分高兴，要求三天的期限也很合理，便停止攻打普救寺，只是把庙团团围住。

拷红娘

张生在普救寺巧遇崔莺莺，惊为天人。正巧普救寺被叛将孙飞虎团团围住，想要强娶崔莺莺，张生写信向白马将军求援，崔母答应，若是兵退，将把莺莺许配给张生……

孙飞虎答应暂缓三天，等崔莺莺孝期过后完婚。到了第三天，孙飞虎正准备迎接崔小姐，不料却来了一支人马，那就是白马将军带了部众到普救寺，白马将军武艺高强，把孙飞虎打得抱头鼠窜。

当天晚上，老夫人设下庆功宴，邀张生和莺莺共餐，张生喜滋滋以为老夫人要谈结婚的日期，不料老夫人在席间突然对莺莺说："莺莺，快拜张相公为哥哥。"

"哥哥？"张生以为自己酒醉听错了话，"老夫人不是答应把莺莺小姐许配我为妻？"

老夫人脸色凝重地说道："莺莺自幼已许配给她的表兄郑恒了。"

这明明是老夫人在赖婚，张生顿时头昏耳鸣，他不知道崔夫人和莺莺是如何走的，不知道自己是怎么回房的。于是，张生病倒了。

整个事情的过程，红娘都看在眼里，她实在不忍心看到可怜的张生卧床生相思病。

有一天，红娘对张生说："我家小姐最爱听琴，你如果用琴打动她的芳心，或许还有希望。"

当天晚上，张生便在庙外弹起琴来，他弹的是司马相如的《凤求凰》，幽怨的琴声果然引来了莺莺。但莺莺因为母亲的警告，却又不敢去和张生见面。红娘在一旁观看莺莺的表情，知道莺莺对张生是动了真情，便悄悄拿出一张事先准备好的字条，那是张生写的一首情诗，莺莺看完情诗，心里有甜蜜蜜的滋味，但脸上却装出生气的样子，骂红娘道："这种鬼东西怎么可以拿来给我？"

"小姐，别生气，我去骂他！"红娘狐疑地望着莺莺。

"算了，我写几个字去教训他。"莺莺说着，便提笔写字。

红娘不识字，不懂莺莺写的是什么，便送去给张生，张生一看，莺莺写的是一首诗："待月西厢下，迎风户半开，拂墙花影动，疑是玉人来。"张生大喜过望，这一天正是十五月明之夜，莫非莺莺暗示要与他约会？

窥简，明陈洪绶绘。

好不容易熬到月上树梢头，张生来到花园外，却不见莺莺小姐的踪影。于是，张生壮起胆，翻身爬过矮墙，果然见到莺莺，正要上前说一些爱慕的话，却不料莺莺义正辞严地教训张生，不可违背礼仪。

拷红娘，明刻版画。

张生被训了一顿，哑口无言，只得闷闷回房，从此情思恍惚，茶饭不思，终于病倒在床，奄奄一息。

崔莺莺听说张生生病，心又软了，派红娘拿了药方子去，药方子上写的是晚上来相会，张生一见药方，立刻霍然而愈。

可是到了晚上，莺莺左思右想，总觉得不妥，又害羞起来，不肯赴约。红娘很了解莺莺的矛盾心理，再三催促莺莺赴约，莺莺在半推半就下，便悄悄去探望张生。从此，莺莺天天夜晚都去会晤张生。

过了半年多，张生与莺莺的幽会，终于被老夫人知道了，老夫人大怒，叫来红娘，怒气冲冲地责问道："老实说来就饶了你，不然我就打死你这个贱人。"

红娘见老夫人的神情，知道瞒也没有用，便老实地招了。

“这都是你这贱人惹的。”老夫人骂道。

“这不是张生、小姐和红娘之罪，乃是老夫人的过错。”红娘答辩着。

“怎么，你竟说是我的过错？”老夫人瞪着红娘。

红娘直起了腰，壮起胆子回答道：“古人说：‘人无信，不知其可也。’当时孙飞虎包围普救寺，夫人亲口答应只要张生能退去贼兵，便把小姐嫁给他。等到兵退，夫人却自食其言，这岂不是失信？既然夫人不肯让他们成婚，就该用金钱酬谢张生，要张生离开，但夫人却没这样做，反而要他们结为兄妹，同住在一个大门内，焉能不日久生情，这是老夫人您自己的疏忽啊！现在老夫人如果把事情张扬出去，一来会侮辱崔家的声誉，二来张生日后飞黄腾达，岂肯忍受老夫人恩将仇报的行为，如果打起官司来，老夫人也会得一个治家不严之罪。如果官府细加审问，就会指责老夫人背义而忘恩，岂不是玷污了老夫人贤德之名吗？请老夫人得放手处且放手，何必苦苦追究？”

听了红娘的一大段话，老夫人的怒火熄了，叹了一口气说：“你这小贱人说得也有道理，谁教我养了这个不肖之女，好吧，你把张生唤来。”

张生随着红娘来到老夫人面前，吓得脸无人色，老夫人铁青着脸说道：“张生，你的事我已经知道，我答应把莺莺嫁给你，但是我崔家不招白衣（没有官职）的女婿，你明天便上京去应考，考得上，再回来完婚，如果考不上，也就别回来见我了。”

张生听说老夫人答允了婚事，立刻转忧为喜，赶紧回去办理行囊。第二天，老夫人和莺莺送张生到长亭，殷（yīn）殷话别，声声珍重，张生便单身入京去了。

《西厢记》与中国爱情小说

崔老夫人知道了莺莺与张生的恋情，她也答应二人成婚。只是有一个条件，崔家不招白衣，张生必须赴京赶考，求取功名。

张生到了京师，赶上考期，得中头名状元。这时，张生离开崔莺莺已半年多了，古代通信十分不便，所以张生也就没有给莺莺写过信。可是心里却是十分惦记着莺莺，既然考取了进士，这是好消息，便在旅馆里写了一封信，命琴童连夜赶到河中府崔家送信。

崔莺莺自从送走张生以后，朝思暮想，人也消瘦了。这一天，莺莺正在发呆，忽然红娘跑了进来，笑着说："小姐，大喜大喜，张相公得了官啦!"

莺莺见红娘疯疯癫癫的样子，便骂道："你这小妮子，看我心里闷，跑来哄我，干嘛！"

"不是我哄你，琴童在外面，你可以叫他来问。"红娘也边说边把琴童叫了进来。

看到琴童，莺莺尽量把声音装得很平静说："你几时离京，来这儿有什么事？"

"我离京一个多月了，相公要我带封信来。"说着，便把信交给莺莺。

莺莺接过信，正要拆开，眼泪再也忍不住夺眶而出。张生的信一来是报平安，说明自己已经考中状元，不久就可以派任官职，同时表达自己对莺莺的思念之情，最后附了一首七言情诗："玉京仙府探花郎，寄语蒲东窈窕娘，指日拜恩衣画锦，定须休作倚门妆。”这首诗写得并不好，但告诉了莺莺不要挂心，自己一旦做了官，就会回来和莺莺团聚的。

莺莺看了张生的信，感动万分，便命红娘拿来笔砚，立刻写了一封回信，信末也回了一首诗：“阑干倚遍盼才郎，莫恋宸（chén）京黄四娘，病里得书知中甲，窗前揽镜试新妆。”这首诗是说莺莺一直倚着栏杆，盼着张生早归，希望张生不要迷恋京城里漂亮的女人；莺莺在生病时得到张生的信，知道张生中了状元，病就不药而愈，坐在窗前化起妆来，等候着张生。

琴童报喜讯，明刻版画。

琴童带着莺莺的信，又急忙赶回京师，呈给张生。张生接过书信，一看信封的字似被水渍，张生知道那一定是莺莺的眼泪，拆开信封，见莺莺的信文辞清雅，一片相思之情，跃于纸上，而莺莺的书法又是那么秀丽，让张生又爱又敬，不觉自叹道：“佳人才思，莺莺世间无二。”于是，更加归心似箭了。

不久，皇帝任命张生为河中府尹，张生立刻上任。

话分两头，且说老夫人的外甥郑恒听说未婚妻崔莺莺许配给张君瑞，心中十分不满，便带了家丁来到河中府，命人先把红娘找来问话。

红娘见到郑恒，便把老夫人许婚张生的事情缘由告诉郑恒，红娘说：“你也别生气，孙飞虎围普救寺的时候，你在哪里？如果没有张生，小姐早就死了，你娶谁去？”

“我不管，反正是舅父生前答应的婚事。”郑恒很不服气，忽然心生一计：“对了，张君瑞中了状元，正在游街，卫尚书的女儿在彩楼抛绣球招亲，绣球打中张生，卫尚书便把张生招为女婿，这是我亲眼看见的。”

“有这种事？我不信！”红娘摇摇头。

“不管你信不信，我明天派人带礼去见姑妈，准备迎亲。”郑恒说。

红娘回府，把郑恒的话告诉老夫人，老夫人大怒，痛骂张生没有良心，并且决定把莺莺嫁给郑恒。

第二天一早，张君瑞赶到河中府，来不及到官府上任，便先到了崔家，老夫人一见张生便怒不可遏，并把张生赶出去，张生莫名其妙，急忙问是怎么回事。

“你不是卫尚书的女婿吗？干什么跑到这里来，快出去！”老夫人下逐客令。

“我不是卫尚书的女婿。”张生急着分辩。

这时白马将军杜确正好赶到崔府，一见张生，大声叫道：“兄弟，我到衙门找你，你不在，我知道你一定在这里，所以赶了过来，向你贺双喜临门。”

“什么双喜临门？”张生望着杜确说。

“一是新官上任，一是当新郎倌啊！”

“得啦！”张生叹了一口气，“老夫人说我做了卫尚书的女婿，所以不肯把莺莺小姐嫁给我。”

“谁说有这回事？”杜确问老夫人。

“郑恒说的。”老夫人回答道。

正巧这时郑恒进了门，杜确一把拉住郑恒说：“你说张君瑞做了卫尚书的女婿，你在撒谎，破坏别人的家庭，来人啊，把这个家伙拿下，我要奏明圣上，杀了这贼子。”

“别抓，我自愿退亲，把婚事让给张生。”郑恒哀求道。

老夫人一看外甥承认说了谎，气也就消了，便对杜确说：“饶了他吧，赶他出去算了。”郑恒又羞又愧，走到庭院，一头撞向大树，立刻脑浆迸裂而死。于是，张生与莺莺终于结成夫妇。

以上是《西厢记》的故事。其实，元稹对表妹是始乱终弃，悲剧下场，但是王实甫把它改为大团圆的结局，比较合乎中国观众的口味。

《西厢记》中的曲词，美不胜收，写初见、写相思、写矛盾、写苦闷、写幽会的浪漫、写别离的哀怨，无不丝丝入扣，极能吸引观众。

中国的戏曲小说，写到男女恋史，往往是惊艳之后，一见钟情，共订白首之盟，完全不描写心理状态，《西厢记》是极难得的描写心理状态的作品。

由于《西厢记》的细密曲折，情节感人，清代著名文学批评家金圣叹，曾经举出《庄子》、《离骚》、《史记》、《杜诗》、《水浒传》与《西厢记》为六大才子书，意思是说这六部作品都出于才华盖世的人之手。此外，由于《西厢记》，红娘二字也成为媒人的代名词。

马致远与《汉宫秋》

马致远是元代散曲的大家，他以细腻的笔法，浪漫的作风，成就他在散曲中独创的意境。

关于他的生平，很可惜，我们所知有限，只晓得他曾任过江浙省务提举，四十岁以后参加书会，过着退休自在的生活，《汉宫秋》则是马致远的代表作，记述的是王昭君和番的故事。《汉宫秋》的故事是这样的：

汉元帝即位以后，后宫嫔妃虽多，个个相貌平常，毫不起眼，元帝心中时常愁闷不乐。

画工毛延寿，为人百般巧诈，一味谄（chǎn）媚，哄得皇帝十分欢喜。有一天，他又劝元帝道："乡下的田舍翁多收了十斛麦，尚且要多娶一个妇人，何况陛下贵为天子，富有四海，应当遍行天下，挑选十五岁以上、二十岁以下容貌端正的美女充实后宫啊。"

元帝被毛延寿说得心痒痒的，便吩咐道："卿说得有理，我现在任命你为选择使，到各地去挑选美人儿，一一画在图上，朕就按图挑选。"

毛延寿领了肥缺，立刻开始选美的旅程，凡是被他选中的女子，无论是欢天喜地，或者哭哭啼啼，少不得都奉上一份厚礼。因为古代没有照片，这些女子入宫之后，能不能见到皇帝一面，完全操纵在毛延寿的画笔之中。

他一路寻来，一共选了九十九名，都是中上之姿，没有特别出色的美人儿，心中十分着急。虽然所得贿赂不少，总要找几个绝色佳人，才能讨皇帝的欢喜。到了成都，听人说，此地王长之女王嫱（qiáng），字昭君，生得艳丽绝伦，貌似天仙。毛延寿一看，果然美得惊人，让人舍不得把目光从她脸蛋上移开。

毛延寿大喜，暗示王长只要孝敬一点儿，他一定把王昭君选为第一，并且向皇上极力推荐。

谁料王长一口回绝了毛延寿，只是推说："家道清贫拿不出。"而且言语之间，对王昭君的美色有十分的把握，用不着毛延寿出力。

毛延寿恼羞成怒，本来想把王昭君自名单中剔除，转念一想，又换了一个更毒的念头，他拿起画笔，在昭君的画像上弄了点破绽，美人变成了丑八怪，他满意地笑着："凭这张画，必然发入冷宫，受苦一世。"

果然，王昭君入宫以后，退居永巷（永巷是汉宫中的长巷，是幽禁嫔妃、宫女的地方）。整整十年之间，冷冷清清，从来没见过皇帝一面。每当夜深人静，寂寞凄凉，悲从中来，往往弹一曲琵琶自遣。

有天夜晚，汉元帝闲来无聊，到处逛逛，忽然远远听到呜咽的琵琶声，十分好奇，对身旁的小宦官说："你看见哪一宫的宫女弹琵琶，传旨去要她来见驾，不要惊吓了她。"

昭君一出现，元帝便倒抽一口气，真是容貌端丽，明艳照人，美得让人不敢逼视，怀疑地问："看卿这等体态，如何不得近幸？"

王昭君说出毛延寿索求金银不遂，故意把她画丑之事。元帝立刻命小宦官拿出图形来看，果然好端端一个美人儿，眼睛被点了破绽，气得命人将毛延寿斩首，同时封昭君为明妃，宠爱有加。

毛延寿得知事情败露，连夜投奔匈奴呼韩邪单（chán）于，并将昭君的美人图献给单于，毛延寿道："我汉朝西宫美人王昭君，天姿绝色，从前大王遣使向汉朝求公主时，昭君情愿下嫁，汉王却舍不得，我再三劝汉王，岂可重女色而失却两国的友好关系，汉王大怒，便要杀我，因此我带这张美人图前来献给大王。”

单于打开画卷一看，当下爱上了画中的美人，他叹息道：“世间哪有如此女子，若能得她做阏氏（yān zhī，匈奴君长之妻），于愿足矣。”

于是，单于立刻写信给元帝，指名要王昭君和亲，否则“不日南侵，随地打猎”。

元帝本是个昏君，自从得了昭君以后，如醉如痴，从此君王不早朝，在《汉宫秋》里，元帝有一段戏词，形容他自己对王昭君的迷恋：“体态是二十年挑剔就的温柔，姻缘是五百载该拨下的配偶，脸儿有一千般说不尽的风流，寡人见她一面得长寿。”

因此，元帝听说单于的要求，

昭君离去，元帝愁肠百结，明黄吉甫镌刻。

真是急坏了，他斥责道："我养军千日，用军一时，空有满朝文武，都是些畏刀避箭的，倒教娘娘去和番，那以后也不用文武，只凭佳人平定天下便了。"

正在举棋不定之时，昭君挺身而出道："妾蒙陛下厚恩，当效一死，情愿和番，得息刀兵，亦可名留青史，但是妾怎舍得与陛下诀别。"说着，泣不成声。

元帝也鼻酸道："朕也舍不得卿……"

虽然万分不舍，但汉兵打不过匈奴，元帝也知道情况严重，便只有亲出灞桥，为明妃送行。离别时，王昭君哭泣道："妾这一去，何时再得见陛下？待我把汉家衣服都留下，这正是，今日汉宫人，明朝胡地妾，忍着主衣裳，为人作春色。"

元帝送别了昭君，伤心地自言自语："呀，不思量除非是铁心肠，铁心肠也愁泪滴千行。"

昭君到了匈奴与汉交界处，她对来迎亲的单于说："大王，借一杯酒，望南浇奠，辞别汉家。"趁着奠酒之际，昭君跳江自尽，单于抢救不及，痛惜万分，就把昭君葬在江边，名为"青冢（zhǒng）"。想想人也死了，枉与汉朝结了仇，这都是毛延寿惹的祸，便把毛解送回汉朝，交给汉朝处理，两国依然和好。毛延寿被押解回朝，元帝命斩其首以祭奠昭君。

以上是根据马致远《汉宫秋》所写的故事。真实的情形是：好色的汉元帝的确命画工毛延寿，把宫女的相貌画下来，供他挑选之用，王昭君没有打点毛延寿，就被画成丑八怪；后来，匈奴找汉朝要美人儿，元帝故意挑了一个最难看的，那就是王昭君；临行之前，元帝召见，才讶然发现王昭君竟然是最美的，悔恨不已，一气之下，把毛延寿给杀了，王昭君既未弹琵琶，也没有跳河自杀，而且还在匈奴生儿育女。

少为人知的王昭君传说

自从马致远的《汉宫秋》完成以后，王昭君的故事更为广泛流传，赚取人们不少的眼泪。

事实上，远在唐朝，大诗人白居易就曾经路过王昭君的故乡，看到乡人为了怕女孩儿生得太漂亮，红颜薄命，将来遭到王昭君同样的命运，竟然把小女孩的脸蛋烧灼毁容，变成丑八怪。白居易感叹之余，写了一首诗：

妍姿久已化，但有村名存。村中有遗老，指点为我言。不取往者戒，恐贻来者冤。至今村女面，烧灼成瘢（bān）痕。

白居易走在昭君村，见来来往往的青春少女，一个一个脸上瘢瘢痕痕，看着可怖，心中实在是无比凄凉。

但是，说来也奇怪，人们传统印象之中，心欲碎，魂欲断，弹着琵琶唱哀歌的王昭君，这些年来，在中国大陆内蒙古及湖北电视台拍摄的王昭君电视剧中，摇身一变，成为英雄人物，十分有意思。今天，我们来谈一些塞外传说的王昭君故事，读者想必有兴趣。

据说，王昭君原是天上一位美丽非凡的仙女。玉皇大帝见人间汉族与匈奴打得不可开交，便派王昭君翩然下凡，担任和解的天使。

当王昭君仙女下凡之时，匈奴单于欣喜地自漠北远道相迎，两人一见面便情投意合，双双来到黑水边上，忽然狂风怒吼，飞沙走石，不能行进。王昭君气定神闲，缓缓下马，弹起琵琶。

说也奇怪，顿时之间彩霞满天，祥云围绕，大地冰雪融化，万物复苏，到处野花遍地，长出鲜艳翠绿的嫩草，还飞来无数的百灵鸟、布谷、喜鹊绕着单于与昭君打转儿，形成一幅绝美的百鸟朝凤图。

单于大喜过望，他带着人民与昭君，便在黑水边住下。

后来，他二人走遍了阴山南北，昭君走到哪儿，哪儿便形成了绿洲。

大漠多旱，没关系，只要王昭君抱起琵琶，纤纤玉手一拨，大珠小珠落玉盘，顷刻之间，地上出现潺（chán）潺的河流，碧绿的青草，人民乐得手舞足蹈。

昭君出塞，明仇英绘。

王昭君还随身携带一个漂亮的锦囊，她表演一曲《天女散花》，地上铺满了种子，她再从袋子里拿出一把金剪，用羊皮剪成了车子、牛、羊、马，轻轻放在地上，一会儿，大漠里开始有成队的牛群马群。

大家都喜欢王昭君，敬爱王昭君。有一天晚上，青天霹雳，地上闪过一片红光，接着是轰轰隆隆的巨响。

第二天早上，地上隆起一个小小尖尖的土山，上面飘浮着五彩的浮云，人们发现，王昭君不见了，她完成人间的任务，又潇洒地飞回天上。大家为了纪念王昭君，就把这个小土山称为“昭君坟”，就在今天的内蒙古呼和浩特。

以上是流传在塞外有关王昭君的故事。

此外，湖北与四川接壤的兴山县宝坪乡，又名昭君村，据说是王昭君的故乡，流传着许多美丽的故事。

由于王昭君十分虔诚，日夜祈祷，感动了天上神明，此地原是一片荒芜，竟然变成一年可以收成三次的沃土，村民大乐，把这块土地更名为宝坪村，又为了感念王昭君，所以也称为昭君村。

昭君是八月十五中秋夜出生的，奇怪的是，她生下来就喜欢看月亮，一看就是半天，她父母为了宠爱掌上明珠，为她起了一栋大楼，称之为“望月楼”。

自此以后，千百年来，村民都会到“望月楼”附近，举头望明月，低头思昭君。

王昭君多才多艺，擅长女红，有一天，她心血来潮，想要绣一只凤凰，她为了设计鲜活的背景，每天清晨，跑到高台上，对着日出发怔，然后低下头来飞针走线。昭君是绝色美女，她要看风景，做针线，倒有许多人把她低头绣花的美态当风景来欣赏。

于是，“妃台晓日”（王昭君被封为明妃）就成为兴山著名的名胜古迹之一了。

王昭君还擅长养鸽子，她派了一百只鸽子，自远方衔来一百颗种子，这些种子撒在地上，过了一百天，长成了玉蜀黍，不但早熟而且特别好吃，村民们把这种玉蜀黍命名为“百日还香”。

由于王昭君是七月十五日子时奉圣旨入京的，村人为了纪念王昭君，每年七月十五日子时，大大小小，成群结队，敲锣打鼓，表示为昭君送行。

小孩子们且手提纸糊花灯，沿街游行，并且跳到香溪河中游泳，来纪念王昭君。

香溪河中，还有一段故事。

有个少女，名叫桃花，曾经受过王昭君的恩惠，她为了怀念昭君，投水而死，死后成为香溪河中的特产“桃花鱼”。

还有一说是，桃花舍不得昭君姐姐，因此当七月十五日子时昭君入宫时，桃花一路苦苦地追赶，沿着香溪，跑了一程又一程，凡是桃花跑过的地方，一路上开遍了桃花。

桃花的花瓣，和着王昭君悠扬动听的琵琶，浮荡在水面，变成一尾一尾的游鱼。

以后，人们称此为桃花鱼，每年，当桃花盛开之时，桃花鱼大批出现在水面，当桃花谢了，桃花鱼又消逝得无影无踪。

自此，王昭君的传说，变得浪漫又多彩多姿。

王昭君与昭君墓

在上篇，我们说过，王昭君故乡的风俗，为了担心女儿长大，过于美艳，成为悲剧下场，因此事先毁容，用火把脸烧烂，十分凄惨。

但是，随着一则接一则，新的昭君传说出笼之后，昭君村这风俗也有了变化，虽然没有“不重生男重生女”，但是，女子怀孕之后，一定先到绣鞋洞去抛石子，据说绣鞋洞中，留有王昭君穿过的一双鞋，做父母的，希望昭君显灵，让他们的小孩儿，也能生得秀丽动人。

也许，这也是一种新的胎教吧，至少，王昭君从被迫嫁给外族的可怜人儿，改变形象，成为促进汉民族与匈奴民族的伟大功臣。事实上，我们知道，王昭君当时并没有思念汉皇，饮恨投河，她嫁到匈奴，单于死后，又改嫁给单于之子。从许多内蒙古的传说看来，王昭君在当地颇有人望，日子过得也还不坏。

内蒙的许多传说，就更有趣了。

据说，蒙古女人过去没有搽（chá）粉的习惯，只是把家中的墙壁刷得粉白，用亮亮的光，照得妇女们满脸生辉。

这倒是可能的，我们以前说过，蒙古人喜欢的男孩女孩，都是“脸上有光，目中有火”，也就是具有健康美的，事实上，大漠里，日晒雨淋风吹雨打，也不可能保养白白嫩嫩的皮肤。

当然，她们也没有汉人讲的“一白遮三丑”的审美观，倒是颇像今天流行的，晒成古铜色的健美肤色。

王昭君嫁到匈奴，为了讨好妇女，把自己带来的香粉给她们搽，谁知她们不领情，也不喜欢把脸涂得白白的。

王昭君的皮肤是又白又细，吹弹可破，她好心帮蒙古妇女化化妆，打扮打扮，遮盖一下晒得粗粗黑黑的皮肤，但是蒙古妇女们主张“自然就是美”，对化妆品没兴趣。她们倒是很懊恼，刷墙的白粉，原来是产于胭脂山，但是胭脂山被战火摧毁了，没法使用，缺少了白墙壁，映照不出妇女们红扑扑的好脸色，没法显现“脸上有光，目中有火”的神采，这才是北地女子最伤心的事，因此有“亡我祁连山，使我三千粉黛无颜色”之说。

昭君出塞，明黄吉甫镌刻。

王昭君为了勾起妇女对香粉的兴趣，把粉藏在过去的胭脂山，对她们说：“听说那儿有好东西，快去找找看。”

不料，昭君这一设计，竟奇迹似的使胭脂山又产白粉球，妇女们好高兴地把粉球搬回家，喜滋滋地刷墙壁，她们还是坚持她们的审美观。

再说，王昭君与单于在行结婚大典之前，在黑河上筑起一座大桥，让河对岸的汉族也能过来吃喜酒，热闹一番。后来，匈奴与汉族不和，准备动刀枪，说也奇怪，大桥突然倒塌，桥垮了，人过不来，也就化干戈为玉帛，不打了。

王昭君带了种子，教人民播种耕田，可是稻子长到金黄时，就有成群结队的小麻雀飞来，合力把稻子啄光了。

昭君很聪明，她又变出许多小青蛇，当小青蛇站起来时，小小的、青青的、绿绿的，就像稻秆子，麻雀不疑有他，一飞下来，就被青蛇吞到肚子里去了。

小青蛇喂饱了肚皮，也保护了黑河两岸的田，所以人们把小青蛇又称为昭君蛇。

昭君还有本事，点石成石人，专门帮人家办喜事。但是，昭君立下了一个规矩，凡是受了石人帮助的，自己知道就好，不可点明石人的身份，否则，石人就会变回一块石头。

可是，有个凶神爷，是个坏蛋，他听说了这件事，当石人经过时，他故意跑上前去，拆穿了石人的身份，石人立刻转变为一尊石像，一动也不动。

村人们很恼恨，从此以后，变成一个风俗，当村子里有人办喜事时，前去帮忙当招待收礼的，最忌讳有人问姓名，大概是怕自己变为一尊石像吧。

在安徽方面，流行另一则传说：王昭君在出塞外之时，天上的九天玄女都赶来向她道贺，并且拿出一件亮闪闪的银针衣，送给她当嫁妆，祝福她免受风霜侵害。

这一件银针衣是一件稀世宝物，衣服上有九千九百九十九根银针，昭君穿上银针衣，果然全身温暖，心中十分感激九天玄女。

后来，单于杀掉了毛延寿，王昭君报了仇，雪了恨，在白洋桥上烧香祷告，九天玄女又再度出现，要收回银针衣，不料，九天玄女没拿好，银针衣落入水中，九千九百九十九根银针，就成为九千九百九十九条小银鱼，亮亮闪闪，在河里漂流。这种小银鱼盛产于安徽一带，味道鲜美，十分可口。

由于昭君的传说多，连带的，昭君墓都有不少，不过，最受人注意的是呼和浩特南部的一座，经过了修葺（qì），现在成为著名的昭君墓。

甚且连昭君墓也有不少故事，昭君墓旁边有个昭君庙，在抗日期间，日军占领了内蒙古，日本士兵听说昭君庙里有只金马，心生歹念，想去把它据为己有，结果每个去的，都不得好死，大家都说，这是王昭君显灵。

总而言之，王昭君的传说，把她变成一个奇女子。历史是祖先，地理是家业，有兴趣的读者何妨一游“昭君墓”、“妃台山”，参观“昭君纪念馆”、“王昭君新塑像”！

白朴与《梧桐雨》

在元朝杂剧作家之中，白朴是最有古典文学修养的一个。

他的父亲白华是贞祐三年（1215年）的进士，做到枢密院判官的显要职位，才华洋溢。

白朴自幼聪明过人，好学不倦，很早就显露慧根，与白家有通家之好的大诗人元好问，每次到他家，总要把白朴叫到跟前，亲切和蔼（ǎi）地询问："最近又读了哪些诗书？有没有写什么好文章，拿来给元伯伯瞧瞧。"白朴这一年才只有六岁。

白朴就会把早就写好的诗文，又是害羞又是欢喜地拿出来，恭请元好问指正。元好问总是不吝称赞，一一指点，使得白朴更加精神抖擞，努力向学。

元好问对白朴这个小侄儿，不但口头上赞美，甚至赋诗称赞："白朴通家旧，诸郎独汝贤。"意思是说，我们元白两家之中，就数你白朴最优秀。说得白朴好高兴，又不好意思。

在白朴七岁那年，蒙古军队猛烈入侵，仓皇之中全家失散，元好问带着白朴北渡避难。元好问本来就最疼白朴，视为不可多得的小神童，现在更像亲生儿子一般地爱护他，指导他，帮助白朴在文学上面，打下了厚实的基础。

后来，经过千辛万苦，白华找到了白朴，对元好问照顾儿子的心意由衷地感激，曾经赋诗一首："顾我真成丧家犬，赖君曾护落巢儿。"形容白朴就像从巢里翻落下来的小鸟儿，幸亏遇到了元好问搭救。从此，白朴父子便在山西定居下来，专心研究声律之学。

白朴个人境遇一帆风顺，但是国家整个大环境却让他忧愁烦闷。宋朝覆亡，元朝建立，元世祖忽必烈派丞相史天择邀他出来做官，白朴再三推却，并且悄悄把家迁到金陵（南京），他满腔亡国抑郁无从宣泄，于是全力从事戏剧创作，排遣寂寞。

因为有这一层精神打击，所以他选择了杨贵妃魂断马嵬（wéi）驿的故事，写成了《梧桐雨》的剧本。

《梧桐雨》的剧情大要是：张守珪为幽州节度使，押解边将安禄山求见唐玄宗，称安禄山贻误军机当斩，唐明皇不同意，反而授予官职，且问："你肚子这么大，里面有什么东西？"

安禄山回答："惟有一颗赤心而已。"明皇大乐，杨贵妃也喜爱安禄山肥胖有趣，还会跳胡旋舞，玄宗为讨好杨贵妃就说："赏给你做干儿子吧。"

安禄山留在宫中，出入宫闱，成天与贵妃嬉闹。一天，玄宗听到后宫喧笑声，原来贵妃娘娘在给安禄山做洗儿会，胖墩墩的安禄山被放在澡盆里，好玩极了。后来，安禄山与杨国忠不合，出为范阳节度使，厉兵秣（mò）马，准备进攻长安。

一日新秋，玄宗闲来无事，与杨贵妃在沉香亭旁宴饮，正巧四川遣使臣进贡荔枝，这是杨贵妃最爱吃的水果，贵妃娘娘一乐，随着音乐表演《霓裳羽衣舞》，正在欢娱之时，宰相李林甫慌忙见驾，原来安禄山大军压境，玄宗匆忙带着宫女百官避难。

车行马嵬坡，六军不肯前进，扬言杨国忠误国，要求诛（zhū）国忠以谢天下，玄宗只得下令杀了杨国忠。众军又要求杀国忠的妹妹杨贵妃，玄宗不忍："请看寡人面饶过她。"但是拗不过军心，只好命高力士引贵妃入佛堂，以白练自缢。

贵妃死后，玄宗日夜思念，听得窗外雨点打在梧桐树上，玄宗唱道："原来是滴溜溜绕阶败叶飘，流刺刺落叶被西风扫，忽鲁鲁闪得银灯爆，厕琅琅鸣殿铎（duó），扑簌簌朱箔……”（这个滴溜溜、流剌剌的文字敲打乐是全剧最高明处。）

唐明皇秋夜思贵妃，明刻版画。

玄宗被雨打梧桐惊醒之后，无奈地唱道：“一会价紧呵似玉盘中万颗珍珠落，一会价响呵似玳筵前几簇笙歌闹，一会价清呵似翠岩头一派寒泉瀑，一会价猛呵似绣旗下数面征鼙（pín）操，兀的不恼敲人也摩哥，兀的不恼杀人也摩哥，则被他诸般儿雨声相聒（guō）噪，这雨一阵阵打梧桐叶凋，一点点滴人心碎了，枉着金井银床紧围绕，只好把泼枝叶做柴烧锯倒。”

玄宗听到梧桐夜雨，引发了一大段心事，这一段是杂剧《梧桐雨》中最被推崇之处，处处都创造了文字声响效果，中国文字之美真是魅力无穷。

另外，白朴还写了一出《墙头马上》，也是脍炙人口的名剧。内容是叙述贵公子裴少俊，前往洛阳买花，在外头认识少女李千金，由热恋而结婚，生下一对儿女。少俊怕他做尚书的父亲知道不谅解，把儿女私藏在花园之中。

七年以后，偶然被他父亲发现，勃然大怒，痛骂李千金是妓女，留下儿女，把李千金赶了出去。后来少俊考试及第，做了高官，再回头去找李千金，李千金想到当初的耻辱，不愿意回去。

这时，裴尚书夫妇，带着礼物与孙子们一起来请她回家，李千金恨恨地说："你们以前骂我是娼妓，说我无耻，玷污了你家门楣，现在你儿子做了官，我就变好了吗？其实我也是世家女子，最懂道理，从来也没做过半件不规矩之事，我与你儿子恋爱结婚，也是正正当当的行为。你做尚书大官，不理国家大事，偏要管儿女婚姻，你既然逼儿子休了我，我现在偏不回去！"

最后，还是两个孩子的哭声，唤回了李千金。李千金敢爱敢恨，与崔莺莺娇羞隐藏，完全是两个类型。她这种强悍的姿态，新女性的作风，在中国旧文学之中，倒还真是少见的。

郑光祖与《倩女离魂》

郑光祖是元朝时代王实甫派的代表作家，他喜欢用艳丽的辞藻，描写浪漫风流的恋爱故事，作品妩媚而柔弱。《倩女离魂》是他的代表作。

故事的内容是这样的：

清河女子张倩女容貌端丽，自小与表哥王文华指腹为婚，王文华敏悟过人，姿容秀雅，一表人才，只是家道中落。

倩女十七岁那年，王文华前来拜望岳母，顺道赴京应试。

张老夫人一见王文华是个落魄书生，当下打消了成亲的念头，有意赖婚，于是把倩女叫出来，命她拜哥哥。

文华与倩女一见钟情，互相爱慕，立刻坠入了情网，倩女尤其神驰魂醉，无奈母亲大人的阻挠，倩女不禁怨叹佳期空误，芳华虚度。

张老夫人本来打算多留王文华一段日子，让他早晚在家温习经史，文华受到赖婚的打击，没心情留下去，趁早告辞。

张老夫人留他不住，便设筵送行，在竹柳亭摆下酒席，冷冷地对文华说："我张家三代不招白衣女婿，你且进京求取功名再说。"

王文华面对势利的老夫人，默默低下头，一句话也说不出。

倩女前往岸边送行，对离别充满了恐惧与焦虑，她折下柳条送与文华，再三叮咛："哥哥，你若得了官，休负我也，你休恋京师帝辇，把咱好姻缘做了恶姻缘。"文华也是万分不舍，无可奈何凄凄切切地话别。

送行回来之后，倩女便病恹（yān）恹地倒在床上。王文华在船上思念小姐，情怀切切，到了夜半，小舟停在岸边，文华拿出素琴，操弄一曲，以遣相思。

谁知倩女的虚魂竟然深夜独行，追寻文华，她思君心切，自言自语："我觑（qù）这万水千山，都只在一时半霎。"

她走到江边，追寻琴声，找到了文华，高兴地说："王生啊，我背着母亲，一径地赶将你来，咱们上京去吧。"

倩女虚魂赶文华，明刻版画。

文华吓呆了，吃惊的程度远超过兴奋的心情，他期期艾艾道："小姐，你怎么赶到这儿来？你是车儿来，还是马儿来？"

"我一路走来的。"

"这要是被老夫人知道了怎么办？"

倩女头一昂，不在乎地答道："她若是赶上咱又如何，常言道做着不怕。"

倩女不怕，文华可怕得紧，他不安地搓着手说：

“古人云，聘则为妻，奔则为妾，老夫人许了这亲事，待小生得官，回来谐两姓之好，岂不名正言顺，你今天私自赶来，有玷（diàn）风化，是何道理？”

“我是真心诚意，绝不心猿意马。”倩女一副天不怕地不怕的样子，非要同行不肯罢休，文华拗（niù）不过她，只好一起入京。

文华一举及第，中了状元，写信报告岳母。信到了张家，小姐卧病在床，恍恍惚惚，只要一闭上眼便见到王文华，茶饭不思，废寝忘食，一日瘦过一日。

张老夫人十分挂心，经常到床前探望，倩女昏昏沉沉，把老妈也看成了王生，真是“一会儿缥缈忘了灵魂，一会儿精细呵使着躯壳，一会儿混沌呵不知天地”。害了严重的相思病。

倩女听说文华有信来，兴冲冲叫丫头梅香拿过来看，信中说已中状元，大喜过望，再往下看：“授官之后，便与小姐一同回乡。”

倩女以为王文华有了新夫人，头晕手软，气绝倒地。送信的使者见到倩女，十分疑惑道：“好个夫人啊，与我家那个夫人长得一模一样。”

丫头梅香怪使者不该送信，惹怒小姐，把他打了一顿撵出去。

王文华与倩女在京里待了三年，再衣锦还乡，文华叫小姐在外等候，自己先去跪求恕罪，老夫人说：“小姐卧病三年，何曾出门一步，你在胡说什么？”

倩女在这时，袅袅婷婷走进来，老夫人吓得大叫：“有鬼！”

文华也急了，抽出剑来厉声道：“你是哪儿来的妖精，不说实话，把你砍成两半。”

倩女的魂儿被这一叫喊，附回房中床上的小姐身上，二人刹那合而为一，小姐立刻幽幽醒来。

王文华好生诧异，“小姐分明在京中伴我三年，这是怎么一回事？”

小姐叹口气道："想当日离别之时，只怕千里关山，梦系魂萦，因此化个身外身，一个赴京伴君，一个淹煎病损，母亲大人啊，这就是倩女离魂。"

在元朝的杂剧之中，不论青楼妓女或富家小姐，不论是人是鬼，总是不顾一切反对，坚持嫁给穷秀才。有些史家认为，这是由于元代在蒙古人的统治之下，旧文化价值崩落消坠，种种的贬抑，侮辱了读书人的自尊。挫落的心灵，只有别人的赏爱、尊敬与重视，才能抚平创伤，当然，女性的温柔与爱慕是对穷书生最可贵的肯定。

在杂剧之中，我们也可以发现，中国传统社会之中，爱情是无法独立自足于社会之外的，即使是胆敢破坏礼教，勇敢追求爱情的男女，最后必须回到现实，求取功名来弥补他们的过失。所以每个男主角最后都赴京应试，高中状元，然后皆大欢喜，大团圆收场。考上状元谈何容易，若是名落孙山，戏要怎么演下去？总而言之，从元之后，才子佳人的爱情典型，深入民间，也成为我们戏曲小说普遍的模式。

高明改革戏剧

在中国戏剧发展史上，高明是个承先启后，举足轻重的人物，他的杰作《琵琶记》被誉为南曲之祖。

高明，字则诚，号菜根道人，他生于元朝大德九年（1305 年），算是元末明初的人。因此，有人把高明视为明朝人，把《琵琶记》当做明朝的戏剧。

高明的父亲很早就去世了。但是，祖父、伯父对他异常疼爱，童年过得相当幸福，而且全家都是饱读诗书的文人雅士，高明从小深受文学熏陶。

孩提时代，高明相当聪明，反应灵敏，喜欢做对子。据说，有一次，家里请客，小孩子按照规矩是不能上桌的，他嗅到香味，实在忍不住，踮起脚跟，拿了一个热腾腾的炸丸子往口里塞，烫得直用手挥，正在心满意足把丸子吞下去时，被一个眼尖的客人看到了，大声训斥："童子不知道理，桌边窃食。"

这个客人素来刻薄，高家全家都把他列为不受欢迎的人物，他没有什么学问，却又最爱卖弄，考了好几回生员，每次都落第。

高明嫌他多事，急中生智，脱口而出："村人有甚文章，场中出丑。"这个对子对得恰恰好，直把客人气得七窍生烟。

小高明虽然有些调皮，却非常孝顺母亲，他听了《二十四孝》中曾参、闵（mǐn）子骞（qiān）的故事，相当感动，尤其闵子骞的继母对他百般虐待，到了冬天，仍然只给他穿单衣，害他冻得瑟瑟发抖。后来，闵子骞的父亲偶然发现了，气得立刻要把后母赶出家门，闵子骞却仍为继母求情，理由是："不然，弟弟们就可怜了。"长大以后，高明还以此为题材，写过一出《闵子骞单衣记》。

高明的老师是元代大儒黄溍（jùn），对高明的影响很深，带着他好好读过《春秋》、《诗经》等书。

元顺帝至正五年（1345年），高明赴京应试，考中进士。由于他的祖父、伯父都是隐士，一辈子没做过官，所以有乡人讽刺高明："我怀老退居江左，尔爱飞腾近日边。"

得中进士以后，高明在处州担任过一段时期的录事（相当于今日掌管文书人事的秘书），他的政绩相当不错，任期届满，处州人士还立了一座纪念碑纪念他。更奇妙的是他的上司徐某仰慕其才华，竟然带了一批子弟向他问学，他也就当了一段时期的老师。

元末大乱，方国珍在浙东起事，由于高明是温州人，被拉出来负责平乱，但是，统帅主张进剿，高明主张招抚，双方意见不合，高明做得没意思，黯然回到杭州。然而，他乡居没多久，又被拉出来做了十年官，抱负难伸，终于在至正十五年（1355年），坚决地返乡隐居。

高明又回到书本之中，他的恩师黄溍知道他对戏剧很有兴趣，鼓励他朝这个方面发展。

高明认为，一出好的戏剧，必须要合乎教化，不但带给观众快乐，还要使人感动，明白忠孝节义的道理。因此，那些个专写佳人才子的恋爱戏，或者专写神仙妖怪的浪漫戏，在他看来，都是琐琐碎碎不值得一看的东西。

在这样的创作理念之下，他埋头写《琵琶记》，他写作的态度极为认真，不但闭门谢客，把自己关在书房里用功，而且一边拍桌打拍子写歌词，拍到后来，连桌子都凹下一寸多。

他在描写赵五娘吃糠时，歌词中有一句是："糠与米两处飞"，

赵五娘，明刻版画。

写到此处，忽然案头上两支烛光合而为一，互相交辉，高明看呆了，便把书房提名为瑞光楼。

《琵琶记》写的是蔡伯喈（jiē）与赵五娘的故事。蔡伯喈乃是汉代著名学者蔡邕（yōng），原是一个孝子，却在宋朝流行的民间戏剧之中，被描写为“弃亲背妇”的恶棍。

有人说，高明之所以改写《琵琶记》，是为了要替蔡伯喈翻案，叙述他不得已的苦衷，作为教忠教孝的题材。

真实的蔡伯喈却比高明笔下的蔡伯喈更高明，他为人敦厚善良，孝顺异常，精通天文，擅长音律，并且校正《熹平石经》，这是中国学术史上不朽之一大盛事。

《琵琶记》一出，果然轰动，每次演出都吸引了大批观众，大家都为赵五娘的遭遇一掬（jū）同情之泪，也达到了教化的功能。

明太祖朱元璋没当皇帝之前，就被这出戏所吸引。当了皇帝以后，也喜欢再三请戏班子演出《琵琶记》。

他曾经对人说：“四书五经如同五谷，家家不可缺，却是平淡而无味，高明写的《琵琶记》如同珍馐（xiū）百味，富贵之家才能享用。”

朱元璋既然是《琵琶记》的戏迷，自然少不得邀请高明出山，赴南京做官。

高明却心灰意懒，不想再在功名之中打转儿，因此托病请辞，朱元璋也没有勉强他，只是叹息：“朕没这个福气。”

高明为蔡伯喈翻案

在高明写《琵琶记》之前，宋朝宣和年间已有流行南戏《赵贞女》，叙述蔡伯喈与赵五娘的故事。

赵贞女当然指的是赵五娘，内容大意是说，蔡二郎（蔡伯喈）入京考中科举，当了大官，却弃家乡中的父母不顾，害得父母活活饿死，又休发妻赵五娘，并且派人放马踩死赵五娘。最后，蔡二郎遭到天打雷劈。

蔡伯喈（蔡邕）本是一个孝子，却被人在戏剧里糟蹋为"弃亲背妇"的薄情郎，大诗人陆游因此感叹："死后是非谁管得，满村听唱蔡中郎。"

说的也是，蔡伯喈人已死，也就没法对诬陷提出辩护。高明为了替蔡伯喈翻案，同时他不满意当时流行佳人才子、神仙幽怪的戏剧，便创作了《琵琶记》。

《琵琶记》的大意是这样的：

汉朝末年，有个书生蔡伯喈，饱学多才，事亲极孝，娶妻赵五娘，容貌端丽，俊雅贤慧，新婚两月，夫妻恩爱。

一日，春光明媚，蔡伯喈吩咐赵五娘备了一桌酒菜，为双亲做寿。酒足饭饱之际，蔡公询问儿子："孩儿，如今黄榜招贤，试期已近，你这般人才，应当上京应试，光耀门楣。"

蔡伯喈回答："禀告爹爹，孩儿并非不去，只是爹妈年纪老，家中无人侍奉。"

蔡婆立刻抢白："老贼，你又没七子八婿，只有一个孩儿，你眼又昏，耳又聋，又走动不得，教孩儿出去，万一有个变化，谁来管你？"

蔡公也马上顶了回去："你懂得什么？孩儿做官，我们也改换门闾（lú），为何不让他去？"

两老各持一理，不相上下。

蔡公又回过头来训斥蔡伯喈："孩儿啊，孝始于事亲，中于事君，终于立身。身体发肤，受之父母，不敢毁伤，孝之始也。立身行道，扬名于后世，以显父母，孝之终也。你不肯去，莫非舍不得新婚娇妻？还是她太凶悍，不让你去？"

这顶帽子压下来，蔡伯喈承受不了，非去不可了。于是他回房去告诉赵五娘。

五娘沉吟了一会儿道："这不好吧，你爹只有你一子，怎能不留在身边？我去帮你说。"

"你还是别去吧，他直怨我迷恋你。"蔡伯喈无可奈何地说出委屈。

赵五娘叹了一口气："我是为爹爹泪涟涟，为母亲泪涟涟，何曾想到夫妻情？"说着，说着，她的眼圈儿都红了。

"你赶快擦干眼泪，"蔡伯喈小声地说，"爹妈进来了。"

蔡公蔡婆走进来，后头还跟了一个乡里的张太公。

蔡伯喈一见张太公，连忙打躬作揖："卑人今日远行，家中并无亲人，爹爹妈妈，年老力衰，一个媳妇，只是女流之辈，凡事多烦公公早晚看管。"

蔡伯喈又拉着赵五娘的手："娘子啊，你宁可将我来埋怨，莫要冷落我爹娘。"频频点头的赵五娘早已泣不成声了。

蔡伯喈走了之后，一连三年，音讯全无。赵五娘一方面要成全丈夫之孝，一方面要尽为妇之道，日子过得相当辛苦。蔡婆一天到

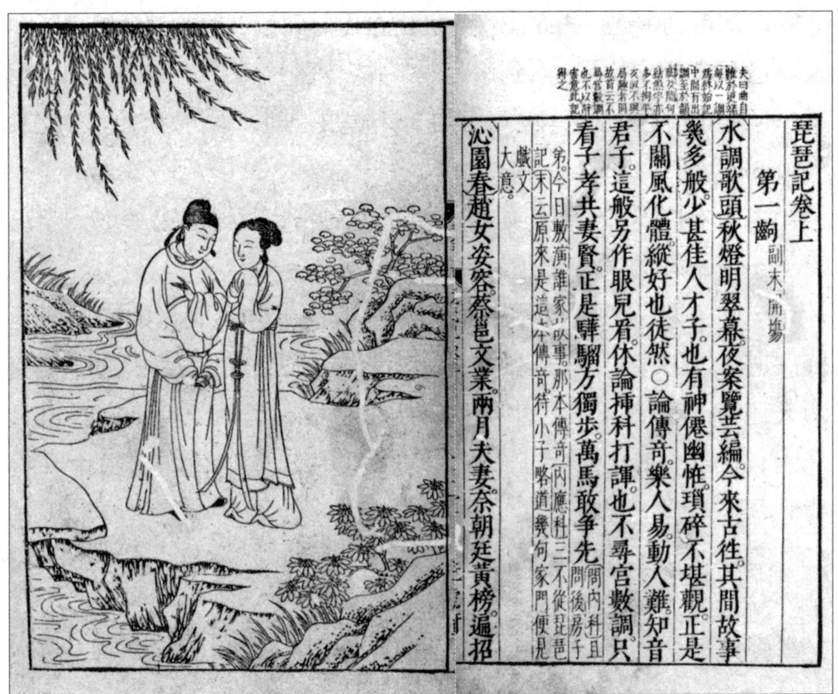
琵琶記卷上

第一齣　副末開場

水調歌頭　秋燈明翠幕。夜案覽芸編。今來古往。其間故事幾多般。少甚佳人才子。也有神僊幽怪。瑣碎不堪觀。正是不關風化體。縱好也徒然。○論傳奇。樂人易。動人難。知音君子。這般另作眼兒看。休論插科打諢。也不尋宮數調。只看子孝共妻賢。正是驊騮方獨步。萬馬敢爭先。（問內科）且問後房子弟。今日敷演誰家故事。那本傳奇。（內應科）三不從琵琶記。（末云）原來是這本傳奇。待小子略道幾句家門便見戲文大意。

沁園春　趙女姿容。蔡邕文業。兩月夫妻。奈朝廷黃榜。遍招

赵五娘送别蔡伯喈，明刻版画。

晚埋怨蔡公，当初不该教孩儿出去，尤其是陈留郡闹饥荒以后，两老更是争吵个不停。

蔡婆终日唠唠叨叨：“老贼，今天咱们没饭吃了，就是他当了状元，于你何事？”

“我是神仙，我怎知会闹饥荒，今天饥荒也是死，被你埋怨也会埋怨死。”蔡公也是一肚子火气。

“哼，他做得官时你做鬼！”

蔡婆愈骂愈难听，赵五娘做媳妇的，夹在中间，左右为难，当务之急是赶紧弄点吃的来救急。

陈留郡开仓赈灾，赵五娘赶着去领粮，谁知里正作弊，仓中无粮，那里的长官命令里正拿自家粮来赔，赵五娘才领到一袋米。

谁知走到中途，里正出现，一把推倒赵五娘，又把粮食给夺了回去。赵五娘难过极了，看到路旁一口井，真想一头栽入井中，一了百了，可是放心不下公公婆婆，正在一筹莫展之时，遇见好心的张太公，赒（zhōu）济了她一点米粮。

由于米粮不够，赵五娘勉强煮了两碗饭，呈给公公婆婆，自己躲了起来，只吃一些米糠苟延残喘。

一向尖刻的蔡婆吃饭时见不到媳妇，十分不满，她横眉竖眼批评道："咱们亲生儿子不在家，看看媳妇怎样供养我们的吧，前两天还有一盘青菜，现在就只有两碗淡饭，怎么吃得下去？再过几天，怕连白饭也没有了，你看看她，每次吃饭就千方百计躲着我们，准是背地里在吃什么好东西，哼！"

蔡公不以为然道："你别冤枉人，我看媳妇儿不是这等人。"

"反正，下次她吃饭，我要瞧瞧去。"

这一边，赵五娘正皱着眉头勉强吃糠，直呕得她肝肠痛，泪珠垂，喉咙哽得想吐，她望着糠，轻声叹道："糠与米，本是两相依倚，一贱一贵两处飞，丈夫，你便是米吗？你在哪儿？奴便是糠吗？奴该如何奉养公婆？"

蔡婆自赵五娘背后窜出，一手叉腰对蔡公道："你看，媳妇果然背着我们在吃好吃的，这个贱人该打！"

等到蔡婆就近一看，原来赵五娘吃的是糠，一阵羞愧涌上心头，忽然昏倒，完全不省人事，就此一命归天。

蔡伯喈与赵五娘

话说蔡婆一命呜呼以后，蔡公也跟着病倒了，赵五娘又忙着伺候汤药。

蔡公面对着好媳妇，万分不忍道：“这三年来亏得你辛苦照料，只恨我当初逼儿子进京赶考，将你耽误，待来生，让我做你的媳妇，报答你的深恩。”

这时，张太公进来探望蔡公的病，蔡公微弱地说：“我不济事了，横竖也是死，张太公，你来得恰好，我托你为证，写个遗嘱给媳妇，我死以后，教她休守孝，早早嫁人。”

赵五娘急着拦阻：“千万使不得呀！自古道，忠臣不事二君，烈女不嫁二夫，我一鞍一马誓无他志。”

尽管赵五娘不眠不休照料公公，蔡公依旧回天乏术，没多久就咽下了最后一口气。此时家中不剩分文，无钱埋葬，五娘只好把头发剪掉，当街叫卖，狼狈极了。

然而，正逢荒年，人们连肚子都吃不饱，谁来买这个？结果还是亏得遇到张太公，赒济她一些钱，勉勉强强为公婆办丧事。

可怜她赵五娘，买了两口棺木，再也没有余钱雇人帮忙，甚至连个锄头畚（bò）箕都没有，她就用十根手指扒土，用裙子装土，折磨得鲜血淋漓，心穷力尽，形容枯槁，就差点没有把自己也埋入坟里。

埋葬了公婆，赵五娘不再有牵挂，她扮成道姑，身背琵琶，上京寻夫，她满腹疑团，不知道蔡伯喈究竟是怎么一回事。

蔡伯喈留京三年，家中一切变故，他是完全不知，原来他一举中第，高中状元，又生得一表人才，连皇帝看了都欣赏不已。

皇帝兴冲冲地问牛丞相："你的女儿嫁了没有？"

牛丞相回答："不曾。"

牛丞相只有一个宝贝千金，才貌双全，温柔贤慧，连皇帝都知道。皇帝笑道："如今蔡伯喈好人物，好才学，你招了做女婿正好，我来做一个媒人。"

官媒到来，蔡伯喈着急万分，辞说家中有白发父母，年少妻室，实难从命。但是紧跟着，宫里的黄门已来宣旨，高声喝道："圣旨已到，跪听宣读。"非要他答应不可。

蔡伯喈打躬作揖，"黄门哥，请你帮忙，我情愿不做官。"

小黄门冷笑道："你这个秀才好不懂事，圣旨也敢违抗，这儿不是吵闹之处。"

蔡伯喈万般无奈，做了牛丞相的女婿，整日闷闷不乐，拉长了一张脸。牛小姐百般讨好，蔡伯喈仍是郁郁寡欢。

牛小姐百般不解道："你本是草庐中穷秀才，如今做了汉家梁栋材，为何一天到晚锁了眉头，唧唧哝哝不开心？"

蔡伯喈见牛小姐倒是一片真心，便把心中的愁苦一五一十全盘托出。

牛小姐叹了一口气道："原来如此，我去对爹爹说，我同你一块回家便是。"

于是牛小姐立刻向牛丞相求情，牛丞相大摇其头："你是香闺艳质，何必去侍奉田舍翁，又何必顾他的糟糠妇？"

"他终日凄惨，我看了舍不得。"牛小姐坚持要去。

"你听丈夫的言语，却不听我说，这个小妮子好痴迷。"

最后，父女双方各让一步，派人去陈留郡把蔡伯喈的父母妻子接来京师。

明人演奏《琵琶记》，近人绘。

话说，赵五娘到了京师，借住在一间破庙里，原想唱几支曲子，化几文钱，祭拜公婆，没想到遇到两位疯汉，钱没拿着，只好把公婆的画像挂了起来，祭拜一番。这时来了一名官员，五娘急急回避，把画像也留了下来，这官员正是蔡伯喈，见到父母画像大吃一惊，带回去挂在书房。

牛小姐盼着公婆早日到来，准备找几个精细的妇人供使唤，恰好找到赵五娘，一番盘问之后，牛小姐知道是蔡伯喈的妻室，大喜过望，帮她换了衣裳，先在牛府住下，并且亲自为她打扮梳洗。

牛小姐好心道："姐姐，不是我非要你换衣裳，你这般褴褛（lán lǚ），怕伯喈羞不肯认你，伯喈平日好看文章书史，你不妨写几句言语打动他。"

五娘到了书房，看到公婆画像挂在墙上，百感交集，在画像后面提了一首诗，果然，伯喈发现了诗，大惊失色："夫人，谁进了我书房，墨迹未干。"

牛小姐引出了赵五娘，夫妻相见，恍如隔世，问明原委之后，蔡伯喈又惭愧又感动道："娘子，你为我辛劳，为我烦恼，谢谢你送我爹，送我娘，你的恩惠我该如何报？"

待派去接伯喈双亲的李旺到了陈留郡，只见两座孤坟。张太公听说蔡伯喈中了状元，气得大骂他"生不能养，死不能葬，葬不能祭"。李旺赶紧为蔡伯喈解释道："相公辞官辞婚，皇帝不从。只怪他爹娘福薄，他也曾捎过书信回家，却被捎信的人给骗了，一切都是命。"

最后，蔡伯喈带着两位夫人回乡扫墓，牛丞相向朝廷奏报一门孝道，一来伯喈不忘其亲，二来赵五娘孝顺翁姑，三来牛小姐成人之美。皇帝颁旨，蔡家一门旌（jīng）奖，传为佳话。

赵五娘遂成为中国旧社会中理想女子的代表，她对公婆、对丈夫、对后妻，忍受无穷痛苦，没有一句怨言，她活着，完全为别人，即使连最初舍不得丈夫离开的想法也不敢有，她没有能力，饱受欺负，含冤莫辩，以泪洗面，仿佛活着就为了忍受折磨，标标准准小媳妇小可怜模样。

赵五娘型的苦旦，在中国戏剧史上，占有重要的一席，这份无怨无悔的牺牲精神，随时代的演变已不容易再现了。

创立补土派学说的李杲

元朝政府特别重视医术，所以无论中央与地方都设有医科专门学校，一般医学普遍发达，其中又以李杲（gǎo）与朱震亨最为著名，我们先介绍李杲的小故事。

李杲是元朝初年真定地方人。李家是当地的望族，方圆数百里都是李家的产业，势力之大，无与伦比。

李杲生下来就聪明伶俐、讨人喜欢，加上家境富有，全家上下就差没把天上的星星月亮摘下来让他玩儿。

由于李家藏书丰富，李杲自幼得以博览群籍，很奇怪的是，他独独对医学的书感兴趣，有时，家人生病，他滔滔不绝讲出一套医理，甚且还会开方子。家人只当李杲是好玩，等到请了大夫来，大夫所讲的，竟然与李杲不谋而合，李杲的父母亲真是大吃一惊。

于是，李家上上下下都忙着为李杲搜集各类医书，只要听说哪一本书不错，必然千方百计弄了来。

可是，正如同孔老夫子所说的："学而不思则罔（wǎng），思而不学则殆（dài）。"李杲尽管再用功，一个人闷着头研究，既无老师请益，又无同学切磋，他在书本上遇到难题之时，只好对着天花板发愣，一筹莫展。

李杲不止一次央求父母："我真需要一个好老师。"

李家父母为着栽培这个宝贝儿子，实在煞费苦心。李杲本身程度不错，而且颇有见地，随随便便找一位老师，还罩不住他哩。

经过了多方拜托，四处打听，终于找到了名医张元素，也得到了他的首肯，答应收李杲这个徒弟。

李杲大喜过望，立刻捐了一千两银子，作为礼聘。从此以后，原本养尊处优的富家子弟，乖乖地背着药箱，跟着张元素南北奔波，学习望闻问切的医理，自切脉到配药，一件一件从头学起。

张元素的崛起，有一段有趣的经过。话说张元素原本中过进士，因为犯了错被除名，于是改行行医，却始终庸庸碌碌，颇不得志。

有一回，名医刘完素得了重病，奄奄一息，眼看着不久于人世，许多医界同行都去看望最后一眼，张元素反正闲着也是闲着，跟着去凑个热闹。

刘完素医术高明，脾气却恁（nèn）大，医学界流行他许多传闻，说是刘完素早年潦倒，曾经碰到一位道士，道士指引他："你如果遇见一个牛上屋、车上树的地方，你就发了。"

刘完素半信半疑，继续流浪。后来，他到了一处田庄，抬头一望，看到牛在地窖顶上吃草，树上又挂着废弃不用的纺车，他心忖，莫非这就是"牛上屋、车上树"之地，于是，刘完素便定居下来，研究医理。

在《方技传》一书之中，且曾记载，刘完素偶然喝了仙酒，在烂醉之中，仙人悄悄教了他医术，酒醒之后，刘完素医术大进，具有"左右逢源，百发百中"的独门本事。

传闻当然不可尽信，总之，刘完素医术精湛，而且自视极高。现在他得了自己也不能治的疾病，心中自然十分悲伤。悲伤固然悲伤，他的架子还是挺大的，见到张元素，瞧不起他默默无名，竟然把脸别过去对着墙，睬也不睬。

张元素见刘完素头痛，呕吐，脸色惨白，不能进食，推断他必定是得了伤寒，不由分说，拿起刘完素的手，切脉之后，留下方子，飘然而去。

刘完素的家人，不理会刘完素的抗议，拿着方子，配好药，硬把它灌到刘完素的嘴里，服了一帖之后，刘完素头不疼了，也不再呕吐，再服一帖之后，霍然而愈，直嚷着肚子饿要喝粥。

如此一来，张元素声名大噪，妙手回春治愈名医，张元素自然而然成为另一个名医了。

言归正传，李杲得到良师指点之后，医术大为精进，许多疑难杂症，他都有办法药到病除。

李杲极有医德，他因为家境富有，不用靠行医为生，凡是找上门来的，他一律分文不取。如此一来，反而害得老实的乡下人不好意思前去打扰，除非是其他医生束手无策，否则不会前来“初诊”。

不过，如此清闲倒也不坏，李杲得以有更多时间，专心钻研医理，发明了补中益气，升阳散火的补土派，写了《脾胃论》、《内外伤辨惑论》等书。

李杲到了晚年，想找一个衣钵传人，他倒不像他的老师张元素，想收一大笔学费，他是真正希望培养医学人才。

寻寻觅觅许久许久，他终于找到一个名叫罗天益的年轻人，极有抱负，一心救人济世。

李杲遂毫无保留地倾囊相授，他不但不要罗天益的学费，由于罗天益家境清贫，生活困难，这位做老师的甚且为他负担家计，好让罗天益专心向学。

后来，罗天益果然不负李杲厚望，也成为一代名医，悬壶济世。

朱震亨创立滋阴学说

除了李杲之外，元朝最著名的医学大师该算是朱震亨了。他的医学发明，不但影响中国，并且远播日本，一直到今天，日本医学界还成立有“丹溪学社”（朱震亨号丹溪），尊他一声丹溪翁。

朱震亨之所以会走上习医这条道路，主要是因为母亲的一场大病，把朱家上下急坏了手脚。

朱家是富贵人家，舍得花大钱，请良医。但是上门的郎中有的态度倨傲，有的专门敲竹杠，最让人伤心的是医德太坏，对病患没有一丝一毫的同情心。

朱震亨眼看着母亲一天天消瘦、脱发，辗转病倒，苦不堪言，在庸医胡搞乱整之下，病情一天比一天恶化，他真是心如刀割。

在心情恶劣的时候，亏得身旁有位许老师多方开导。许老师学问道德都是一流，尤其对周敦颐、朱熹等人的学问，彻底下过一番功夫，他很爱护朱震亨，视之为不可多得的得意门生。

由于牵挂母亲的疾病，朱震亨不免荒废了功课，许老师也不责备他，总是体谅地说：“这是人子应尽孝道的时候。”

过了没多久，朱母一命归天，朱震亨哭得死去活来，偏偏祸不单行，年轻力壮的许老师也病倒了！

于是，朱震亨又衣不解带地伺候老师，照料汤药。一连换了几个大夫，也看不出个所以然来，朱震亨在旁干着急也没用。

最后，许老师也撒手归西，临终之前，他还拉着朱震亨的手，勉励他："用功读书，早日进京赶考，光耀门楣。"

一连经过两次严重的打击，朱震亨神情恍惚，而且心有未甘，他总觉得，若不是庸医误人，他亲爱的母亲，尊敬的良师，都会依然健在。

朱震亨慨叹道："为人子者，能不知医，而将父母之疾，委托于他人之手吗？"

他一火之下，把准备应试的科举经典统统烧光，立志发愤习医。

在中国古代，读书人略通医理，被称之为儒医，极受敬重，但是职业医生，却被人们瞧不起，与江湖术士差不多。

朱家上下一心巴望朱震亨高中进士，光耀门庭，他竟然准备放弃仕途，这真是非同小可，纷纷劝道："你学问这么好，十年寒窗无人问，一举成名天下知，何苦放弃呢？"

朱震亨早把名利看开了，他坚决地说："人生在世，只要精通一门学问，为社会尽一分力量，何必非要猎取高官厚禄呢？"

立定决心之后，朱震亨把整个人埋进医学经典之中，一埋就是整整十年，愈读愈深，他脑子里的疑问也愈多，真是所谓"学然后知不足"。

古代没有医学院，朱震亨想要拜师学艺，只有自己想办法，他听说杭州有位罗知悌（tì）医师，不论理论经验都很在行，立刻满怀热忱前往杭州。

岂料罗知悌性情高傲，根本没打算收弟子，给朱震亨吃了个闭门羹。朱震亨却是个不死心的人，每天一大早，天还没亮，他就恭恭敬敬守候在罗家门口，只要远远见到了罗知悌，他就一个箭步向前，长长一作揖，诚诚恳恳地自我介绍："在下朱震亨，久仰先生大名，想拜在先生门下……"

话还没说完，罗知悌就一摆手，扬长而去，留下朱震亨一人目瞪口呆。

虽然接二连三被浇了冷水，朱震亨倒是不灰心，他记得许老师在世之时，曾经说过一个“程门立雪”的故事。

宋代大儒程颐有两位弟子来访，谈完之后，老先生累了，开始闭目养神，两位弟子既不敢吵醒夫子，也不敢不告而别，就这么呆呆地罚站，一直从中午罚站到晚上窗外大雪纷飞，他两人冷得瑟瑟发抖。最后，程颐终于慢悠悠地睁开了眼睛，发现他们仍然杵在这儿，吩咐道：“贤辈尚在此乎？天已晚，回去休息吧！”

这两位学生要走之时，两条腿冻得又僵又麻，待走出门，方才发现，屋外积雪已经深达一尺。以后，“程门立雪”便成为用来形容师道之严，以及学生对老师尊敬的成语。（详见《吴姐姐讲历史故事·程颢与程颐》）

朱震亨拿出程门立雪的功夫，天天自动罚站，最后，罗知悌终于被他的磨功感动，对他说：“好吧，我收你这个徒弟。”

等到罗师开讲，他讶然发现朱震亨根柢（dǐ）极佳，下过一番自修功夫，大有“得天下英才而教之”的兴奋，把自己所知一五一十全传授给朱震亨。

朱震亨虚心向学，潜心研究，创出独特的“滋阴学说”，主张清心寡欲，轰动一时，朱震亨不但懂生理学，也注意到心理学。

有一回，朱震亨出诊，遇到一位女子不吃不喝，不言不语，骨瘦如柴，看遍了医生都束手无策。

朱震亨了解病情之后，忽然间，对这名女子，左右开弓，狠狠打了几个耳光，并且大声责骂，这名女子无端受侮，委屈得嚎啕大哭，这放声一哭，郁闷一解，竟然不药而愈。

朱震亨解释道：“她一定是害了严重的相思病。”果然，这名女子的丈夫外出，久久未有音讯，害她得了病。

朱震亨的名著很多，如《格致余论》、《局部发挥》，并且把《太平恶民和济局方》中的错误一一纠正，丹溪学派不但影响后世，更在日本大放异彩。

黄道婆改良纺织技术

黄婆婆，黄婆婆，
教我纱，教我布，
两只筒子两匹布。

这是松江乌泥泾镇（今上海华泾镇）人民长期传诵的一首歌谣。歌谣中的黄婆婆就是元朝著名的纺织家黄道婆。

黄道婆有一段辛酸坎坷的故事。

她生于宋朝末年，小的时候，一个人在家门口玩耍，遇到陌生人对她说："小妹妹乖，你母亲在田里，要我带你去找她。"

她傻乎乎地跟了去，结果没找到妈妈，却被拐骗到了上海，卖给乌泥泾的黄家当童养媳妇。

黄家公婆见她瘦瘦小小，营养不良的样子，颇不满意。骗子说："你们别嫌她模样儿不怎么样，很会干活的。"

于是，黄道婆立刻被差遣到田里帮忙。乌泥泾是上海附近一个不起眼的小镇，居民以种田为生，由于土质贫瘠，再怎么努力，收成总是不好，由于环境恶劣，一般民众的情绪欠佳，经常愁眼相向。

黄道婆的公公婆婆是标准的"贫贱夫妻百事哀"，一天到晚牛衣对泣，现在花了银子买了黄道婆，不但要把投资成本赚回来，而且把生活中的怨气，全部发泄到黄道婆身上。

黄道婆白天耕田，晚上纺织，揽下了家中所有粗重的活儿，还是得不到公婆的喜欢。过了几年，草草成了亲，又常被丈夫拳脚相向，打得鼻青眼肿，不成人形。

在一个冬天的夜晚，黄道婆做完了晚饭，突然之间，眼冒金星，天旋地转，身子一歪，直直倒了下去。

她婆婆一看就火了，立刻走上前去，踹了她两脚："干嘛装死，是不是要我帮你洗碗，哼！"又猛揪黄道婆的头发，黄道婆实在是病了，连呻吟的力气都没有。

"你不想吃饭，就把你关入柴房饿死你！"她婆婆说到做到，当真把黄道婆关入柴房。

黄道婆虚软地躺在稻草上，老鼠蟑螂在身上爬来窜去。她回想这几年的非人生活，痛苦失望的婚姻，真恨不得一头撞死。"不然，不然就只有逃出去了！"黄道婆灵光乍现，在黑暗中摸到一把铁锹，在墙脚下挖了一个洞，奋力地钻出去。

为了惟恐婆婆发现，黄道婆一路没命地逃跑，一直跑到了黄埔江边，想也没多想，躲入了一条货船之中，疲惫地睡着了。

等到她睁开了双眼，才发现船开了，四周汪洋一片，她十分惊慌，定睛一看，十来个水手正惊异地望着她。

黄道婆流着眼泪，一五一十诉说了偷上船的原因，并且保证："请可怜可怜我，我可以帮各位烧饭洗衣。"当天中午，黄道婆就表演了一手烹调功夫，她的葱烤鲫鱼、上海菜饭都做得极为道地，水手们吃得碗底朝天，赞不绝口。

船到崖州（海南岛的海口市），黄道婆挥别水手，上岸讨生活。崖州居民原先不肯理会这个陌生女子，黄道婆也不灰心，主动帮忙种田，久而久之，和人们熟稔（rěn）起来。

黄道婆当初在家乡也织布，到了崖州地方，她发现那里虽然生产落后，织出来的布可是漂亮极了，不但花样繁多，而且还可做被子，她简直被这五颜六色给迷住了。

由于崖州盛产棉花，崖州的黎族人民，设计研究出包括轧棉籽、纺、织、染等一整套生产工具，难怪织出来的布不同凡响。

黄道婆心细手巧，而且具有研究精神，她每天晚上研究黎族人的织布工具，尤其是弹棉花的“绵弦竹弓”，经过两年的反复试验，把器具加以改良，使得织出来的布更加美观，而且速度加快，崖州人反而转过来向她请教了。

俗话说：“光阴似箭，日月如梭。”梭本是织布用的器具，黄道婆每天忙着纺纱织布，日子过得相当踏实，转眼之间，她已在崖州待了三十多年。她的收入颇丰，每天穿着自己设计花样的漂亮衣裳，干练而神气，再也不是当年任人欺凌的童养媳了。而且崖州居民不少人因她致富，对黄道婆十分尊敬，使她精神上相当愉快。

不过，黄道婆仍然时常想家。有一天，她偶遇家乡来的布商，

纺织图，宋王居正绘。

便收拾行李，带着纺织工具，光光彩彩衣锦还乡。

当黄道婆重新踏上乌泥泾镇的土地时，她有恍如隔世之感，乌泥泾依旧贫穷，落后，一成不变。黄道婆却成了干练的贵妇人，没有人认得她是黄家的童养媳。毕竟中间相隔了三十年，且改朝换代到了元朝。

黄道婆大可以安安稳稳过着丰足的日子，但是她已经深深地爱上了纺织，她自画草图，找来工匠，制造了铁杖的轧花车，代替了手工剖棉籽，又用四尺长的大弓（以往都是一尺四寸），配上粗弦线弹棉花，更设计了脚踏纺车，代替笨重的手摇车。

黄道婆还把崖州农人种棉的方法，教授给家乡乡民，并且告诉大家如何设计团凤、棋局、图案的花样，一时之间，远近轰动，特别是“乌泥泾被”全国知名，谁家的新娘子拥有一床“乌泥泾被”可是相当露脸的事。

一传十十传百，小小的乌泥泾因织被而出名，也为落后的小镇走出了贫穷，更为整个江南创造了纺织业的不朽根基。黄道婆死后，当地人为了纪念她，还建立了“黄娘娘庙”，早晚祭拜。

路是人走出来的，一点也不错，黄道婆由一个小媳妇到成功的企业家，就是最佳例证。

天文水利学家郭守敬

郭守敬，字若思，他是元朝著名的科学家，在天文学与水利方面成绩卓著。英国出版的《大英百科全书》曾经专文介绍，郭守敬所创制的天文仪器，比起丹麦天文学家弟谷的同样发明，还要早了三百多年。

郭守敬的祖父郭荣是一位精通数学与水利的学者，他非常疼爱这个孙子，自小带在身边，郭守敬喜欢发问，对什么都有强烈的好奇心，郭荣就一一给他讲解，祖孙二人其乐融融。

有一天，郭守敬提出一个问题，竟然把爷爷考倒了，郭荣非但不以为忤，反而十分高兴道："敬儿，看来你的确有点天分，不妨可以请爷爷的好友刘秉忠教教你。"

刘秉忠擅长天文地理，他与张文谦都是元世祖忽必烈最赏识的学者。

郭守敬自从拜刘秉忠为师，每天在刘宅东摸摸西看看，觉得有意思极了。刘秉忠也十分喜欢这个小神童，耐心为他讲解许多原理。

某日，刘秉忠在翻书，郭守敬挤在一边看。忽然间，郭守敬看到一张图片，非常有趣，指着图片问："这是什么？"

刘秉忠回答："这是莲花漏，宋朝用来标示时刻的。"

"现在还有吗？我想看一看真的莲花漏。"

"经过战乱，早已找不着了，敬儿，你用脑筋想一想，看看能否了解莲花漏的原理。”

刘秉忠教导郭守敬的方式，是训练他的思考能力，他不喜欢传统的教学完全是老师怎么说，学生怎么听的刻板方法。

郭守敬就双手捧着书，一眨也不眨地仔细研究起来。

过了一个时辰，郭守敬高呼：“刘爷爷，我懂了。”

“那你说给我听听。”

郭守敬开始滔滔不绝讲述原理，他一边说，刘秉忠一边频频点头，然后又忍不住摸郭守敬的头：“你这个小脑袋好灵光。”

接着，刘秉忠又补充郭守敬所遗漏的，并且指出莲花漏的缺失。

郭守敬回家以后，朝思暮想全是莲花漏，他竟然自己制造了一个莲花漏，制作过程之中，他爷爷郭荣也提出改进意见，祖孙俩像玩玩具一般，快乐极了。

当郭守敬把崭新的莲花漏放在刘秉忠桌上时，刘秉忠还真是吓一大跳。计时的结果，竟然相当准确，刘秉忠说：“你这个新的莲花漏，该起一个新名字。”

“那么，我们叫他宝山漏壶如何？”

“好啊！”刘秉忠拊掌大笑。

从此以后，宝山漏壶就安放在刘秉忠的茶几上，忠实地负起计时的重责大任。刘宅的客人见到无不众口交赞，刘秉忠便很得意地介绍自己的忘年之交郭守敬。

其中尤其是张文谦，因为本身是这方面的专家，特别对郭小朋友另眼相看。郭守敬又多了一位前辈指点，更是进步一日千里。

到了郭守敬三十岁左右之时，张文谦把郭守敬郑重推荐给元世祖忽必烈，忽必烈于是询问郭守敬对水利方面的意见。

郭守敬主张把北方的河道，彻底修浚，忽必烈十分支持，郭守敬于是担任了都水少监，在修浚和扩建西北河套平原灌溉沟渠，以及增辟大都水源，开凿通惠运河上面，都有极大的贡献。

到了元朝统一中国，忽必烈想颁一个新的历法，他想起郭守敬对天文的造诣，把他调回京师，负责修订历法。

郭守敬，佚名绘。

忽必烈对郭守敬说："现在的历法年久失修，发生了许多节气错差，日月食不准的弊端，你要好好修订。"

郭守敬回答："要求历法精确，必须加以测验，要求测验精确，必先制造改良各种天文仪器，然后根据天文学理，仪器实地观察测验的结果，才能制成正确历法。"

当时各地的浑天仪，年久失修，早已成了一堆破铜烂铁，根本不能使用，郭守敬反复研究，制造了简仪、高表、候极仪、浑天象等十三件精巧的天文仪器，并且在南海、成都、南京等地设置了二十七处观象测验所，并且在大都的城东，设计了一座天文台，里面陈设了各种天文图书，是当时世界上设备最完善的天文台。

天文台成立以后，郭守敬着手观测天象，他在1280年完成了一部新的历法，名为"授时历"，确定一年为三六五点二四二五日，比起地球绕日公转一周的实际时数，只差了二十六秒，与世界公用的公历“格里历”完全相同，但是格里历比起“授时历”整整晚了三百年。

自从郭守敬的授时历颁行之后，直到元朝末年八十几年间不曾改变，并且八十几年间时历不曾有过差错。后来到了明朝所颁行的大统历，其名称虽异，内容完全与授时历一样，直到明亡，又继续用了两百七十年之久。

此外，授时历对节气的推算正确，对农业生产帮助很大，所以朝鲜、越南都采用过这部历法。

王祯制造农业机械

元朝起自塞外，原以游牧为本，还曾经有意铲平农田当猎场。但是入主中原以后，受到中原学人的影响，也颇为重视农业，对提倡农耕不遗余力。

元世祖忽必烈屡次下诏："国以民为本，民以食为天，衣食以农业为本。"并且派遣十道劝农使下乡，亲历原野，督导农耕，并且设置"都水庸田使司"掌管南方种植稻田之事。此外又组织农民建立农社。

虽然，元朝的农耕并没有因为蒙古人的统治而受到摧残，但是，元朝的农民也和中国历朝历代的农民一样，过着清苦日子。王祯（zhēn）就是因为不忍见农民辛苦，起了研究农业改革的念头。

王祯是元朝山东东平人，年轻时代，曾经担任过两任县官，一是宣州旌（jīng）德（安徽省旌德县）县尹，一是信州永丰（江西省广丰县）县尹，他是亲民爱民的父母官，很希望为当地民众多做一些事。

王祯发现，中国的农民朴实憨厚，诚恳努力。可惜多半都是文盲，完全不懂得农业知识，也从来没有想到开发研究，只知道死守老祖宗遗留下来，不见得正确的老法子依样画葫芦，所以永远生产不丰，若是遇到干旱荒年，日子更是艰苦。

基于一份悲天悯人的同情心，王祯开始研究农业，他自掏腰包买了树苗与棉籽，免费送给农民，并且教导种植的方法，农民有了收成，赚了钱，对这位新任县官另眼相看，也有了信心。

在乡村里，粪便是很珍贵的肥料，但是粪便非但不卫生，而且数量有限，许多农田，因为一年一年的耕种，早已失去了养分，逐渐地龟裂，农民只有干着急。

王祯决心在粪便之外，另外找寻代用品，他朝思暮想，反复试验，证明了把田野间野草拔除之后，埋在土壤里，让它自然腐烂成为绿肥，与粪便有同等功效。

王祯把研究成果欢喜地告诉农民，大家的反应却是呆若木鸡，无动于衷，最后不忍拂逆县老爷的好心，加上野草也不用花钱，不妨一试。试验的结果，这种草肥还真的不比粪便差，纷纷奔走相告，翘起大拇指夸赞："王县官，有一套！"

王县官受此鼓励，大为振奋，继续动脑筋、想问题。

农业一向是靠天吃饭的，当老天爷不下雨的时候，农民只好望天兴叹了。

王祯搬出许多古籍，希望在里面找一点资料，皇天不负苦心人，终于让他找到了一些早已失传的古代机械图。他大喜过望，成天泡在这些图片之中，并且加以改进，设计了新的"高转筒车"、"水转翻车"、"水转高车"。

"水转翻车"是以水力为动力，由一套复杂的机械装置组合而成。当水冲击立轴下面大卧轮的时候，卧轮上面的大齿轮同时运转，并且拨动水平轮轴上的小齿轮，如此连续刮水而上，节省了人力、畜力。

王祯对自己的这种发明很是得意，他形容道："水转翻车，日夜不息，绝对胜于人力、牛力，此诚秘术也。"

乡下人也把水转翻车当做魔术，啧啧称奇，王祯更是打铁趁热，研究出"水轮三事"——磨面、舂（chōng）稻、碾米"一机三用"，使水轮有更多的使用功能。

曾有人劝王祯道：“这是你辛苦研究的成果，应当传媳不传女，小心藏妥秘方。”

王祯却慷慨地回答：“中国的祖传秘方观念，使得多少好发明流失了，我辛辛苦苦研究的目的是为了造福民众，不是为子孙后代谋利。”

据说，王祯在江西制作的“水转连磨”，一天加工的粮食可供一千户人家使用。天旱的时候在大轮周围安上水桶，可以“昼夜溉田数顷”，此外，他还发明了木棉弹弓、木棉缆车、木棉纺车，不仅运用了杠杆、滑车、轮轴原理，并且使用绳轮、曲柄、变速机械，由此可见，王祯对机械原理颇有造诣。

王祯由研究农具，进一步对印刷技术发生了兴趣。我国自从北宋毕昇发明胶泥活字以后，印刷技术大幅跃升，然而胶泥活字“难于使墨，率多印坏，所以不能久行”。为了克服这个困难，王祯用硬木刻成活字，分别放入“转轴排字盘”，约有三万个左右的常用字。

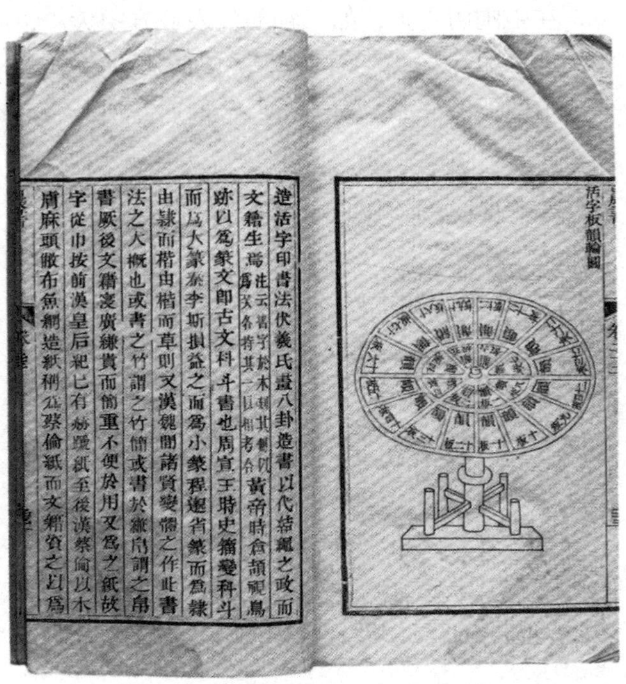
造活字印書法伏羲氏畫八卦造書以代結繩之政而
文籍生焉注云書字於木刻其側爲契各持其一以相考合黃帝時倉頡視鳥
跡以爲篆文即古文科斗書也周宣王時史籀變科斗
而爲大篆秦李斯損益之而爲小篆程邈省篆而爲隸
由隸而楷由楷而草則又漢魏間諸賢變體之作此書
法之大概也或書之竹謂之竹簡或書於縑帛謂之帛
書厥後文籍寖廣縑貴而簡重不便於用又爲之紙故
字從巾按前漢皇后紀已有赫蹏紙至後漢蔡倫以木
膚麻頭敝布魚網造紙稱爲蔡倫紙而文籍資之以爲

王祯《农书》当中的转轴排字盘，清刻本。

拣字工人坐在两个轮子之间，只要转动轮子，就可以很方便地取出所需的活字。大德二年（1298 年），王祯用这种新方法，印行了他所主编的《旌德县志》，不到一个月，印好了六万字，真是一大创举。

王祯一生最大的成就，是花了十七年的工夫，写了一部十四万字的《农书》，共计三十七卷，插图三百零六幅，其中包括了《农桑通诀》——记载垦（kěn）耕、播种、施肥、灌溉、收获、植树、饲养家畜、栽桑养蚕；《百谷谱》——叙述谷物、蔬菜、瓜果、竹木、棉麻的性能与栽培方法，以及《农器园谱》——介绍农业生产工具、农业机械，并且把一百多种机械一一绘成图谱，附注使用方法。图文并茂，体例完整，书中涉及的地域包括南北方十七个省区，可见工程之浩大，用心之良苦，《农书》真是中国农业史上一部伟大的著作。

在中国历史上，如王祯般的农业专家太少，所以一直到今天，中国许多地方农业依然落后，人民依然清苦。

中国古代重视人文精神，强调人的重要，贬低物的价值，因此科学研究只限于“点”，无法发展为“面”，当然，缺乏智慧财产权的观念，也是“聪明”的中国人懒于多思考、多发明的原因之一。

朱思本绘制地图

元朝是中国历史上版图最大的朝代，尤其在元世祖忽必烈建国之初，版图之大，国威之盛，如日中天，正是蒙古大帝国的全盛时代。

由于拥有广大而统一的版图，再加上交通便捷，中外联络频繁，很自然地，为地理学提供了一个良好发展的环境。

在统一中国以后不久，忽必烈就派遣招讨使都实，佩金虎符，前往探究黄河的源头。

“古老的东方有一条河，它的名字就叫黄河，遥远的东方有一群人，他们全都是龙的传人。”正如《龙的传人》这首歌中所描述的，黑眼睛黑头发黄皮肤的中国人，自古就在黄河这条巨龙脚下生活，对黄河充满了好奇、崇拜与惧怕之情，黄河的发源地，自古以来就有种种不同的传说，其间包含种种不同的神话。

汉朝张骞出使西域，他说他曾经亲眼看见二水交流发源于葱岭，经过于阗（tián），汇为盐泽，然后，伏流千里到积石山再涌出。这不过是代表西域一种神话式传说，西域遥远，一片荒漠，一般人也没法求证。

到了元朝，整个黄河流域都纳入元朝的版图，忽必烈于是展开大手笔的“穷探河源”之举。

被忽必烈任命为招讨使的都实是女真人，精通数种语言，他与他弟弟阔阔出结伴而行，自河州出发，历经四个月，终于发现河源。他形容河源有泉水百余处，面积范围有七八十里，站在高山远远望去，如同一片星宿，故名火敦诺尔（蒙语），后来，朱思本用汉文译出，取名为星宿海，这就是今天我们一般地理书中所记载的“黄河发源于青海巴颜喀喇山之星宿海”的由来。

朱思本是元朝杰出的地理学家，值得介绍。他是江西人，从小喜欢读书，也喜欢学道，于是前往龙虎山拜师求艺，长大以后，当了道教法师，住在大都。

龙虎山地势险要，许多刚入山的小道友经常会迷路。朱思本可不一样，他自幼方向感特别灵敏，曾经去过的地方闭上眼睛也不会走错。他最喜欢画地图，画得又快又好，扼（è）要清楚，每次他当小老师，指着地图讲解之时，连围观的大人也自叹弗如。

朱思本对地理发生兴趣以后，开始积极找地图来研究，他发现晋朝人裴秀画的地图相当准确。裴秀是以计里画方的法子，在图上先打上方格子，每个方格代表一定的里程，看去一目了然。朱思本也学着画，常常画到三更半夜，仍然舍不得去睡觉。

朱思本最不欣赏宋朝人画的地图，粗枝大叶，潦潦草草。也许宋朝人强调修身养性，倡导性理之学，道学先生偏好性灵，对讲求实际的地理不发生兴趣。

朱思本画地图可是一板一眼，丝毫不马虎，他先参考一切有关书籍，然后实地考察。

由于他是道教法师，常常奉旨赴外地祭拜山岳河海，足迹所至，包括今天的河北、山西、河南、安徽、浙江、江西、湖南等，凡是有朋友到京师，他都不厌其烦请教山川险要，城邑沿革，地方风俗。

至于他没有亲自去过的东南一带及沙漠附近，他宁可让它空白，也不愿意拿着其他人的图，随随便便照着描绘，可谓相当具有学术良心，耻于抄袭。因此，朱思本自信十足地表示：“其间山河交错，城连径属，旁通正出，布置曲折，靡不精到。”

朱思本的《舆地图》完成之后，献给皇上，圣旨命令把《舆地图》刻在石碑上，放在宫中三华院中。原图现已不存，但是，明朝罗洪光曾仿照《舆地图》绘成《广舆图》。后来意大利传教士曾经根据《舆地图》绘制《中国新地图集》，于 1655 年在阿姆斯特丹出版，被誉为“西方中国地理学之父”，追根究底，应该感谢朱思本。

除了朱思本，还有一位李泽民在地理学方面也占有一席之地，尤其他曾参考阿拉伯地理学，使得他绘制的地图更加精确。

特别值得一提的是李泽民所画的《声教广被图》中，已把非洲画成了三角形，而且明显地标出了非洲最南端的尖角。可是在现存的欧洲与阿拉伯的地图中，能够画出非洲最南端的，最早的记载是 1453 年弗拉·毛洛的地图，比起李泽民要晚了数十年，因此，有人怀疑，莫非在元朝已有中国人到了非洲南端。

另外，忽必烈曾命扎马拉丁编纂（zuǎn）《大一统志》，记载全国各地的地理情况。大德七年（1303 年），又完成《地理图志》，这是一本中国最早的彩色地图。

中国人很早就了解地理的重要，也很重视地理学。至少在大禹时代，大禹治水就必须研究山川地形。相传《尚书》中的《禹贡篇》便是大禹制定九州贡法，详细区分各区域山川道里的远近及物产状况和贡赋等级，所以称之为禹贡。可惜到了汉代以后，独尊儒术，讲究经学，一切与儒家思想无关的学问被冷落了，因此在中国历史上，间或出现一两颗闪亮的地理学之星，却没有完成有系统的地理学。

不过，正如同罗兰女士说的：“地理是家业，历史是祖先，中国人欣赏自己的地理，敬爱自己的历史，中国人对地理历史的看法，也和其他国家有所不同，简单说来，他们不属于知识，而属于感情。”

无论如何，史地不分家，喜欢历史的读者，如果去内地观光，一定能体会“脚下踩的是地理，眼睛看的是历史”的深刻感受。

佛寺经营高利贷

元朝是继唐朝以后，中国宗教最为自由发达的时代。

蒙古人与契丹女真一般，最初都是信仰一种原始的萨满教，也就是巫教。凡是疾病、凶灾，一切的国家大事，都要请教巫师。巫师是神与人之间的代言人，挟“神”自重，地位不同凡响。

巫师占卜的方法，是拿一块羊骨，下面烧火，再用铁锥刺羊骨，依照上面的纹路，推断吉凶，一如现在乩（jī）童猜六合彩的明牌，算不得准。

蒙古人占卜的方式和殷商时代用龟甲占卜差不多，可见早期蒙古人的思想文化还是停留在上古阶段，所以建立元朝之后，特别容易接受迷信色彩浓厚的道教和喇嘛教。

西藏喇嘛教是佛教的密宗。当元世祖忽必烈进攻西藏之时，颇得力于西藏喇嘛的望风合作。忽必烈见西藏一带，地广而形险，民勇而好斗，他心想，若要征服西藏，非要借重宗教力量不可。

无巧不巧，此时正好有一个西藏的活神仙八思巴前来谒（yè）见元世祖。八思巴在七岁的时候，便能背诵佛经十余万言，西藏人把这位天才儿童称之为“圣童”或是“圣僧”。

圣僧前来谒见元世祖时，也不过只有十五岁，眉清目秀，很有点仙风道骨，世祖一看就喜欢他。以后，不但尊之为“国师”，且请他制定蒙古国学，喇嘛教也在无形之中，成为蒙古的国教了。

由于元世祖对喇嘛教的崇敬，定下一个规矩，凡是皇帝后妃太子

八思巴谒见元世祖忽必烈，西藏自治区日喀则市扎什伦布寺壁画。

公主统统都要接受国师的戒教，向国师行膜拜之礼，甚且皇帝上朝之时，文武百官一律罚站，惟有国师有专门的座位，可见威风之一斑。

中国固有佛教，讲究和尚四大皆空，喇嘛则是标准的酒肉和尚，吃肉喝酒，妻妾满房，而且拥有大批财产，不但有土地、山林、果园、池沼、田舍、船只、车辆、经营高利贷，甚至从事海外贸易，俨然大规模的企业。

寺院经济在元代十分兴盛，却不是起自元朝。我们借这个机会，补充一点佛教寺院经济的小故事，相信是大家有兴趣的。

在《水浒传》第三回《史大郎夜走华阴县，鲁提辖拳打镇关西》之中记载，鲁达在酒店之中听到“隔壁阁子里有人哽哽咽咽啼哭”。原来是杀猪的屠户强占金家女儿为妾，未满三个月，又把金家女儿赶打出去，还追还原来的卖身钱，金家父母不敢与郑屠起争执，只有每日到酒楼卖唱还钱。

鲁达一听便火了，他对金家父女拍胸脯道：“你两个且在这里，等咱家去打死了那厮便来！”

于是，鲁达找到了郑屠，“只一拳，正打在鼻子上，打得鲜血迸流，鼻子歪在半边”，然后“提起拳头来就眼眶眉梢只一拳，打得眼棱（léng）缝裂，乌球迸出”，最后“郑屠挺在地上，口里只有出的气，没有入的气，动弹不得”。

鲁达三拳打死了郑屠，逃到代州雁门县，因为官厅行文捕捉，便由赵员外介绍，到五台山文殊院，剃发为僧，当了和尚。于是，面恶心善的鲁达成了鲁智深。

文殊院是佛寺，乃化外之地，所以能收容犯人，倒也不足为奇。奇怪的是，文殊院内大大小小和尚七百多人，念经拜佛，竟然拥有广大的财产。

鲁提辖拳打镇关西，明刻版画。

鲁智深经常好酒好肉每日不离口，如今当了和尚，真是饿昏了。有一回，见了卖酒的汉子大喜过望，汉子却不肯卖酒给他：“我们领取本寺的本钱，住着本寺的屋宇，如何敢卖酒给你？”

酒店老板也不敢卖酒给鲁智深，他抱歉地说：“师父少罪，小人住的房屋也是寺里的，本钱也是寺里的。长老已有法旨：若是小人们卖酒与寺里的僧人吃了，便要追了小人们的本钱，又赶出屋，因此，只得休怪。”

由此可知，文殊院虽然是个庙宇，方圆数十里内，关系企业还真不少，不但土地房屋是属于文殊院，连商人做生意的本钱也是庙里出资的。

《水浒传》虽然是虚构的小说，却是当时生活的反映，足以显现中国社会的风貌，寺院经济繁荣便是其中之一。

佛寺为什么如此阔绰呢?

佛教在汉明帝时代传入中国，之后，三国鼎立，晋朝初起，又产生五胡乱华，百姓流离，痛苦不堪，为了要使来生不受苦难，纷纷皈依三宝，修炼今生，虔诚拜佛。

至于帝王之家，一旦得到帝位，总是屠杀前朝子孙，佛教专讲因果报应，他们听了之后，怕自己会堕入地狱，更怕子孙食其恶果，于是不惜减少百官的俸禄，将大量大量的金钱捐给佛寺，佛寺既然拥有大批财产，所以常常放债取息，做起高利贷的勾当。

由于当和尚不过只是扫扫地，拜拜菩萨，小和尚念经有口无心，却能逃避兵役，逃避赋税。然而人民出家，在财政上减少了国家的税收，军事上少了国家的兵源，于是朝廷与佛寺之间便发生了争执，这是北魏太武帝、北周武帝、唐武宗灭佛（合称三武之祸）的重要原因。

在现实的中国社会，不会因为信仰不同，发生宗教战争，中国人以为神是为人服务的，人不是为神服务的，所以灭佛主要是基于利害的冲突。

由于中国固有佛教，表面上四大皆空，实际上却不乏放高利贷的例子，所以元朝放任喇嘛，原有的佛寺也就同流合污了。我们下回再谈。

元朝喇嘛娶妻置妾

在上一回中，我们说到，元世祖忽必烈受八思巴的影响，偏好佛教中的密宗，就是喇嘛教。

喇嘛教是佛教中的一支，可以称之为藏传佛教，教徒信仰秘密真言（即印度的陀罗尼），极富神秘色彩。所谓“喇嘛”即藏语“无上”之意，为佛教徒的一种尊称，亦即“和尚”、“高僧”之意。

忽必烈虽然倾向佛教，对其他宗教倒也不排斥，这点倒是与成吉思汗相同。成吉思汗礼遇各种宗教，并且尊敬各教派中有学识的人。他只要求各派宣传的教义，都要符合他对长生天的信仰。

另外，成吉思汗要求每一种宗教，都要用各自的宗教信仰，来为成吉思汗祈祷，并且要求他们各自利用宗教权威，促使信徒们顺服蒙古人的统治。在成吉思汗看来，愈多宗教为他祈祷祝寿，为他服务尽忠，总是一件好事。这也是中国人一贯不排斥多种宗教的想法。

忽必烈曾经对马可·波罗说：“全世界崇尚的预言人有四个，基督教说的是耶稣基督，回教徒说是穆罕默德，犹太教说有摩西，偶像教（指佛教）说有释迦牟尼，我对这四个人都执敬礼。”

话虽如此说，忽必烈有一次对伊斯兰教却动了肝火。

原来是有个基督徒故意挑拨离间，他对忽必烈说：“《可兰经》中有记载，要杀尽所有多神教徒，只能信仰真神安拉。”

“噢，是这样吗？那我信仰多神，岂不是也在被杀之列？”忽必烈十分不开心。

过了两天，他特地找来一个回教教士问："真主的确这么说吗？"

教士不敢欺骗忽必烈，老老实实地回答："是的。"

"你们为什么不杀呢？"

"目前还没有办法。"

忽必烈气坏了，教士言下之意似乎是若有力量，便要照着《可兰经》真主所言杀光多神教徒。于是，忽必烈下令先把这个运气不佳的教士给杀了。

消息传出，回教徒个个忐忑不安，推派一名善于辩论的教士晋见忽必烈："陛下以真主之名冠于诏令之首，陛下不是多神教徒。"

忽必烈这才气消了，也不管教士的解释是否合逻辑。总之一方面尊崇佛教，一方面对其他宗教兼容并蓄是他的宗教政策。

由于忽必烈偏向佛教，一向与佛教抗衡的道教自然处于下风。远在蒙哥时代，两教的首领曾在和林举行两场辩论，第二次辩论是由忽必烈担任裁判，替佛教加油的裁判自不免偏袒（tǎn），辩论结束以后，十七名道士被迫削发为僧，当和尚去了，许多道观改为佛寺，不少道教经典化为灰烬（jìn）。

忽必烈喜好排场，单单作佛事，以黄金汁写佛经一册，便用去黄金三千二百两。前代作佛事不动荤腥，元朝喇嘛百无禁忌，杀猪宰羊，消耗量惊人，仅是杀羊就用去一百三十万头。

忽必烈的皇后在大都旁边，建造了大护国仁王寺，占地三万四千四百顷，单是矿坑就有银、铁等十五处，寺院经济真是财力雄厚。

此外，南方还有一种特殊的情况，宋朝时人民流离失所，离开北方到了南方临安，建立了南宋。

南宋被元朝灭亡之后，许多人回到北方老家，发现原有的房屋都被其他人侵占了，引发了许多土地房屋纠纷，战乱之中，土

蒙古高级喇嘛服饰。

地资料又不全，公说公有理，婆说婆有理，反正吵吵闹闹扯不清楚。

当然，侵占他人房子的，自知理亏，却又不甘心拱手让还主人，干脆心一横，把田宅捐给庙里，当成做善事。主人也不敢和菩萨争财产，在这样的情况之下，佛寺的资产自然愈滚愈大了。

元代的喇嘛六根不净，所以也可“降下凡俗”封王封侯，甚至殴打官吏而不治罪，尤其擅长与女人鬼混嬉戏，到了元顺帝时，喇嘛还教皇帝如何玩耍，实在不像佛门子弟。

根据元世祖至元二十八年（1291 年）的统计，全国有佛寺四万二千三百一十八座，僧尼二十一万三千一百四十八人，势力庞大。他们开设店铺，饮酒茹荤，娶妻置妾，快乐极了，无怪郑思肖说元人分十等：“一官、二吏、三僧、四道、五医、六工、七猎、八民（指农民）、九儒、十丐。”

元朝人朱德润曾经写过一首《外宅诗》，形容当时僧人作威作福的情景，借一个老丈人的口吻，叙述三个女婿的不同：

“老子平生有三女。一女嫁与张家郎，自从嫁去减容光，产业既微差役重，官差日夕守空床。一女嫁与县小吏，小吏得钱供日费，上司前日有公差，事力单微无所恃。小女嫁僧今两秋，金珠翠玉堆满面，又有肥膻充口腹，我家破屋改作楼。”

好一个“我家破屋改作楼”，难怪有人争着把女儿嫁给和尚，这也是一种千古奇闻了。

脱脱修宋辽金史

元朝自元世祖开国，声威不可一世，历任成宗、武宗、仁宗、英宗、泰定帝、天顺帝、文宗、明宗、宁宗而到顺帝。在短短的三十九年之间，竟然换了九个皇帝，平均四年换一个，真是开玩笑。

同时，这些皇帝全是短命皇帝，平均寿命只有三十岁上下，天顺帝九岁，而宁宗更只不过七岁，可想而知，一切都是权臣在操纵。

其中，燕铁木儿当政三朝（文宗、明宗、宁宗），横行无忌，奢侈浪费，一掷万金。史书上记载，他每次家中请客，至少要宰马十三匹。马肉又粗又硬，不晓得他为什么要吃马肉，也许蒙古人口味奇特。

燕铁木儿除了好吃更好色，他的妻妾多得连自己都数不清楚。某次找来一位绝色佳丽，结婚三天以后，看着厌烦，便把她赶了出去。

有一天，燕铁木儿到赵世延家中饮宴，他坐下来不久，忽然之间，抬头见一美人，微微对他一笑，燕铁木儿忍不住心动，他霸气十足地对赵世延说："那边那位穿紫色衣服的妇女是谁家小娘子？如此标致，我想把她带回太师府。"

左右的人大惊失色道："她是春燕，本是太师的侍妾，方才随太师一块儿来的。"

“噢，我怎么一点儿印象也没有？”燕铁木儿搔搔头皮，眼睛仍然贪婪地盯着春燕瞧，仿佛想把她吞下去似的。

燕铁木儿最后纵欲而死。

元顺帝即位（只有十三岁），燕铁木儿的儿子唐其势为左丞相。顺帝很害怕唐其势会和他老子一样跋扈（bá hù），所以虽然唐其势地位很高，却完全被架空，大权都操在伯颜手里。

元朝人很喜欢以伯颜命名。元世祖当年用贤相伯颜，文治武功盛于一时。元顺帝用的这个伯颜，却是个大奸臣。

唐其势当年看父亲多威风，相形之下自己实在太窝囊了，他愤愤不平道：“天下本我家之天下也，伯颜是什么人，竟然位居我之上？”

唐其势一不做二不休，准备设法废掉顺帝，另立新皇帝。结果事迹败露，顺帝得到消息，先下手把唐其势杀了，伯颜更加炙手可热。

伯颜有个侄儿脱脱，十分聪明伶俐，伯颜十分欣赏他，派他担任天子宿卫，表面上是保护顺帝，其实是暗里监视顺帝的一举一动。

脱脱深受儒家思想熏陶，极有忠君爱国的观念，他看不惯伯颜的嚣张，不止一次回家对父亲抱怨：“伯颜叔父如此骄纵，完全不把君王看在眼里，万一哪一天，天子震怒，我们也逃不过满门抄斩的命运。”

脱脱的父亲也深以为然，于是，脱脱有一天便直接禀报顺帝：“脱脱一向只知有国，不知有家，只知有皇上，不知有叔父。”

顺帝口中嘉勉，心中却不信，找了心腹去试探，脱脱仍然坚持，这才比较放心。

事实上，顺帝所处的局面，一天比一天危急，他不依赖脱脱也不成。有一天顺帝讲到伯颜：“他要诛郑王，贬让王，逐威顺王，爱杀就杀，要贬就贬，眼睛里哪还有我这个皇帝？”说着，顺帝竟然放声痛哭，愈哭愈是伤心，他到底才十来岁大。

脱脱见顺帝哭，忍不住也掉泪，君臣二人，哭得一塌糊涂。终于，狠狠下了决定，要等伯颜入朝之时，当场擒拿治罪。

伯颜也是一个十分深沉的人，他进进出出，前后左右都有层层警卫保护着。他入朝时，发现宫墙每一角落都站了卫兵，忙把侄儿脱脱找来问：“这是怎么一回事？”

脱脱一本正经地回答：“天子所居，防御岂能不严密？”

伯颜愣了一下，他是何等精明厉害的角色，直觉告诉他，脱脱已倒向皇帝那边去了。

伯颜为了先发制人，他带领大批卫队到皇宫，邀请顺帝出外打猎。

脱脱说：“皇上今天身体不适，不想出去狩猎。”

“天气这么好，不去太可惜了，非去不可。”伯颜露出了狐狸尾巴。

脱脱警觉大势不妙，下令：“关闭城门。”

当天晚上，顺帝在玉德殿下诏，公布伯颜罪状，罢大丞相职，出为河南行省左丞相。伯颜发火，带着卫队到城下，质问道：“朝廷凭什么免我的职？”

脱脱很机智，也不回答伯颜的挑衅，却对伯颜卫队宣布：“朝廷圣旨只罢大丞相一人，凡相府一切官员，一概不究，各还本职，一体安心。”

这个分化策略极有效，大家都觉得不必跟着伯颜送死，顷刻间作鸟兽散，伯颜成了光杆一个人。

伯颜万万没有料到会栽在侄儿手里，真是万分不服气。因此家乡父老送行之时，忍不住发牢骚：“你们可曾见过子杀父的事情吗？”大家都清楚，他是在指责脱脱。

这时，却有父老讥讽道："不曾见，倒是听说有臣子弑（shì）君的事。"

伯颜顿时脸色惨白。

顺帝担心伯颜日后会复仇，为除后患，把他杀了。脱脱不久便担任右丞相的官职。

脱脱是元朝末年最为出色的宰相，他开科取士，减轻赋税，疏浚河道，并且提倡文治，编修史籍，正史二十五史中的《宋史》、《辽史》、《金史》都是在脱脱监修之下完成的。

元顺帝沉迷色情游戏

当元顺帝依赖脱脱，去除权臣伯颜之时，他只有十三岁，还是个毛孩子。

转眼之间，二十年弹指而过，在脱脱的辅政之下，倒是顺利开展国家建设。顺帝对脱脱，始终有份畏惧之心，他最喜欢的人是哈麻，哈麻是顺帝的宿卫，能言善道，擅长说笑话，还会教顺帝用双陆（一种赌具）玩赌博的游戏。

当时脱脱担任右丞相，左丞相是太平。太平也是个一丝不苟的正人君子。他顶看不惯哈麻，讨厌他没上没下，一副奸邪小人的模样，太平总是劝顺帝："有空多读一点书，少和哈麻这样的人往来。"

顺帝表面答应，其实根本听不进去。

哈麻不晓得自哪儿弄来一些黄色书刊，悄悄塞给顺帝，顺帝看得十分入迷，不停地夸奖哈麻："你真是会办事。"

太平晓得了，愈发忧心，于是他联络了监察御史干勤海寿弹劾哈麻，指责哈麻没有君臣之礼，而且任意出入顺帝庶母宫闱（wéi），完全不成体统。

顺帝莫可奈何，下诏免了哈麻的官职。

退朝以后，顺帝又后悔了，一气之下，把弹劾哈麻的太平、干勤海寿也免了官。没多久，哈麻复起。

哈麻栽了一个跟斗又爬起来了，他为了控制顺帝，神秘兮兮地对顺帝说："我最近找了一个西天僧（印度和尚），这个和尚，专精运气术，也称为演揲（shé）儿法。”

“运气术是什么？”顺帝十分好奇。

“就是快乐无穷之意啊！陛下你想想看，你贵为一国之君，领辖（xiá）如此大的版图，富有四海，也无法长生不老，人生不过数十寒暑，该趁这个短暂的时光，痛痛快快玩一番啊！”

顺帝觉得有理，马上召见西天僧，这个西天僧长得鬼里鬼气，他谄媚地对顺帝说：“你一定会满意的。”

顺帝大喜，立刻封西天僧为司徒。从此以后，西天僧与徒弟就成为皇宫中的红人。

西天僧的所谓“演揲儿法”就是如何与女人玩耍的妙法，他带领着顺帝与妃嫔，在宫廷之中男女裸体互相追逐，大臣们见到顺帝光着屁股跑来跑去，只有摇头叹息的份儿。

脱脱明知对顺帝劝谏，他根本听不进去，也就不再说了。这时，地方上群雄并起，刘福通在颍州，李二在徐州，都号召民众，揭竿起事。脱脱自请出征，在至正十二年（1352年）破徐州，至正十四年（1354年）又讨伐张士诚。

脱脱一向看不起哈麻，哈麻也厌恶脱脱。脱脱一走，哈麻乐得和西天僧一块，拉着顺帝沉溺于色情游戏。

哈麻并且设计一着毒计，他唆（suō）使御史弹劾脱脱：“出师三月，略无寸功，倾国家之财以为已用，半朝廷之官以为已随……”

顺帝被色情游戏迷昏了头，竟然把脱脱免了职。脱脱的左右道：“将在外，君命有所不受，丞相不必班师回朝。”

脱脱不肯，他执意交出军权：“天子诏而我不从，是我与天子争也，君臣之义何在？”

在流放云南道上，哈麻又用一道假诏赐脱脱死，脱脱二话不说，把鸩（zhèn）酒一饮而尽，死时不过只有四十二岁，元朝末年国家惟一栋梁遭到冤杀，元朝岂得不亡？

西藏僧侣，西藏自治区阿里札县托林寺白殿壁画。

哈麻因为提供黄色游戏走红，哈麻的妹夫后来居上，也找了一个西番僧（西藏和尚）介绍“秘密法”。

顺帝对西天僧那一套已经玩腻了，很高兴地尝试西番僧的方法。一试之下，西番僧比西天僧更有一套，从此，西番僧取代了西天僧的地位，自然，哈麻也被妹夫给比了下去。

哈麻极为不甘心，他对父亲说：“妹夫以淫乱之事取媚皇帝，天下士大夫必讥笑我们。”他似乎忘了妹夫是向谁学来的。

哈麻又说：“今皇帝日渐昏暗，而皇太子年事已长，聪明过人，不如立皇太子为帝，使皇帝退居太上皇，如何？”

不料，哈麻的父亲一转身，把话告诉了女儿，女儿当然告诉夫婿，顺帝也就知道了，勃然大怒：“我头发还未白，牙齿也未落，竟然要逼我为太上皇，我老迈无能了吗？”

于是，哈麻先被打了一百杖，然后处死。顺帝有了西番僧，也不介意哈麻存在与否，他日夜作乐，不理朝政，国家也走向败亡。

我们翻开古今中外的历史，不论是罗马帝国或是其他国家，在朝代末年，君臣往往沉溺在色情游戏之中，自然而然丧失人生斗志与理想，走向衰亡。

韩山童用石人造势

元顺帝得到西番僧以后，益发荒淫，他挑选美女十六人，垂辫发，戴佛冠，披璎珞（luò）（用珠玉缀成的项链），穿天衣，作天魔之舞，号称“十六天魔舞”。

当元顺帝与佞臣放荡于色情之时，政治黑暗，种族压迫，经济崩坏，已经造成通货膨胀，物价高昂，民间卖儿鬻（yù）女的惨状，浙东流行顺口溜：“天高皇帝远，民少相公（指官吏）多，一日三遍打，不反待如何。”

好一个“不反待如何”，从顺帝即位开始，各地大大小小的民变，就没有停止过，很不幸地屋漏偏逢连夜雨，黄河又泛滥成灾。

在脱脱还没有被害死之前，他就注意到这个问题的严重性，他在主编宋辽金史之时，注意到一个年轻人贾鲁，对水利工程极有研究。

脱脱派遣贾鲁，沿着黄河，实际了解水患。贾鲁探测回来，绘成地图，提出两个方案，甲案修筑北堤，用工较省，却非治本之道。乙案疏策并举，引黄河东行，用工虽数倍，却能保长久无患。

至正十一年（1351年），脱脱召集群臣，研讨对策，贾鲁慷慨（kǎi）陈言，力主实施乙案。“不动大工程，不能绝后患，朝廷应该拿出魄力。”

工部尚书成遵，也曾经实地考察，他则持反对意见，理由是：“贾鲁只注意到黄河本身，没有体察民怨，眼前如果兴大役来疏浚河道，山东连年饥馑（jǐn），民不聊生，还要召集二十万人于此地，臣恐他日之忧，比黄河泛滥更可怕。”

脱脱一听，大为不悦，他扬眉问道：“你们是说百姓要造反吗？朝廷整治黄河，难道不是造福人民吗？”

任何一件事的利弊得失，自不同的角度，往往有不同看法。单以治黄河论治黄河，贾鲁的建议当然是对的，于是贾鲁担任了工部尚书充总治河防使，半年之内，舟楫通畅，黄河恢复元初故道，汇于淮水流入东海。他所用的方法，同时采用疏、浚（jùn）、塞，他所用治河的工具，有土、石、铁，有木，有蒿苇，有竹缁（zī）。中国许多地方到今天仍然沿用这套方法，贾鲁不愧为治河专家。

可是，另外一方面，百姓在怨声载道之时，又被拉来治黄河，一肚子的不满就倾泄而出。

其中有个叫韩山童的人，他的祖父是白莲教的教徒，用烧香拜佛吸引群众。韩山童更会利用白莲教造势，他到处发动宣传“弥勒佛降生”、“明王出世”、“天下即将大乱，欲免杀生之祸者，必须加入白莲教”。

这个口号很吸引人，白莲教的教徒愈聚愈多，从河北、山东、河南到长江淮河一带的居民几乎都加入白莲教。

另有一个叫刘福通的人，也是一个好政治有野心的混混，他毛遂自荐，担任韩山童的助选员。对外发布消息，倡言“韩山童是宋徽宗的八世孙”。宋朝皇帝姓赵，怎会有个姓韩的孙子，这个就不必追究了。至于他自己，也有点儿来头，他自称是“宋朝大将刘光世的后裔（yì）”。

单单如此，似乎不够分量，于是韩山童秘密雕造一个独眼石人，预先埋在黄陵岗河床底下，然后到处放谣言：“石人一只眼，挑动黄河天下反。”

在人心苦闷之际，谣言更容易传播，不一会儿工夫，农民们都知道了这件事，又是害怕，又隐隐然希望天下动一动，乱一乱，拯救苦难大众。

当脱脱的治河工程进展到黄陵岗，有个河工惊叫道："土挖不下去了，好像埋有东西。"

众人七手八脚往下凿，抬出石人，讶然发现，石人只有一只眼睛，与传说中的石人一样，老实的乡下人都吓呆了，个个围拢来看，面面相觑，心里都在想："看来挑动黄河天下反就在眼前。"

这件奇怪的事，一传十，十传百，凡是参与工程的人都知道了，人心为之浮动不安。

既然石人的传说是真的，那么韩山童是明王出世，拯救天下的救星也是真的了。自此以后，人们对韩山童另眼相看，愈看愈觉得他不是凡人。

于是至正十一年（1351 年），人们共尊韩山童为明王，宰乌牛，杀白马，祭告天地，择日起兵，并且以红巾为标帜，称之为"红巾军"或是"红军"。

当地县官得到消息，大为震怒，下令："管他明王不明王，抓来再说！"于是韩山童被逮捕，就地正法，刘福通溜得快，逃过一劫，躲到河南武安乡深山中。

接着，刘福通利用人们同情明王被杀，攻占河南十多个州县，聚众十多万，连朝廷派来的军队，也被打得落荒而逃。

过了三四年，刘福通找到韩山童的儿子韩林儿，把韩林儿迎到亳州，在至正十五年（1355 年），即皇帝位，号"小明王"，国号"宋"，这一批以红巾包头的军队，造成一股极大的势力，接着萧县的李二、濠州的郭子兴也先后起兵。

在中国历史上，凡是起兵，总要先设计一些灵异的迷信，偏偏这一着还相当管用。

明教吃菜事魔

在上一回，我们说到，元朝末年“贫极江南，富夸塞北”（蒙古人吃得撑饱，汉人南人却是饿得要命），于是，各地纷纷掀起抗暴，凡是起事者，都喜欢用明教自我标榜。

明教有个不好听的代称——“吃菜事魔”，吃菜指的是吃斋食素，事魔则是因为耶稣（sū）画像蓝眼睛、高鼻子、黄头发，乡下人看着不习惯，认为是魔鬼，既然是拜洋魔神，又称之为魔教。

魔教当然不是现在的基督教，它是中国民间社会一种混杂的宗教，其来源可以上推到唐朝，是波斯人摩尼创的摩尼教。

摩尼教，又称为明教，或称末尼教、牟尼教，教义主张过去、现在、未来合一，教徒须守摩尼戒，不饮酒，不祭拜祖先，死后裸葬。它主要的道理是说，世界上有光明与黑暗两种力量，明是善是理，暗是恶是欲，光明一出，黑暗消灭，最后人类走向光明极乐的世界。

在武则天时代，摩尼教传入中国，玄宗开元二十年（732 年）禁止，理由是“摩尼法本是邪见”。

玄宗虽然禁止邪见，但是不久，安史之乱爆发，唐朝打不过，向回纥（hé）借兵，收复京师，不少回纥人笃（dǔ）信摩尼教，于是摩尼教借尸还魂，又回到中国社会。唐朝政府畏惧回纥，不得不允许摩尼教传教，唐代宗大历三年（768 年）在长安与洛阳建立摩尼教的庙宇，赐名为“大云光明寺”，教徒逐渐增多。

然而，唐朝君主对摩尼教始终没好感。这一群穿白衣服、戴白帽子、不到天黑不吃饭的摩尼教徒，看起来怪怪的。因此，唐文宗时代，回纥内乱，唐朝政府便对摩尼教施以打击。唐武宗灭佛之时，也全面禁绝摩尼教，而且处死七十二名女摩尼。自此以后，摩尼教公开传教中止，却转而秘密在民间社会流传。

由于中国社会困苦，明教又宣扬黑暗将过去，光明就会到来，许多揭竿起义的人，就会利用明教吸收群众。北宋时代，福建南部有不少明教教徒，后来又从福建传到浙江，光是温州就有明教斋堂四十多个，管理教会的人称为侍者、听者、斋姐与姑婆。到了南宋初年，传播更广，也得到"吃菜事魔"这个不雅的名称。

这个时候的明教，与摩尼教已不相同，又和弥勒教及白莲教互相混合。

弥勒佛是中国社会熟悉的大肚子菩萨，据说，在释迦牟尼死了以后，世界就开始变坏了，人的心肠恶毒了，收成也变得不好，幸亏，释迦牟尼死前曾预言："大家别担心，再过几年，会有弥勒佛出世。"人们想象弥勒佛是笑口常开，心广体胖，笑呵呵的模样。

这个弥勒佛是救世菩萨，只要他一出现，到处是清澄澄的水池，碧森森的树林，芳草遍地，花香扑鼻，每个人都变得好心肠，人人争先恐后做好事，不愁生老病死，稻麦一年有七次的收成，更美妙的是，用不着拔草锄田，就会自然长大，只要等着收割就好了。

对于辛勤努力，都永远赚不得温饱的农民而言，不论明教教主，或是弥勒佛都给他们带来甜蜜美丽的梦。信仰西方的耶稣或是东方的弥勒佛，对他们而言，差别不大，也没有兴趣研究教义，反正是救世主就对了。信弥勒佛的人也穿上白衣服、白帽子，也相信世界上有明与暗两种力量。

至于白莲教，信仰阿弥陀佛，死后到西方净土白莲地上，过着

摩尼教典籍插图，新疆维吾尔自治区吐鲁番市高昌故城出土。

幸福愉快的日子，也与弥勒教合而为一。

总之，不论明教、弥勒教、白莲教都是不满现实社会，相信有一天会有“明王”或是“弥勒佛”出世，大家听从他的英明领导，改造这个世界。所以，从隋唐之后，尤其到了朝代末年，人民苦不堪言，明王或弥勒佛出现的传言，就会不胫而走。

正因为人们心中埋藏这个愿望，当韩山童用“石人一只眼，挑动黄河天下反”造势，再派人放出空气，弥勒佛诞生了，人们才会如痴如狂。

另外，教会总是比较有组织，教友可互相帮忙，中国农民受地主压迫，忍气吞声，一筹（chóu）莫展。如今能够聚在一块，同病相怜，互相给（jǐ）予精神上的支持，共同祈祷美丽新世界的来临，精神上得到一些安慰鼓励，这也是民间教会力量茁长的原因。

教会里也流传一些顺口溜，吐露人们对现状的不满：“天高皇帝远，民少相公多，一日三遍打，不反待如何。”“堂堂大元，奸佞当权，开河变钞祸根源，惹红巾万千，官法滥，刑法重，黎民怨。人吃人，钞买钞，何曾见，贼做官，官做贼，混贤愚，哀哉可怜！”

由于明教代表人们的希望，所以朱元璋灭元朝之后，号为大明，意思是说，他就是民间传说中的明王、彻世主，五百年来的秘密传说，可以告一个段落了。朱元璋原是小明王的部将，他害死小明王，继之而起，仍然舍不得去掉“明”字。

元末群雄，个个拥抱这个“明”字，其中大有道理。

朱元璋偷吃烤小牛

元朝末年，中国大乱，群雄并起，不论是方国珍、张士诚、陈友谅都是胸无大志的草莽（mǎng）英雄，成不了气候。惟有朱元璋与众不同，雄才大略，因此最后剿（jiǎo）平群雄，建立了明朝。

朱元璋生于元朝天历元年（1328 年）九月十八日，属龙，原名朱重八，元璋是以后投靠到郭子兴帐下之时才起的名字。

当时，蒙古人压迫汉人，甚且汉人无职的百姓，连名字也不许取。一般人只能用父母，或者祖父母的年龄当做孩子的名字，例如李家小娃娃生下来的时候，祖父五十岁，于是他便被唤作李五十，真是可笑又可悲。

朱元璋的父亲是个老实可怜的佃农，名叫朱五四。后来跟着朱元璋打天下的汤和的父亲叫汤七一，常遇春的父亲叫常六六，因为都是市井百姓，依规定不准取正式的名字，只好一辈子用这可笑的名字。

朱元璋生下来就不讨人喜欢，一张小脸皱皱黑黑，充满了凶相，不晓得为了什么，不肯吃奶，肚子胀得圆圆鼓鼓的，大人都说："这个娃儿怕活不了。"

朱五四有天做了一个梦，梦里孩子果然早夭，他惊醒之后，心想，这个小孩命太硬，不如舍给庙里吧。于是，他抱着小孩就往庙里跑，反正家里人太多，少一口粮食也好。

谁知庙里半个人影也没有，朱五四只好把娃儿又带回家。奇怪的是，这下子娃儿倒会吃奶了，过了几天，胀得鼓鼓的肚子也消了，就这么一直病歪歪地长大。

长大以后的朱元璋，变得更难看，粗眉毛，凸眼睛，肥鼻子，大耳朵，从侧面看去，头盖骨高高隆起，下巴突出一寸，仿佛一个山字，让人觉得不舒服。但是，虽然一张丑脸，却透着威严与沉着，有着不可侵犯的神气。

朱元璋喜欢看野台戏，尤其是戏码中有演皇帝的，他绝对不会错过。看完了戏，朱元璋就吆喝一群伙伴照着演，当然他总是扮演九五之尊的天子。

他命令小朋友把粽叶撕成一丝丝的长条，扎在嘴上当胡须，再找一方破黄布当龙袍，又弄来一块被人丢弃的车板做皇冠，就这么大模大样在稻草堆上当皇帝。其他小朋友乖乖地手持木片儿，算是朝笏（hù），担任他的文武百官，并且恭恭敬敬跪在地上不断磕头，口里还不住地高喊：“皇帝万岁，万岁，万万岁！”

为什么小朋友都甘心把朱元璋捧为皇帝，尊为领袖？这是有道理的，朱元璋点子多，脑筋活，能带着大家玩儿，而且敢做敢当有义气，尤其是经历了小牛事件以后，众家小朋友对他是死心塌地，五体投地。

话说一个风和日丽的下午，朱元璋和一群放牛的小朋友们，懒洋洋地靠在篱笆旁边，日子过得无聊极了。时辰还早，不能回去，怕被田主骂。其实，回了家，也没意思，到处闹灾荒，大人们愁眉苦脸，小孩子动辄遭殃挨打。

一连多天，大伙都是吃稀粥过活，再下去只有啃树皮草根了。周德兴的肚子突然咕咕噜噜地叫起来了，他拍拍肚皮道：“我的肚子告诉我，它想来一碗白米饭，全是干饭，亮晶晶的，满满的一大碗。”

“是啊，好久没尝过白米饭的滋味了，热腾腾的，淋一点酱油多香！”汤和附和着，口水都要淌出来了。

徐达说：“白米饭算什么？要吃肉才好哩！”

“你吃过肉？”小毛问道。

“我哪吃过，我爸爸都没吃过，财主们才能吃肉，有次我经过，单单闻那个香味就太棒啦。”

汤和忽然叫起来：“我吃过肉。”

众人一起对着他瞧。汤和搔搔脑袋：“我吃过蚱蜢与菜虫的肉。”

大家啐了他一口，陷入长长的沉默与无奈之中，强烈的挫折感笼罩在空气之中。

“有了！”朱元璋大喝一声，指着蹒跚前来的小牛道，“这不是现成的肉吗？”他拿起绳子把小牛绑住。周德兴抡起斧头，对小牛一砍。接着，剥皮的剥皮，生火的生火，一会儿工夫，浓香四溢，个个馋涎欲滴。

小朋友们兴奋极了，顾不得滚烫的热气，忙不迭往嘴里送。细嫩而香甜的小牛肉是这般可口，尤其他们从来没吃过肉。

“哇，好吃啊！”

“真是这辈子没尝过的美味！”

小毛拿着一块肉，对着发愣。

“你干吗不吃？”汤和问道。

“我舍不得一下子咽到喉咙里嘛。”

“傻瓜，再不吃就没了。”

可不是吗！烤得焦黄油亮香气扑鼻的小牛，一转瞬的工夫，只剩下一张皮，一堆骨，一条尾巴了。大家意犹未尽地猛舔手指头，恨不得把沾了烤肉香气，油渍渍的手也一并吃掉。

狼吞虎咽，风卷残云之后，太阳下山了，小朋友们开始慌了。“糟了，小牛没有了，怎么向地主交代！”

汤和指责徐达：“都是你说要吃肉！”

“是谁先挑起话题的？”徐达也不甘示弱。

“哇，我会被妈妈打死。”小毛开始大声地哭，“都是你们害的！”他哭得惊天动地。

吃了小牛后，朱元璋设计骗财主，清代年画。

“谁害你？谁吃得摇头晃脑，连手指头都快吃下去了？”

众人互相指责，个个心里七上八下，后悔不该一时贪吃，昏了脑袋，这下子惨矣。

“你们回去，别担心，一切有我！”朱元璋拍着胸脯道，“主意是我出的，我负全责。”

“你能把小牛变回来吗？”小毛止住了哭声。

“反正，你们别管，一切有我！”

朱元璋沉着地把皮骨埋了，把小牛尾巴插在山上石头缝隙里，然后没命似的跑去找地主：“糟了，小牛跑了，快来追！”

地主赶来，只见牛尾巴，朱元璋结巴地解释：“小牛钻入山洞，只留下尾巴，我拉了半天，也拉不出来。”

地主在山洞里找了半天，找不到小牛，气得把朱元璋狠狠打了一顿。

第二天朱元璋皮开肉绽出现在同伴面前，模样虽然狼狈，但是他够义气，没把同伙招出来，也赢得了大众的心。

朱元璋的足智多谋，阴沉狠毒，自小就显露出来了。

朱元璋葬父

童年时代的朱元璋，一向是个当领袖的孩子王，带着大家玩朝臣拜皇帝的游戏，过足了天子的瘾，倒还挺有趣的。

但是，每天放牛回家，家里的日子始终不好过，气压低得让人受不了。朱元璋的父亲朱五四是个贫困潦倒的佃（diàn）农，从安徽句容搬到盱眙（xū yí），到五十岁时，又迁到钟离太平乡孤庄村，不论搬到哪里，都没法子养家糊口。

这天，朱元璋刚踏进门，就听到母亲陈二娘对父亲朱五四说："老大要娶媳妇了，你去向田主借点儿钱吧！"

五四叹口气："能少交点税就是福气了，你没见他上回来，直嫌麦子太潮，称的斤两不够，啰啰嗦嗦一大堆，谁敢去开口？"

"可是，上回招待田主，鸡也宰了，酒也喝了，我们再寒伧（chen），也得请请客人啊。"

"不然，这样吧，你去申请官家赈（zhèn）济。"

"那个更麻烦，要身家调查，要盖手印，折腾了大半天，发下来的全都落入县官手里，腿跑断了，气受够了，头也磕破了，发下来的粮食，还不够咱们全家吃一顿，我看是算了。"

陈二娘忧伤地说："总不能花轿都没有，太委屈人家女孩子了。"

五四也恼了："委屈什么，她还不是佃农的女儿，也没带嫁妆来，将就将就吧！"

于是，大哥的婚事能省就省，没有花轿，没有喜宴，新娘子头上盖块红布，众家亲友一阵鼓掌，就这么走进朱家。虽然过于简陋草率，光景不好，家家都是如此，也就见怪不怪。

第二年，大哥生了一个儿子，二哥也娶了一门媳妇，三哥则入了赘（zhuì），大姐嫁给王七一，二姐也远嫁了，就剩朱元璋，还不满十六岁，在家里晃来晃去。

中国的农民，一向是吃苦耐劳，逆来顺受的，如果不是至正四年（1344年）一场灾荒，朱元璋一定和他的大哥二哥一般，娶一个粗手大脚能干的媳妇，为田主耕一辈子的田，缩衣节食，苟延残喘。

至正四年（1344年），淮河流域旱灾、蝗灾、瘟疫接踵（zhǒng）而来。大地裂成一条一条的窟窿，又飞来一群黑压压的蝗虫，啄走了村民仅余的一丁点儿粮食，大家只好以树皮草根过活。

也许是环境卫生太恶劣了，一会儿瘟疫四处流行，被感染的人，上吐下泻，往往一昼夜便魂归西天。人人都说："老天爷发脾气了，要处罚人了，谁也逃不过的。"在这个时候，"易子而食"不是形容词，中国农村社会遇到饥荒时，经常有人吃人的惨事。

太平乡的村民能逃的都逃了，其实，逃到哪儿也都一样，附近

流民图，明周臣绘。

的村庄无一幸免，全都陷落在世纪大浩劫之中。

朱元璋家中更是祸不单行，先是二嫂、三嫂先后病死，接着，二姊与大侄儿、二侄儿也走了，只是没死在家里头。

不一会儿，朱五四在四月初去世，三天后，大哥跟着走，到二十二日那天，朱元璋的母亲陈二娘也死了。

朱元璋在短短半个月中真是心力交瘁，家里没钱，请不起郎中，买不起药，眼睁睁看着家人一个个撒手归西，一点办法也没有。眼睛哭痛了，眼泪流光了，心也掏空了，贫穷、落后、无知，注定是悲剧下场。

家中直挺挺躺着三具尸体，朱元璋和二哥两个人到田主家求情："请看在多年主客关系的情分上，拜托赐一块埋骨之地。"

田主睬也不睬，狠狠地说："去去去，别带来晦气……"找人把朱家两兄弟轰了出去，邻居们看到田主"呼叱昂昂"的嘴脸，也不禁摇头叹息："真是太没有人情味了。"

同村人刘继祖看着不忍心，对朱元璋说："再不下葬，尸体都要发臭了，这样吧，我送你们一小块地，成全你小兄弟的孝心。"

朱元璋当即在地上连磕了三个响头："大恩大德，日后当报。"

坟地有着落了，可是寿衣呢？棺木呢？全都没钱买。只好就穿平日的衣服了，找了半天，竟然找不到一件稍微像样，没有补丁的衣服，只好就用破衣裳随便包一包，抬到坟地里。

兄弟二人边抬边哭，既哭父母，也哭自身，人生怎么会这么惨呢？老天爷似乎还嫌不够，当他们把父母的尸体抬到了刘继祖赐的地，突然之间，雷声隆隆，乌云密布，整个天像要塌了下来。

兄弟二人慌慌张张躲到树下，风大雨急，他们多日未进食，衣裳穿得又单薄，头晕目眩，若不是平日身体壮，早就垮了下来，两人紧紧地抱在一块，泪水又忍不住跟着雨水不断地滚落。

过了一个时辰，雨停了，太阳出来了，兄弟二人跑过去一看，咦！两具尸首不见了，原来，一阵大水把土冲塌了，恰好埋住了尸体，形成一个小小的土馒头，俗话叫“天葬”。

朱元璋用力握紧拳头：“我再不要过这样的苦日子，我发誓，我一定要闯出一点名堂来，重新安葬父母亲！”

以后，朱元璋一路奋斗，当他遇到挫折时，总会想起雨中这一幕，带给他不少激励。三十五年以后，他当了明朝皇帝，撰写皇陵碑“殡无棺椁，被体恶裳，浮掩三尺，奠何殽（xiáo）浆”（下葬没有棺木，用破衣裳掩盖尸体，草草安葬，连个祭拜的物品都没有），他还是激动得忍不住发抖。

寒天饮冰水，点滴在心头，最痛苦的打击，往往也能激发一个人的潜力，挫折有时候不是坏事。

朱元璋舍身皇觉寺

朱元璋在大风大雨里埋葬了父母亲以后，偌大的朱家只剩下大嫂、二哥和朱元璋自己了。

地方上依旧在闹旱灾，成群的蝗虫继续在天空盘旋，仿佛到了世界末日，树皮草根也快啃光了。朱元璋瞻（zhān）望前程，茫茫一片。

他掰着手指算算看，投奔祖父吗？祖父在元朝初年是淘金户，发财梦做了半天，一块金子也没挖到，还得拿钱去换金子缴纳给官府，最后逃到山里垦荒，从此不再有音讯。

至于外祖父那边嘛，外公倒是一个有意思的人，他曾经是宋朝将领张世杰的部下，张世杰与陆秀夫赤胆忠心，保护小皇帝逃到崖山。陆秀夫最后背着皇帝投海而死，张世杰带了十多条船，杀出重围，不巧遇上飓风，张世杰也淹死了。外公倒是福大命大，掉到海里，被好心人捞了起来。

从此外公改行当巫师，为人看风水、定阴阳、画符咒，一直活到九十九岁才死，差一岁就当了人瑞，可以报官领赏，县太爷还要请吃酒哩。

外公死后，舅家也没与朱家多往来，想来当巫师的，情况也不会好到哪里去。但是，朱元璋成天晃来晃去总是不成，他块头大，食量也大，就是吃树皮草根，也要比别人多吃一倍。

隔壁的汪妈妈出来说话了：“重八，你还记得吗？你小时候多病，亏得你娘把你舍身给高彬法师当徒弟，你不如当和尚去，一来还愿，二来总比饿死强，庙里田产多，耕田挖地也不错啊。”

朱元璋想想，眼前也只有这一条路了，只是舍不得共患难的二哥，兄弟二人，凄凄惨惨抱头痛哭，互道珍重。

朱元璋跟着汪妈妈，到了孤庄村的皇觉寺，一座普通破败的小庙。进入大雄宝殿以后，左边是伽蓝殿，右边是祖师殿，几个光头小和尚没精打采地走来走去。

这些和尚，有的是在外头犯了法，躲入庙里，与《水浒传》中的鲁智深一样，多半是在外头混不下去了，庙里田产多，在这儿混口饭吃。至于说醉心佛法一心参禅的，却是一个也没有。

高彬长老是个窝窝囊囊的和尚，和他经营的皇觉寺一般落魄。他收下了朱元璋，朱元璋剃光了头，当了个小沙弥，从此忙着扫地、上香、打钟、击鼓、念经……

小和尚念经有口无心，庙里这些琐琐碎碎的小事，不要两天，他就全学会了。比较伤脑筋的该是师娘的挑剔。

原来高彬长老有妻有子，当时中原河北一带的和尚都娶老婆，公然居住在佛殿两庑（wǔ）之中。这个高师娘看不惯朱元璋，不但差遣他洗衣、扫地、煮饭，还要他洗尿壶。

朱元璋尽管家境清贫，但仗着自己是老幺，从小爹娘兄姐都疼着，在小朋友圈子里也是孩子王，几时受过这种气？每天一早捏鼻子洗夜壶，他真是满肚子的不开心。

还有，师娘生的两个宝贝儿子，一个比一个顽皮，要依朱元璋以往的性情，非要治一治他们才好，奈何，人在屋檐下，不得不低头。

可是，这一股怨气总要找个地方发泄才好，憋在肚子里会生病的。他脑筋一转，有了，菩萨不言不语，就把菩萨当成文武百官，他还是扮皇帝，每天对着菩萨耍威风。

伽蓝神，永和宫唐卡。

有一天，他扫地扫到伽蓝殿，不小心摔了一跤，拿起扫帚就打伽蓝神，“你把朕给伤了，该当何罪？”

伽蓝神是泥塑木雕，不会讲话，只好任朱元璋摆布。

过了几天，长老把朱元璋叫去骂：“你是负责打扫伽蓝殿的，对不对？”

朱元璋不知出了什么事，只有点头。

“伽蓝殿的红烛被老鼠给咬坏了，你知道吗？一对这么大的红烛值多少钱？我们皇觉寺禁得起这般浪费吗？”说着，长老拿起木板，对着朱元璋的光脑袋敲去，一下就肿了一个大红包。

朱元璋心想，老鼠爱吃蜡烛，我有什么办法？要不是什么都没得吃，它也不会去啃蜡烛啊！

回到伽蓝殿，抬头仰望，伽蓝神依旧慈眉善目，朱元璋火了：“你这个笨菩萨，连个老鼠都镇不住，害朕被师父打，你说，你该当何罪？”

朱元璋愈想愈气，拿起笔来，在伽蓝神的背面用红笔写着“发配三千里”，想象自己是手操生死大权的皇帝，把伽蓝神发配充军。

“御笔亲批”之后，朱元璋很是得意，拍拍手，坐下来，欣赏自己的杰作，遥想当年，众家小朋友给自己磕头的场面，忍不住哈哈大笑。

这一切，全给躲在背后的高彬长老看见了，他简直不敢相信自己的眼睛，竟然有人如此大不敬对待菩萨，但是朱元璋满脸凶相，长老也不敢惹，“这人连菩萨都敢欺负，我还是小心一点比较好。”长老终于没有当面斥责朱元璋。

朱元璋化缘

话说高彬长老亲眼看到朱元璋欺负菩萨，赶紧回去找老婆商量。

师娘撇嘴道："这个小厮，我一眼看他，就不是个好东西，留下来是个祸害。再说最近闹灾荒，老天不下雨，地都晒白了，我们也收不到租金，不如打发一些走路，到外头化缘去。"

高彬长老想想也有道理，召集所有和尚宣布："皇觉寺成立到今天，也有几百年的历史了，想不到今天也会发生这种事，佃户都缴不出收成，老天不帮忙，怪不得佃户。我这个长老也变不出粮食来，各位各自找生路吧。"

朱元璋好容易才找到一个落脚的地方，算算日子，他到皇觉寺才满五十天，又要卷铺盖，真是命运不济。

他学着师叔师伯，顶着笠帽，敲着木鱼，捧着瓦钵，化缘去了。

朱元璋心想，现在到处在闹饥荒，善男信女想做好事也没能力，如果要化缘，还是得找富庶的地方，于是，先往合肥去。

他每到一地，四下打探，寻找目标，总是拣那房舍富丽堂皇的，然后开始大声敲木鱼，他不敢靠得太近，因为若是内有恶犬，跑出来咬人就糟了，俗语说狗眼看人低，他穿得破破烂烂，一副獐头鼠目狼狈相，也难怪狗儿误以为是梁上君子。

朱元璋颇有锲（qiè）而不舍的精神，他知道不断地大声敲，惹人心烦，总会有人把门打开，多少布施一些。

如果主人相应不理，朱元璋就继续咚咚敲个不停，敲得声震屋瓦。这时，左邻右舍都跑出来，没人敢骂出家人，合起来责怪富户：“真是为富不仁噢。”最后逼得主人非在化缘簿上签上一笔，才能破财消灾。

僧人托钵化缘，西藏自治区阿里扎达县托林寺白殿壁画。

朱元璋口才好，脸皮厚，自小练就撒谎不打草稿的本事，他总是胡吹乱侃，一下子说是“天台山国清寺，佛殿正要翻修”，一会儿又吹牛“普陀寺菩萨开光……”反正谁也不会去查，反正不会说自己是“钟离皇觉寺”的——这种小庙，提起来丢脸。

就这样，敲着木鱼，捧着瓦钵，朱元璋走过固始、光州、息州、罗山、信阳、汝州、陈州、亳州、亮州、颍州，尝尽了人生艰辛，他后来在皇陵碑文中记述这段日子，晚上多半投宿古寺，若是找不到庙，找块石头一靠也将就过去了，夜半醒来听到呜咽的猿声，想到身世的凄凉，觉得：“身如蓬草般被风追来逐去，一颗心热滚滚如沸汤般翻搅。”

朱元璋化缘的地方，正是和尚彭莹玉在协助周子旺起事失败后，落脚隐居之地，他在这儿积极宣扬弥勒教，扬言弥勒佛出世，天下将太平。朱元璋耳濡目染，多少对弥勒教有点儿印象。

后来，朱元璋到亳（bó）州、颖州，又是韩山童、刘福通白莲教的根据地，他东听听、西看看，倒也增长了不少见闻。

如此春去秋来，一晃过了三年多，朱元璋的足迹踏遍了淮西名州大邑，流浪生涯使他了解了各地的民情风俗，增长了社会见闻，也锻炼了坚强的体魄与意志力，整个人成熟不少。

至正十一年（1351 年），天下开始大乱，朱元璋得不到人家布施，又回到老家皇觉寺。

他在寺内却很留心外边的状况，一下子传来元兵失陷襄阳，一下子有人说芝麻李占据了徐州，说的人口沫横飞，听的人心花怒放。朱元璋也蠢蠢欲动，却又不敢有所行动。

有一天，他接到一封信，是孩童时代伙伴捎来的，怂恿他去参加红巾军，起义革命。

朱元璋又惊又喜又害怕，一个人走过来，踱过去，拿不定主意，为了小心起见，他把信在长明灯的烛前烧了。

可是，奇怪的是，有个要好的伙伴，趁着四下无人，偷偷警告他："你前日得着的信，庙里有人知道了，要到官府去告你。"

这是非同小可的大事，朱元璋情急之下，一口气跑到村庄里找汤和。汤和是他小时候的玩伴，两人一块偷烤小牛的好朋友。

汤和说："兹事体大，我也不敢帮你下决定，不如去问问菩萨吧。"

"不成，我拿扫帚打过菩萨。"

"你这个和尚也太顽皮了，不过，菩萨器大量大，不会计较的。"

他两人边笑边谈，回到皇觉寺，却发现庙里火光熊熊，烈焰冲天，僧房斋堂全烧光了，大小和尚也全都不见了。打听之下才知道，原来官府担心佛寺里藏有弥勒佛，把附近的寺庙全给放火烧了。

幸好，曾经被朱元璋“发配三千里”的伽蓝神还在，朱元璋小声地说：“菩萨啊，念在我天天打扫的份上，原谅我的过错，指点我的迷津吧！”

他恭恭敬敬地对伽蓝神磕了三个响头，心中默道：“如果阳筊(jiǎo)，出境避难；如果一阴一阳，守在皇觉寺；如果阴筊，则投靠红巾军。”

他用力的一掷，哇，阴筊，朱元璋不想当兵，他说：“这次不算，再来一次。”再来一次的结果，还是二阴。

朱元璋一连掷了好多回，全都是阴筊，汤和在旁怂恿道：“看来菩萨也主张你去投靠红巾军了。”

第二天，朱元璋离开皇觉寺，投奔红巾军去了。

朱元璋投奔郭子兴

在上一回中，我们说到，朱元璋平时“打菩萨”，临时抱佛脚。结果，伽蓝神也指示他造反，于是，他便大步投向红巾军。

至正十二年（1352年）三月初一的早上，太阳刚刚升起，朱元璋到了濠（háo）州城下。这时，红巾军攻下濠州不久，戒备森严，守卫的士兵个个弓满弦，刀出鞘，神情紧张注视着四面八方，随时提防元军反扑。

忽然之间，守兵发现一个高头大马，披着破烂袈裟，头上绑着红巾的丑和尚，急忙喝住：“你是什么人？要来做什么？”

原来，这是朱元璋前来投靠红巾军。

“我要见你们的郭元帅。”朱元璋大声地说明来意。

“元帅也是你要见便见的吗？谁晓得你是不是元军派来的奸细。来呀，把这个来历不明的和尚绑起来。”守兵瞅着朱元璋，直觉来者不善。

朱元璋身强力壮，普通几个守兵还没法子把他制伏，折腾了大半天，终于把他五花大绑捆了起来；准备以元军奸细的罪名处死。

另一方面，早有人跑去向郭元帅打小报告。郭元帅心想，若是元军派来的奸细，怎会如此这般从容，别冤杀了好人。

于是，郭元帅跳上一匹快马，赶到城门，远远见到四五十个守兵指手画脚，叫嚷个不停，走近一看，发现一个大块头的和尚，生得面圆耳大，鼻直口方，腮边一把络腮胡须，虽然长相丑怪，却有着不可侵犯的神情，左看右看，都不像是等着要杀头的模样，也没有哀哀求饶的意思。

朱元璋看到郭元帅，怒气冲天地骂道："元帅不是要匡复天下吗？奈何杀害壮士？"

郭元帅立刻命人松绑，当下把朱元璋收为士卒。

这个郭元帅，名叫郭子兴，是定远县有名的豪杰之士，郭家的发迹，其中还有一段故事。

郭子兴的父亲，原本是个落拓书生，高不成低不就，走投无路，没法生活，后来想到，曾经研读紫微斗数，对于命相略知一二，于是，便从家乡曹州，到邻近的定远，摆了一个算命摊子，打着郭半仙的名号，诹（zōu）吉问卜，随时候教。

郭半仙擅长察言观色，口才绝佳，能把死的说成活的，因此，门庭若市，相当受欢迎。譬如有位家长拿着小儿小女的八字来纳吉，郭半仙闭目养神，念念有词，隔了半晌，惊呼一声："哎，这婚姻恐怕不成，乾造（男方）属虎，坤造（女方）属龙。"

媒人一旁发急，凑着郭半仙的耳朵道："先生，烦请捏合一下，卦金加倍。"

郭半仙立刻见钱转舵："不忙，我再细细推算一番……嗯，龙从火里出，虎自水中生，龙腾虎跃，大吉大利。"

好一个大吉大利，家长笑逐颜开。

话说定远县里，住了一个大财主，听说县里头最近来的一个郭半仙，还蛮灵的。"卜以决疑，不疑何卜。"反正闲着也是闲着，不如找来问问。

郭半仙到了财主府第，才上门，就暗自倒抽一口气："哇，好大的气派。"

坐定以后，财主便问："你先算算，我还有几年好活？"并且报上出生年月日的干支、八字。

半仙干咳一声，清一清喉咙，眨一眨眼睛，掐指一算，然后道：“六十六，不死掉块肉，过了这一关，就到七十三，这一关若是过得去，无灾无病一路往西行。”

这句回答，财主听得颇入耳。心想，到了六十六，不妨照着民间习俗，买块猪肉贴在背上，找个人用菜刀把背上的那块肉切下来，算是应了掉肉之说，可以免去一死。

但是，一想到儿女，财主不免心烦，他对郭半仙道：“不瞒你说，我岁数大了，财产也有了，可惜膝下只有一女，长得倒是极为秀丽，不知怎的，生下来就是个瞎子。我找了多少郎中，都说是天生注定，没法医治。由于眼睛看不见，拖到现在，也找不到婆家，等到哪一天，我两脚一伸，这些产业如何是好？你帮我算算，哪一天小女才能嫁出去？”

“这……”郭半仙迟疑了一会儿，“嗯，也许就是今年之内。”

“今年之内？”财主大喜过望，谢了又谢。

算命先生，清代年画。

郭半仙走出府第，开始盘算，算命也不是份好差事，这辈子想来与富贵无缘，何不娶了财主女儿，虽然眼睛看不见，反正她家奴仆众多，也不用她操作家事。财主膝下只有这么一个宝贝千金，他百年之后，还不全过继到女儿身上？

主意已定，半仙急着找媒婆。媒婆垂涎财主的大红包，立刻登门拜访："今有一身家清白，面容俊俏，迄（qì）今未娶的少年郎，诚心诚意娶你家小姐为妻。"

"他不介意小女看不见？"

"非但不介意，反而誓言加倍怜爱。"

"真有这样好的事？快说是哪家青年？"

"你也见过的，就是郭半仙啊。"

"是他？"财主凉了半截，就凭他那脚下敷满尘垢的破鞋，实在不是理想人选。转念一想，有总比没有强，马上堆起笑容："难怪这小子铁口直断，小女年内完婚。"

就这样，郭半仙当了定远财主的东床快婿。结婚以后，夫妻恩爱，财主很高兴，过世以后，财产全部留给了半仙，当然这时半仙早就收了摊子，享福去也。

郭子兴是半仙的次子，他一共有三个儿子，其中子兴最为活跃，仗着家中颇有田产，平日交结宾客，接纳壮士，焚香密会，很想闯一番事业。

红巾军起事后，郭子兴带了数千人，夜袭濠州，杀了州官，建立了第一个据点。朱元璋前来投靠，也是想挣出一个局面来。

朱元璋的贤内助

话说朱元璋来到濠州，投靠到郭子兴麾下，虽然开头遇到点小波折，被守兵误以为是元军的奸细，但是接着却十分顺利。

朱元璋入了伍，见了小队长，跟着弟兄们学武艺，由于他身强力壮，又有点小聪明，拿出当年在家乡扮皇帝的本事，不一会儿工夫，已经在队上抢尽了风头。

朱元璋自小是个孩子王，天生具有领袖气质，他小时候带头偷吃小牛，同伴乐于跟前跟后，如今带几个小兵放哨，小兵也自自然然对他服服帖帖，连小队长对他也同样另眼相看。

日子不知不觉过了两个多月，朱元璋自小颠沛流离，当和尚出外化缘，也是饱一顿饿一顿的，记忆之中，好像从来没有真正吃饱过。投效红巾军以后，大锅菜即便不甚可口，饭总是可以尽量吃，对他这个食量大的人而言，能痛痛快快填饱肚皮，实在是人生一大享受。因此，他不论打野外、出操，都是精神抖擞，非常勤快。

有一回，郭子兴出来巡查，经过朱元璋的营房，只见他精神饱满浑身带劲儿，看着十分喜欢，于是唤队长来问话：“这个大块头的，怎么样？还不错吧！当初守卫的还以为他是元朝奸细哩。”

小队长赶紧汇报：“他啊，不得了，是千人选一，难得一见的人才。”接着又叨（dāo）叨絮絮，举了好多实例，用来证明朱元璋确实非一般等闲之辈。

郭子兴愈听愈有兴趣：“这样吧，那他就改当亲兵十夫长，到我元帅府里当差吧！”留下小队长愣在那儿，直怨自己不该多嘴，走了一个好帮手。

朱元璋到了元帅府，更表现得能干利落，打起仗来一马当先，而且抢回来的东西总是公公平平分给大家，因此人人夸赞。加上他流浪在外三年多，餐风露宿见多识广，使他擅长于应付各种状况，益发在人群之中显得出众。

郭子兴的二太太张夫人也发现了朱元璋的出色，想把自己一手抚养长大的马氏嫁给这个小伙子。

马氏在史书之中没有名字，在郭家也许被唤为香香或者称为秋香。她的身世十分凄惨，父亲马公杀了人，母亲很早就过世了，马公和郭子兴是多年好友，就把小孤女托付给郭子兴。

这个马氏人长得不漂亮，却是心地善良，性情和顺，随时抢着做事，张夫人很喜欢她，视若己出。

郭子兴迟疑了一会儿道：“男方的祖父是个淘金户，父亲是佃农，外祖是巫师，女方父亲是个杀人犯，男二十五，女二十一，都过了结婚年龄，配来恰恰好。”

就这样，朱元璋做了郭子兴的乘龙快婿，当了元帅的半子，前程远大，从此军中改口为朱公子，又取了一个官名叫元璋，字国瑞。

马氏虽然不识字，却是十分娴淑，对朱元璋十分体贴，每次朱元璋在郭子兴那儿受了气，回来哇啦哇啦抱怨，马氏总是婉言相劝，把朱元璋的脾气压下去。

朱元璋伺候郭子兴这个老泰山，真是不容易。郭子兴经常出尔反尔，而且说话不算数，还会吃朱元璋的醋，不满意朱元璋的人缘好，将朱元璋身边得意的干部一个一个调走。

有一回，老丈人不知为啥又翻脸了，一气之下，把朱元璋关在空房里罚禁闭，还吩咐不准送茶水。

到了傍晚，马氏开始着急，她仿佛听到朱元璋肚子咕咕叫“好饿”，怎么办呢？即使把自己的晚餐留下，也不够填饱朱元璋这个大胃王啊。

她蹑手蹑脚贴近伙房，里头传来一阵阵烙饼的香味，她心想：“可怜，今晚吃烙饼，他最喜欢的。”于是，小心地溜进去，拿了两张饼就往外冲。

冷不防，迎面遇到张夫人。马氏情急之下，把两张刚从油锅中夹出来的饼往胸口一揣，强扮笑脸与张夫人打招呼。

可是马氏身上浓郁的葱香，加上胸前鼓起的一块，张夫人早看在眼里，她心疼地对马氏说：“还不快把饼拿出来，皮肤会烫烂的。”

果然，当张夫人带着马氏，回到房里，脱去衣服一看，早已皮开肉烂，一级烫伤。张夫人一边为她敷药，一边埋怨道：“这层皮肤是保不住了，好了也留个疤。”但是马氏从头到尾没吭一声，只是忙不迭抱歉：“对不起，我不该去伙房的，千万别让爹知道。”

张夫人好人做到底，在郭子兴旁边左劝右劝，把朱元璋放了出来，同时把马氏偷饼的事，也一五一十告诉了朱元璋。

朱元璋好感动，他早知平日马氏“变”出来的食物，都是自己节衣缩食、想尽办法留下来的，为的就是填饱朱元璋的大胃，如今为了这区区两张饼，把前胸也烫烂了，真是深思无以为报。

想朱元璋自父母过世，投奔皇觉寺以后，历尽艰辛，尝遍人间险恶，几时有人如此疼他怜他？因此朱元璋对马氏说：“你不但是好妻子，更像一个好姊姊。”

一直到了朱元璋当皇帝，他还是常对臣下提及马皇后为烙饼受伤的往事，比之为唐太宗的长孙皇后。

鲁班天子元顺帝

朱元璋正式加入红巾军，总算吃到一碗安稳的饭了，他在濠州，也亲眼目睹了元朝官军许许多多的荒唐事。

元朝将领彻里不花，早已失去蒙古人骁（xiāo）勇好战的豪迈性格，他的胆子很小，隔着濠州几十里扎营，却不敢放马过来。只是一天到晚发脾气训斥部下："养你们干什么的，还不赶快把红巾军抓来。"

彻里不花的手下，和他一般懦弱胆小，不敢冒犯红巾军，却也不能不交差，情急之下，竟然想出一个妙法——何不捉几个老百姓来充数？反正红巾军也只不过是头上绑块红布，身上也没刺字，写明"我是红巾军"。

主意已定，可怜百姓就遭了殃，他们没犯任何错，糊里糊涂被逮了去。据说，有些人被官军吼着跪下，方才明白，小命即将不保，急得大哭大喊连走带跑，刽子手则一阵乱刀乱砍的，这就叫做草菅（jiān）人命。

官军这场把戏玩久了，自不免露出破绽，有人报告彻里不花："底下人是蓄意欺骗长官，随随便便抓几个死老百姓交差了事。"

彻里不花很生气，找人来问话，带头的回答："红巾军很狡狯，混在百姓之中，其中不免有真红巾军，也有假红巾军，但是我们宁可多杀一万，不能放走一个真的红巾军啊。"

"哼，算你会讲话，我问你，每抓来一个红巾军俘虏，就领

蒙古兵将，15 世纪绘画。

赏一次，如此下去，官府岂不被你们吃空？”

经过一番沟通协调，结论是杀了红巾军，放掉百姓。问题是，谁是红巾军？谁又是安分守己的良民？这到底该如何分辨？每天绑来一两百人，既不能全部开释，又不许全部杀尽，该如何是好？

“有了！不如委托土地公办理。”

不知是谁的建议，竟然得到众人的同意。

于是，被捉来的犯人，排着队，鱼贯走到土地公前，恭恭敬敬拜上三拜，然后开始掷筊（jiǎo），若是一仰一覆，或者是双仰的阳筊开释，如果是双覆的阴筊则杀头。

“土地公是骗不了人的。”话虽如此，多的是被冤枉的良民。中国人一向认命，不认命也没法子，既然运气如此背，该死的谁也不多话，低下头走向鬼门关。

在这样的情况之下，老百姓不当红巾军，也会被元朝官吏当成红巾军，莫名其妙推出去斩了。自然而然，更多民众被“逼上梁山”，与元朝斗一斗法，何况，元军多半还斗不过哩。

元军打不过红巾军，心生一计，向回人借兵。回族的阿速军，一向以擅长骑射，快速精悍而著名，但是纪律差一点儿，喜欢喝酒，喝醉了酒，找女人疯。

有一次，阿速军帮着元朝进攻颍州，两军刚刚对峙，忽然领头的立刻扬鞭，不停地说："阿卜，阿卜！"

接着，底下人也"阿卜，阿卜"，然后，掉转马头，没命似的狂奔。

愣在一旁的红巾军，这才了解，原来回语之中的"阿卜、阿卜"就是走的意思，一时之间，大伙都笑翻了。淮西人把这件事当成笑话，大家传来传去，没事也把"阿卜、阿卜"挂在口边。

元顺帝接二连三收到噩耗，却也不放在心上，因为他整个人沉浸在建筑之中，京师的人，称他为"鲁班天子"，他不但不以为意，还乐了老半天。

鲁班是春秋时代著名的巧匠，后代土木工人奉为祖师爷，有人说鲁班就是公输班，也有人说，公输班另有其人，无论如何，鲁班代表一流的巧匠。

顺帝在这方面，还真是个天才，他在皇宫内苑，打造龙舟，亲自画图样，亲自监工。

他设计的龙舟，长一百二十尺，宽二十尺，龙舟上有楼宇，有暖阁，金碧辉煌，连水手的服装，他也一并设计，身着紫绸衫，戴紫头巾，漂亮挺拔，簇新神气。

龙舟启动之时，龙的头、眼睛、嘴巴、爪子、尾巴都会跟着动，龙爪还会自动拨水，真是奇妙极了！两旁的人，拍手叫好，顺帝龙心大悦。

造完龙舟之后，顺帝对建筑更一往情深，这一会，他要盖宫殿了。

他画起设计图来，不眠不休，废寝忘食，栋梁楹槛（yíng

jiàn)，样样具备，真的很像一回事。

画完设计图，立刻发工建造，他是皇帝，永远没有欠缺劳工的问题，内侍们趁此机会，又在建材上大大赚一笔。

宫殿盖好了，顺帝十分欢喜，请了大批宾客来参观，自然人人称赞不已，却也有想捞油水的内侍，故意挑剔：“美虽美矣，比起京师某某新盖的府第，好像还差一点。”

顺帝急着去看，看了的结果，自然对原先的设计不尽满意，一声令下：“拆掉重建。”方才落成的宫殿，又顷刻之间化为乌有，他又重新再来。

顺帝满脑子的设计图样，对于公文奏章则厌烦到了极点，国事愈来愈差。

自古以来皇帝是一国之君，高高在上，是人们羡慕的对象。然而，不是每个人都有政治细胞、政治兴趣，顺帝如果生在今世，倒可能真成为出色的建筑师哩！

芝麻李捐献芝麻

元顺帝兴趣盎然地当他的“鲁班天子”，政治的黑暗、种族的压迫、经济的崩坏，终于掀起一波又一波的民变。

最早的民变，还不是刘福通，而是至正八年（1348 年）台州（浙江临海）方国珍纠结民众，入海为盗，经常劫掠沿海的漕运。

由于元朝政府无能，面对治安败坏举手无措，为了息事宁人，竟然授方国珍为定海尉。

方国珍这个人也过分，没多久，居然再度叛变。元朝只好以更大的高官招降。方国珍尝到了甜头，乐此不疲，不断地玩同样的把戏，势力是越剿越强，官是越反越大，到至正十六年（1356 年）官授万户，十七年（1357 年）更升到了江浙行省参知政事。

乖乖，这个官儿可不小，人们都羡慕极了，也纷纷下海为盗，乱成一团。

接着，韩山童、刘福通借着白莲教招摇惑众，散布“石人一只眼，挑动黄河天下反”的歌谣，预埋石人，达到造势的宣传效果。

因为刘福通的号召，同时起兵的，除了濠州的郭子兴——朱元璋的老丈人，另有萧县的李二。

当时淮水一带闹饥荒，人们苦不堪言，正在焦急没收成时，又来了弥天漫地的蝗虫群，把穗上少数几颗的粟粒吃得干干净净，日子实在过不下去了。

有那名唤李二的，平素个性豪迈，家中颇为富有，他忽然把村人集合拢来，拍着胸脯道：“各位乡亲父老们，乡里闹灾荒，我心有不忍，家里头尚存一大仓库的芝麻，不如各位分了吧！”

乡亲们听了，几乎不敢相信自己的耳朵，芝麻是何等滋补，何等名贵的好东西啊！平日烤烧饼，撒上那么一点点，香气诱人，烧饼吃完了都还舍不得把芝麻吃掉，这会儿凭空而降一大袋芝麻，大伙都快乐得要疯了。

有人捧回芝麻，宁可饿着肚子，也舍不得吃。也有人干脆把芝麻炒了，或者做碗芝麻糊，痛痛快快打个牙祭，啧啧称奇道：“没想到在闹饥荒时，竟然有这等美味！”吃罢，口颊留香，直呼过瘾。

乡民为了感念李二送的芝麻，从此以后，干脆称李二为芝麻李。

芝麻李之所以慷慨解囊，奉送芝麻，原来也有他的野心，他见岁饥民贫，又见刘福通起事，遂也蠢蠢欲动，与赵君用、彭二郎等结盟起义，一举攻下了徐州。

元顺帝得到军报，十分伤脑筋，摆下宴席，对文武大官们道：“今日盗贼蜂生，各地官兵，没一个高奏凯歌，卿等有何计策，可以为朕分忧解劳?”

脱脱叩首道：“臣不能为国除患，引以为耻，愿意肃清江淮，以报国恩。”

脱脱不但腹有诗书，主修宋辽金史，而且臂力过人，能够挽弓一石。如此文武兼资之才，愿意自请肃贼，自是好事。

但是，转念一想，顺帝又不放心：“丞相若能扫除寇贼，朕当裂土以报。但是，中书省是政事根本，贤卿若是离开，朕将仰赖何人？”

脱脱很想脱口而出：“陛下只要别再任哈麻胡作非为也就是了。”

哈麻引进西僧，淫乱宫廷，早已是内外皆知的丑闻了，只有顺帝一人仍然浑然未觉。

脱脱想了一会儿，含蓄地说："尽忠报国，乃臣子之责任，岂敢忘恩。但是微臣此去，全望陛下亲近贤臣，远离小人。"

于是，顺帝任命脱脱为统兵大元帅，大小官军，都归脱脱指挥，至正十二年（1352 年），脱脱率领大军，来到了徐州城外。

芝麻李对手下说："元兵远来疲乏，今夜必然没有准备，我不如今晚前往劫营，你们看如何？"

众人皆夸芝麻李高明，遂决定先下手为强。当夜二更，芝麻李引兵出城，直抵元营，元军果然没有防备。芝麻李暗喜，一挥手，领兵杀入。奇怪，营内怎无人，心下大惊，准备退兵。

忽然之间，人声嘈杂，四面伏兵尽起，把芝麻李团团围住，互相砍伐一阵之后，这才发现，全是自己人砍杀自己人，竟是不见元朝军队。

芝麻李知道大势不妙，气急败坏奔回徐州，急着叫守兵开门，口中嘟囔着喊着："我与元兵混杀一夜，至今方得逃回，快开门，再迟，元兵就要追来了呀！"

正在大呼大叫，举头一望，看见兄弟李通的头，悬挂在墙上。城楼旁边，立着一员大将，大声呵斥："你这个贼子，我丞相已取得此城了，你还不认得？"原来脱脱乘芝麻李出城之时，轻易地攻下徐州，芝麻李就被元兵射杀了。

天色大明，脱脱检查战果，十分开心，他向部下解释道："我早料到他必趁夜劫营，黑夜之中，谁知彼此？我兵只密围数重，虚声叫喊，任他自相残杀，另取精兵，乘虚攻取徐州，这叫以逸待劳也。"

众将皆齐声道："元帅神机妙算，非我等所及也。"

张士诚贩卖私盐

元朝丞相脱脱果真不含糊，出将入相样样行，他主修宋辽金史，做主用贾鲁治水成功，又亲自带兵讨伐芝麻李，大破贼兵，收复了徐州。

脱脱回朝，顺帝大喜，以功加太师，赐珠衣、宝鞍。脱脱谢了恩，心里却并不畅快，因为他发现，在他出征的这一段日子，顺帝变本加厉，越发荒淫。

顺帝除了又拆屋又建屋，做他的“鲁班天子”之外，他最快乐的事，就是成天游船摆酒，找了十六名美貌的宫女，号为十六天魔，打扮得奇奇怪怪，头上编了许多辫子，戴着象牙佛冠，身披珠宝，着大红销金长短裙，唱金字经，跳雁儿舞，日日夜夜，顺帝与天魔舞女混在一块儿。国库的钱全浪费在这儿，百官俸禄都发不出来了。

脱脱感慨万千，忍了又忍，实在憋不住，他对顺帝说：“陛下难道忘记商纣酒池肉林的教训了吗？”

酒池肉林是商代纣王以酒为池，悬肉为林，男男女女，赤身露体，奔跑相逐其间，做长夜之饮。

顺帝听了老大不开心，念在脱脱有功于国家的份儿上，嗯嗯啊啊把话支吾过去。一手导演这出色情游戏的哈麻，则在背后嘲讽脱脱是假正经、老学究。

脱脱没法劝醒顺帝，只好埋首于政事，能做多少，就尽量多做一点儿事。于是，他鉴于江淮大乱，水运不通，芜湖一带的米无法运送上来，所以倡议在京畿（jī）一带屯田，自兼大司农事，募集江南农夫耕种，用来弥补京师的粮食，接着，他便积极规划讨伐张士诚。

张士诚是泰州人，力气很大，每次跟人家比腕力，总是只有赢，不会输，他带着三个弟弟张士义、张士德、张士信驾船贩卖私盐为生。

元朝政府规定盐引制度，也就是说，盐是国家的财产，一般人民不得私贩。商人用钱买引，再凭引购盐。元初规定，盐每引价钱十五两。以后，因为强豪的操纵，纸币的贬值，普通百姓根本吃不起盐，民间普遍淡食。

然而，淡食实在不是滋味，盐又是人体需要的养分，于是，遂有私盐贩子应运而生，张士诚就是经营这个买卖，很赚了一笔钱。他为人轻财好施，出手大方，极为慷慨，颇得人心，江湖人称小孟尝。

张士诚是个血性汉子，仗着力气大，干粗活很适合，但是，贩卖私盐，必须得到淮东一带盐枭、官府以及当地土豪劣绅的包庇，也就是说，黑白两道都要打点，不仅如此，官员的属吏与豪绅的走狗都得应付，一个不留神，就会出事，所谓是“阎王

晒盐，选自《两广盐法志》。

好见，小鬼难缠”。

其中有个名叫丘义的弓手，职位不高，派头不小，再三再四向张士诚需索无餍（yàn），拿了钱，还要酸酸地讽刺几句，动不动就把“小心我到官府里去告你”挂在口边，张士诚每回想到丘义，就有一肚子的窝囊气。

有一回，张士诚多喝了几盅老酒，路上遇到丘义，丘义又伸出手来要钱，理由是赌钱输了，需要翻本。

张士诚火了：“我今天有钱，就是不给你。”

“你有把柄在我手上。”丘义贼贼地笑道。

“那又怎样？”说着，张士诚提起铁锤般大小的拳头，用尽平生的力气，只顾打，一连打了五六十拳，丘义眼里、口里、鼻子里、耳朵里都迸出鲜血，微弱地喘气。

再过了一会儿，丘义气也没了，脖子歪在一边。路人都围拢来看，有人要告官府，也有人要去报告丘义的主人。

张士诚心想，反正是死路一条，一不做，二不休，冲动之下放火烧了丘义靠山某富豪的豪华宅院，这下子，祸闯得更大了。

众人忙着提水灭火，张士诚的酒也醒了，如果赴州衙投案，只有死路一条。张士诚与兄弟们商量的结果，与其被捉去杀头，不如学方国珍、徐寿辉造反，若是失败，反正也是一死而已，万一成功了，那可是享不尽的荣华富贵。

于是张士诚登高一呼，凭借着平日乐善好施小孟尝的美名，与一伙兄弟们歃（shà）血为盟，开始造反。（歃血，古时盟誓，用牲畜血涂在口边，稍微吸着，表示诚意）

张士诚等杀了一只鸡，把鸡血抹在嘴边，正式造反。

张士诚是后来取的名字，其实，到目前为止，他叫张九四。关于张士诚的名字，还有一段故事：朱元璋当了明朝皇帝以后，对读书人非常尊敬，有人看不过去，故意挑拨：“文人可不是好东西，专门会挖苦人，例如张士诚，原本叫九四不是好好的吗？偏要说九四不够文雅、不好听，这下可好，改了个张士诚，固然不俗，却不知《孟子》书中有一句：‘士，诚小人也。’也可以念成：‘士诚，小人也。’你看，这种拐弯抹角的骂人，张士诚被骂为小人还在沾沾自喜，读书人多阴险啊。”

朱元璋勃然大怒，从此对读书人改了看法。

朱元璋急智脱险

在上一回之中，我们说到，脱脱积极规划，准备进剿贩卖私盐的张士诚。

张士诚原先的活动力量就很强，人际关系很好，最重要的是，元朝政府的百般压迫，基层民众实在吃不消了。所以，张士诚登高一呼，各地蜂起附和，一举攻陷泰州、高邮，杀死知州李齐。

元朝政府原先的策略，还是运用老法子，你造反，我就派你一个官做，用招安的方式摆平。可是，张士诚一路打下来，势如破竹，愈闯愈是过瘾，他非但拒绝招安，并且杀了使者，继续向扬州进军。

元朝廷这下着急了，惟恐士诚再闹下去，整个东南局面，势必不可收拾，于是脱脱大举讨伐。张士诚在至正十三年（1353 年）自称诚王，国号周，建元天祐。

脱脱果然是厉害，他大军一挥，立刻在高邮把张士诚打得落花流水，脱脱踌躇满志地说："张士诚的本事不过尔尔，我们用不着把整个大军拿来对付他。听说，六合一带也有乱事，不如先分一部分兵力去讨伐六合。"

占领六合的土匪（史书中没记载名字）这下慌了，急忙去找滁（chú）州的郭子兴帮忙。

郭子兴心胸狭隘（ài），猜忌心重，不容易与人相处。他一向讨厌六合王，听到消息，幸灾乐祸地跷（qiāo）起二郎腿道："这下子，六合惨了，脱脱可不是省油的灯。”

朱元璋忙接口道：“正因为脱脱来势汹汹，万一六合失守，你有没有想到，元兵下一个攻击目标是哪里？”

“你说呢？”朱元璋的老丈人郭子兴没好气地翻着白眼。

“当然是我们滁州啊！”

“呸呸，别说晦气的话！”

朱元璋拿老丈人没办法，他把地图拿出来好言好语地对郭子兴解释：“从地形上看，六合一失，滁州必然不保，这是唇亡齿寒的道理。”

郭子兴可听不进去，他大手一挥：“我和那小子有仇，要我去救他，没这个道理。你要多管闲事，那是你的事！”

既然郭子兴口气松动，朱元璋就准备率兵前往。岂料，郭子兴的部将也一个一个不肯动，理由是：“问过神明，时辰不对，诸事不宜。”真是冠冕（miǎn）堂皇的理由。

其实，神明只是个幌子，脱脱百万雄兵，谁也不敢去送死。朱元璋只好带着少数部队，前往援救。

脱脱部队锐不可当，排山倒海的攻势，六合完全没法子抵抗，城防工事完全被摧毁。眼看着守不住，朱元璋只好帮忙，把六合的老弱妇孺抢救到滁州。

接着，不出朱元璋所料，脱脱大军直扑滁州。

郭子兴接到“强烈台风警报”，吓软了手脚，急得在房里走过来踱过去。

就在生死关头这一刻，突然，外面冲进来一个人，高声嚷叫着：“朱将军回来了。”郭子兴低头默念：“阿弥陀佛，菩萨保佑！”嘴里却在嘀咕，数落朱元璋，“你跑到哪儿去了？元军都快攻来了。”

朱元璋没工夫与郭子兴纠缠，他赶到城墙上，远远眺望，发现元兵约莫在十里以外。他急奔下城，带了三千人马，埋伏在城外一条河岸旁边的树林里。

然后，他命令耿再成在瓦梁垒这个地方，带领五百人马，诱敌前来。

元兵发现耿再成，一看也只有少数兵力，暗暗冷笑。双方厮杀一阵，耿再成立刻拨转马头，隐入树林。

元兵放马急追，正在渡河，就在此时，树林里飞出雨点般的暗箭，元兵左躲右闪，仍然仆倒不少，剩下的，慌乱之中，七手八脚从河里爬起来，踉踉跄跄逃命去了。

朱元璋的人马，赶在此刻，大叫一声杀了出来。同时，滁州的部队，看到城外打了胜仗，也就一块冲出城来，围攻元兵。

元军这一仗，打得真是灰头土脸，河流漂浮着尸体，地上满是兵器。

滁州军民欢声雷动，又跳又叫，个个都说："朱元璋了不起。"

朱元璋可没被捧得飘飘然，他思虑周密，脑筋清楚，沉着地分析道："滁州孤城无援，元兵如果添兵包围，前来复仇，我们不被打死也会被饿死。"

朱元璋的分析，把大伙自胜利的欢乐中，一下子降到失望的谷底之中，每个人脸上都罩了一层愁云惨雾，不晓得该如何是好。

朱元璋盘算了一会儿，正色道："走，我们把刚刚得到的元兵马匹送回给他们。"

众人皆疑惑不解地望着朱元璋，他继续说："再把城内的黄牛，上好的酒都准备一些，一起送给元兵去。"

脱脱大军吃了暗亏，正准备报一箭之仇，不料朱元璋率着马匹，带着牛、酒前来劳军，朱元璋低声下气道："请原谅我们良民，绝不敢造反，团结守护只是为了自卫，情愿供给大军需要，请拼全力打高邮，饶一饶老百姓。"

元军见朱元璋一派诚恳，又送来上好的酒菜，也就给他个面子，答应不再进攻滁州。滁州算是保全了，朱元璋也发挥了大丈夫能伸能缩的韧性。

哈麻与雪雪乱国

靠着朱元璋的急智，滁州终于获得保全，百姓也免于受到元军的蹂躏。

元兵这一退，郭子兴可乐了。他袖子一甩，大摇大摆地宣布："如今可是我郭某正式称王建号的时候，不能让那张士诚专美于前。"

朱元璋瞟郭子兴一眼，又好气又好笑。他心忖，你老人家前一会儿还是一副天要塌下来的惶恐，怎么现在心一横，竟然急着要称王。

朱元璋知道，郭子兴正在热头上，劝也劝他不醒，只能用吓的办法。因此，他对郭子兴说："岳父要称王，那真是再好不过的了。只是方才我们才把元军诓（kuāng）骗走，这会儿马上称王，不免树大招风，万一元军又掉转回头？也罢，我们就和脱脱拼了！"

这番话把郭子兴吓坏了，他连连摇手道："不忙，不忙，等元军走远了再称王也不迟啊。"

这才把一场危机化解。

朱元璋对郭子兴真是伤透了脑筋，郭子兴既是恩人，又是岳父，还是长官，动不动就把"别忘了，你小子当时如何如何"挂在口边。他耳朵软，心胸窄，容不得人。遇到危机之时，对朱元璋亲热得紧。可是，等事情过了，他受到别人的挑拨离间，就对朱元璋样样不满，百般挑剔。虽然不再把朱元璋关到柴房里去，那张脸又臭又长，倒也真够瞧的。

有一回，郭子兴也不知道是哪一根筋不对了，看到朱元璋非但爱理不理，并且把脸别过去，似乎相当嫌恶。

朱元璋晚上回到房里，愁眉不展，长长地叹气：“难噢，难办噢！”

体贴的马氏忙问其故，朱元璋不吭气。马氏聪敏，一猜便着：“莫不是义父薄待夫君？”

“对啊，你义父的脾气真古怪。”

“你可知为了什么？”

“莫非你知？”

“我的确知道，别忘了，他是我义父。”

朱元璋赶紧坐正身子：“说来听听。”

马氏仰头问朱元璋：“你每日出征，可有奉献他老人家金帛？”

“当然没有。”

“为什么其他将领都有？”

朱元璋得意地说：“因为你丈夫出兵，一概秋毫无犯，即使敌人捐献，也全都赏给部下了。不然，为什么人人服气我？”

马氏说：“这就是了，义父必然是怀疑你吞财，这事让我来想办法。”

“你有何法子？”

马氏二话不说，拿出自己的首饰，第二天交给义父大人，郭子兴这才笑眯了眼：“原来朱元璋还是有孝心。”

在中国社会，做人还真是难，尤其是小人难缠，元将脱脱，同样被小人挑拨中伤。

脱脱在前线出生入死，冒险犯难，元顺帝却陶醉在美人窝的温柔乡之中，快活无比。

专门为元顺帝安排色情游戏的哈麻，接二连三收到脱脱的捷报，他把捷报全部给压下来了，并且对丞相撒敦说：“脱脱威震中外，他一向对我们不稍假词色，今又建立大功，皇上必加重用，我辈的日子愈发过不下去了。为今之计，只有先下手为强。”

于是，哈麻一方面在皇后与太子面前造脱脱的谣言，一方面又教唆监察御史袁赛因不花弹劾脱脱，说脱脱“出师三月，毫无功劳，糜费国家钱财，中饱私囊”。

袁赛因不花一连上了三次奏章。本来迷糊的顺帝就认为，事有蹊跷，不可能是空穴来风。想到脱脱平日上谏，一副得理不饶人的假正经，顺帝无名火起，颁下诏书，削退脱脱官爵，改用雪雪代领其军。雪雪不是别人，正是哈麻的弟弟。

脱脱在前线，忽闻皇帝有诏，原以为必然是顺帝犒（kào）赏三军，做梦也料想不到，居然是朝廷免职的诏令，当场脸色一片死白。定下心一想，准是哈麻在中间挑拨，不禁长叹一口气。

参议官龚伯遂道：“春秋之义，将在外，君命有所不受，丞相出师之前，曾受密诏，在外便宜行事。今日不理诏书，等到贼人击退，谣言自然平息。”

脱脱与岳飞一般，也是满脑子儒家思想，他坚持把军权交出，听由新任统帅节制。

脱脱有功不赏，反而遭到免职的消息传出，军士哭成一团，个个气得七窍生烟，一致反对脱脱离开，脱脱只是平静地说：“君命岂可违抗也。”

副使哈刺答是个烈性的人，他气愤莫名道：“丞相若去，我辈必死，与其死于敌人之手，莫若死在丞相之前。”说着，他拿起佩刀，朝自己脖子上一抹。其他军士见副使自杀，情绪更加激动，上上下下乱成一团。

脱脱匹马单枪赴淮安，还不到半个月，台臣又上表，弹劾脱脱贬罪太轻，应该远贬云南。至正十五年（1355年）冬十二月，哈麻又用一道假诏将正流放云南的脱脱鸩（zhèn）杀。

脱脱是元朝晚年最后一位重臣，脱脱一死，元朝的大势乃去。